U0026414

偽ニセモノ物ガタリ語

西尾維新

NISIOISIN

下

BOOK & BOX ORIGINAL DESIGN by VEIA

最終話 月火・鳳凰

BOOK&BOX DESIGN
VEIA

FONT DIRECTION
SHINICHI KONNO
(TOPPAN PRINTING CO., LTD)

ILLUSTRATION
VOFAN

最終話 月火・鳳凰

A RARAGI TSUKIHI

001

闡明阿良良木月火的真實身分之後，我們的故事終於要劃上終止符了。我和我所愛的同伴們共同上演的戲碼，將會以刁鑽嘮叨小隻妹的這個事件做結。我的人生當然不會因而結束，世界也不會因而終結，再怎麼樣我也不會因而丟掉生命——何況，人生與世界存在著終結，會多麼令人得到救贖，這是我們平常就應該多花點時間思考的道理。想結束卻無法結束，想收手卻無從收手，對於我們人類來說，這就是一種日常、一種異常、一種理所當然的經驗，也是理所當然會永恆持續的地獄。

例如我。

阿良良木曆。

我在上次春假受到吸血鬼襲擊——傳說中的吸血鬼，鐵血、熱血、冷血的吸血鬼，號稱怪異殺手的怪異之王襲擊了我。

我的血被吸盡、生命被吸盡、存在被吸盡、物理的身體被吸盡、精神的心靈被吸盡，什麼都不留。

不。

還留下一隻怪異。

名為「我」的個體扣除「我」之後，會剩下怪異。

想迴避也無處迴避，想逃離也無從逃離，想死也無法死——長達兩週的地獄，由此展開。

而且老實說，長達兩週的地獄，至今也難以斷言已經完全終結——是的，用不著拿我自己的經歷為例，到頭來，「終結」就是一種超乎現實的字眼。

在這個世界上，有許多人了斷自己的生命——然而廣義來說，這種做法也不叫做終結。結果自殺行為會成為某種開端，進而展開另一個新的局面。

即使正義消滅邪惡，也只會令新的邪惡誕生。

即使成功打倒邪惡，也無法完全消滅邪惡——不只如此，新生的邪惡，很有可能原本站在正義這一邊。

如果我另一個妹妹火憐聽到我這麼說，她應該會對我抗議，而且光是抗議還不夠，肯定會滿腔怒火朝我的臉踹過來，還會隨口講出「不是我想踹，是我體內的正義之血命令我踹」這種話推托責任。

但她總有一天也會知道。

不用我教，總有一天也會知道。

這不是什麼無法無天的事情。

即使只是在這種和平悠閒的國度接受平凡的學校教育，總有一天也會知道——正義這種玩意，終究只是用來被新一代正義打倒的前設。

一切都是一切的開場。
革命者無法成為開拓者。
朋友隨時會翻臉，承諾會被棄如敝履，錢借出去就討不回分毫，弱者完全沒有受到保護。
這就是法則。
世間的法則。
我引以為傲的兩個妹妹，即使再怎麼高呼正義萬歲，不過到頭來，正義是與邪惡戰鬥的概念。既然必須從敵視邪惡為起點，必然無法迴避這種結果。
邪惡的一方，也有自己的苦衷。
邪惡的一方，也有自己的家人。
正視這種現實之後，依然能夠毫不猶豫貫徹正義的人極為稀有——而且即使有，應該也早已不能稱為正義了。
極端來說，正義與邪惡不能放在對立的兩側來陳述。
這不是二元論，也不是人類論。
要是講出這種話，就永遠無法開始，永遠無法結束。
只能渾噩度日——就是如此。
假設人類真的能秉持正義，那也不會位於隨時流動的時光，只存在於靜畫或紀念照裡——時間的流動，總是會令意義或寓意劣化。

會否定原有的意義。

只不過，這並非全都是壞事——這種說法點明了一種可能性。邪惡的存在，總有一天會轉變為正義。

殘留著悔改或改善的餘地。

所以我們不應該刻意只以悲觀的角度解釋，要坦率將其視為希望而接納——如同我即使墜入地獄，卻也得以認識羽川翼與戰場原黑儀，沒人知道救贖會從哪出現。

救贖存在於任何地方。

也可以使用這樣的說法。

因為不會終結，所以存在著救贖。

用這種言辭做總結似乎有些偽善，不過就某方面來說應該無所謂。如果要直截了當述說這部充滿虛偽的最後物語，就沒有說不說得出口的問題存在。

總之——即使如此，綜合以上所述。

接下來，我刻意不會說什麼冠冕堂皇的話語。

不會說什麼正義與邪惡、善與偽善、結束與開始、生與死。

即使耍帥也沒有意義。

沒有標題。

不是要陳述什麼大道理。
接下來要說的，只是關於我妹妹的事情。
阿良良木月火。
火炎姊妹之一。
兩個妹妹裡的小妹，小隻妹。
就讀國中二年級、四月出生、十四歲、B型、歇斯底里、刁鑽聰明、頗為神經質——而且是，不死之身。
關於這個平凡偽物的，物語。

002

「哥哥、哥哥，你知道猜拳必勝法嗎？你肯定不知道吧？哥哥這種人哪可能會知道！哥哥真是的，只要我沒講就什麼都不知道，呼呼呼呼，好，沒辦法了，我就捲起袖子輕解羅衫，一邊光溜溜逛大街，一邊讓你學得滾瓜爛熟吧！」
阿良良木火憐。
我就讀國中三年級的這個妹妹，毫無徵兆就忽然倒立——並且對我說出這種話。
倒立。

照例的倒立姿勢。

順帶一提，這裡絕對不是我家客廳或火憐房間，更不是體育館之類的運動設施，而是住宅區正中央，名為人行道的柏油道路上。為了避免各位誤解，我必須先清楚註明這一點。

在燦爛的陽光下，在柏油路面上，我妹妹居然在倒立。

搞不好比裸體逛大街還丟臉。

不只是能吸收步行時的反作用力，還能將力道反彈回地面的防震運動鞋，變得英雄無用武之地。

「啊？妳在說什麼傻話？猜拳必勝法？有這種玩意？這太荒唐了，比妳的存在還荒唐。」

雖然倒立也是雜耍表演的一種，但我這個人並不是很喜歡接受行人好奇的注目禮，因此可以的話，我很想和這個倒立走路的神祕女國中生，在物理和心理都保持五公里以上的距離（我個人希望她可以在「倒立」和「我妹妹」選擇其一放棄），但我當然不能這麼做，逼不得已只好回應她的這番話。

哎，雖然我不知道這是哪種養生法，不過實際上，為了阻止她繼續進行這種胡來的行進方式，我絕對沒有怠於付出努力。只要找到機會，我就會從後方朝著火憐的後腦勺施展犀利的踢腿，然而不知道這傢伙是背上長眼睛，還是原本就是百眼妖怪，我的踢腿悉數被她躲開。

格鬥笨蛋果然與眾不同。

看來除非精準逮到破綻，否則我就踢不到火憐的腦袋——不對，踢這傢伙的腦袋並不是主要目的就是了。

不過踢得中的話，我很想踢踢看。

平常的鬱悶可以藉此宣洩，讓我的心情舒坦許多。

順帶一提，火憐的髮型從以前就是傳統馬尾造型，但她長長的頭髮在倒立時會落在地上拖著走，所以她在倒立的時候，總是會把馬尾當成圍巾捲在脖子上。

要是能抓住馬尾尖端往後拉，應該可以痛快勒住她的脖子。

這我也試過好幾次，但悉數以失敗收場。

暑假即將在一週後結束的八月十四日——正值盛夏的這個時期，頭髮圍巾不只是熱，甚至已經到燙的程度（而且臉還距離熱騰騰的柏油路面那麼近），不過對於毅力十足的阿良良木火憐小姐來說，或許這樣反而正如她所願吧。

燃燒的女孩。

她甚至自稱火球人。

真是的，妳乾脆把名字壓縮變成燐一個字吧。

「呼呼呼，確實存在哦～就像是我存在於世界上一樣確實哦～！」

火憐一說完，先是讓身體大幅下沉，然後宛如強韌的發條彈簧彈跳起來，輕盈華麗翻個筋斗之後，恢復為頭上腳下的正常狀態。

阿良良木火憐，運動服女孩。

忘了說，這傢伙很高。

明明是國三女生，而且是我的妹妹，她的身高卻比我還高（順帶一提，我在國二就停止長高，太離譜了），所以像這樣恢復為正常姿勢之後，視線位置就比我來得高——啊～既然這樣，她一輩子倒立或許也不錯。我這種想法或許頗為任性吧。

「能否知道這種必勝法，會讓今後的猜拳人生截然不同。其實我只想當成自己一個人的祕密，不過今天託哥哥的福是一個好日子，雖然不是想要報恩，但我就破例大方告訴你吧。就算是月火我也沒講過哦，嘻嘻！」

火憐笑了。

她沒有停下腳步，背對前方俐落倒著走。

雖然覺得她是個靈巧的傢伙，但事到如今也不會驚訝了——老實說，包含平衡感在內，這個傢伙的身體能力是怪異的等級。

雖然是普通人，一個不小心卻可能比吸血鬼更像怪異。

在火炎姊妹擔任實戰的她，可不是浪得虛名——甚至無須以前幾天的火蜂事件為例。

從火憐平常鍛鍊自己的方式來看，她倒退走路也是極為理所當然的行動。

只不過，和她走在一起會很丟臉。

但是一般來說，僅止於此。

「我不會有『今後的猜拳人生』這種玩意。」

「就算這樣也可能有吧？也可能今後一直都是吧？不可以否定任何的可能性，實際上只要猜拳厲害，人生就可以過得非常吃香。記得叫做俄羅斯輪盤吧？在爭論要由誰先扣扳機的時候，如果知道猜拳必勝法……！」

「機率都一樣。」

這是基礎中的基礎。

既然已經國三，應該有學過吧？

何況在這之前，我無法想像何時會處於非得進行俄羅斯輪盤的狀況。在自己被逼上這種絕境的時候，人生應該就堪稱步入終點了。

「咦？機率一樣？真的？先扣扳機的人比較不利吧？」

「要是先扣扳機的人沒有打出子彈，另一方打出子彈的機率就會提高。」

「咦？什麼？完全聽不懂。」

「哎，總之……」

「『提高』是什麼意思？」

「居然是聽不懂這個！」

妳該不會聽不懂國語吧！

連「提高」這種詞都聽不懂，妳這十五年是怎麼在日本活過來的！

記得依照設定，妳的成績很好吧！

「提高，提高。唔～聽起來好像忍者的名字。」

「妳說的是茶茶丸吧！」（註1）

雖然如此吐槽，但我不太確定茶茶丸是不是忍者的名字。

即使身為全方位的吐槽專家，兒童節目還是我的弱項。

「記得是在大化革新的時候，和中大兄皇子聯手打倒蘇我氏的……」

「妳說的是中臣鎌足……雖然發音就完全不一樣，但妳既然知道鎌足，為什麼會不知道提高這個詞？」

「唔～不然是誰呢……總覺得好像有聽過……」火憐雙手抱胸。

她似乎從剛才就完全以人名進行搜尋——不過只要她沒有跳脫這個領域就絕對不會懂。

「反過來說，妳這傢伙連這種詞都不懂，為什麼會知道猜拳必勝法？」

註1　日文「提高」（takamaru）和「茶茶丸」（jyajyamaru）語尾相同。任天堂紅白機出過「忍者茶茶丸」這個遊戲，NHK兒童節目也出現過同名角色。

「這不是知識上的問題，算是感覺上的問題。對於人類來說，最重要的並非知道什麼知識，而是能做什麼事以及想做什麼事，對吧？」

「哎，話是這麼說沒錯，不過……」

看到羽川那種人，就會有這種想法了。

那個傢伙本身就像是一座知識寶庫——但是令人覺得最了不起的地方，在於她不會以此自滿，而且會善用這些知識。

知識的五段活用。

總之不是蓋的。

不愧是在國中就考上中國科舉，在高一暑假就取得德國大學保送資格的人。她的實力足以令世間出現這種驚人的傳聞（順帶一提，造謠的人是我）。

「打個比方，哥哥，或許我確實不懂這種艱深的機率問題，不過以現實來說，我確實如你所見，在挑戰俄羅斯輪盤之後依然活到現在。」

「原來妳真的經歷過嗎！」

妳不是打比方嗎！

剛才的事情，難道不是在打個比方嗎！

不對，而且話說回來……如果真的挑戰過俄羅斯輪盤而且活下來，不就代表對方腦袋被子彈打穿而死了！

這是命案！

我妹是命案重要關係人！

「嗯？啊啊，放心放心，比到最後一槍的時候，對方就已經舉白旗投降了，所以是對方棄權收場，平安落幕。」

「那就好……一點也不好就是了。」

火炎姊妹到底在搞什麼？

原本以為她們只是到處亂來，但我沒想到她們居然涉及這種會動槍的事件……

話說，我是不是應該找警察備案？

「那些義大利黑手黨挺棘手的。」

「為什麼義大利黑手黨會來到這種鄉下地方？」

「基本上，似乎是來觀光的。」

「觀光？」

「哥哥，你想想，比方說以不良少年為題材的漫畫，不是會在校外教學的時候，和當地的高中生轟轟烈烈打一場嗎？類似那種感覺。」

「這是什麼感覺？」

如果這是真的，確實已經不是正義使者遊戲的等級了。

我這個妹妹是怎麼回事？

這個眼角上揚的馬尾妹，當然不是正義使者，甚至也不是任何一方的使者。

「到最後，氣氛真的是漲到最高點，完全按捺不住激動的情緒，結果就決定用俄羅斯輪盤決勝負了。哈哈，我這個日本人和義大利黑手黨用俄羅斯輪盤對決，國際化到這種程度，已經搞不懂誰是哪一國人了。」

「妳還是被放逐到海外，別再當日本人了。」

給我離開這個國家吧。

為和平做出貢獻吧。

「嗯？不過，咦？既然最後一槍是輪到對方，那麼用俄羅斯輪盤對決的時候，妳是先攻？」

仔細想想，在俄羅斯輪盤使用先攻後攻這種字眼，其實挺奇怪的。

總之，要讓最後一槍輪到對方，火憐就必須先舉槍瞄準自己的腦袋……既然這樣，不就表示火憐在猜拳決定順序的時候輸了？

必勝法跑去哪裡了？

不對，難道不是一對一？如果是三個人對決……

「笨哥哥！」

我被打了。

她毫不講理地捏我的臉。

我妹妹在行使暴力時毫不猶豫。

在實戰空手道道場習武的火憐，雖然在武術方面已經超越一流水準，不過精神層面完全沒有受到鍛鍊。

真遺憾。

「在賭上生命的對決場面，我怎麼可能使用猜拳必勝法這種卑鄙技巧！我是正義的代言人耶！」

「既然說出這種話，那妳要在人生的什麼局面，才會用到猜拳必勝法！」

這傢伙的腦容量小得恐怖。連一分鐘之前講的話都會忘掉。

不過大致來說，從俄羅斯輪盤之後的事情，應該都是她憑空捏造的。

也就是設定出現破綻。

「把我的名字說來聽聽！」（註2）

「慢著，記得那是某個超級反派的臺詞吧……」

而且是超級有趣的反派。

雖然以實力來說完全不足為懼，不過搶眼程度比起其他兄弟毫不遜色。

七龍珠裡的拉帝茲先生和他差太多了。

「嗯，我懂了，反正一定是那樣吧？妳所說的猜拳必勝法，是藉由超乎常人的動態

註2　作品「北斗之拳」反派傑基的臺詞。傑基是主角拳四郎的三哥。

視力，看見對方的手指動作之後再迅速反應，應該就是諸如此類吧？」
雖然聽起來像是天方夜譚，不過似乎有人做得到這種超人技巧。
這是羽川說的，所以應該沒錯。
啊、既然這樣，我剛餵忍喝完血的那段時間，應該就能使用這種必勝法吧？
「嘖嘖嘖，這種程度沒資格叫做必勝法。如果是眼睛被戳到暫時不能用之後才猜拳，這招不就不能用了？」
「什麼時候會出現眼睛被戳還得猜拳的狀況？我一點都不想在這麼艱困的局面猜拳。」
「能夠預先考量到各種局面，才有資格稱為格鬥家吧？我的目標是成為全方位的格鬥家。」
「我並不是格鬥家，也沒有想要成為哪種格鬥家。妳說的萬能高手是怎樣？何況要是眼睛被戳到暫時不能用，根本看不到猜拳的結果吧？」
只要對方說謊就沒戲唱了。
會戳人眼睛的對手，應該也能面不改色說出這種謊言。
「哥哥，眼睛看不見真正重要的東西哦。」
「不准模仿小王子的臺詞轉移話題。」
順帶一提，關於這句名言，我個人認為應該加個註釋：即使是眼睛看不見的東西，也不代表會是重要的東西。

「既然眼睛被戳，對方應該就是出剪刀吧？」

「哼哼，總之就算對方說謊或是使用任何手段，我發明的猜拳必勝法都可以應付。哼哼，我的點子簡直可以得到諾貝爾獎了。」

「該怎麼說，妳這種只用諾貝爾獎來衡量聰明標準的說法，聽起來有夠笨的。」

「哼哼，隨便你怎麼吠，隨便你怎麼鬼吼鬼叫吧。等哥哥聽到這個必勝法，就再也說不出『石頭剪刀布，無敵順序～！』這種小學生會講的話了。」

「啊啊……不過在我那個時代不是比剪刀，是用拇指和食指比手槍……」

用不著強調「再也說不出」，升上高中之後，早就沒人會講這種話了……

國中生應該也不會講。

「手槍？啊啊，真的耶，是手槍的形狀，哇～不過，能夠讓堅持這種必勝順序的傢伙也甘拜下風，這就是我發明的……不是諾貝爾獎，是……是……沒錯，是可以拿下芥川賞的點子……」

「…………」

這傢伙連芥川賞是什麼獎都不知道？

在我不知道的時候，她已經落魄到這種程度？

原本聰明的妹妹，不知何時變成這種笨蛋，總覺得挺失落的……

在我剛升上高中就落魄吊車尾的時候，我的兩個妹妹，也曾經對我抱持相同的心情嗎？

想到這裡就令我悲從中來。

令我想要善待她。

「好，我明白了，我聽我聽。小憐想說什麼，和善溫柔的曆哥哥都願意聽。」

我舉起雙手放棄了。

不是要高呼萬歲，是投降。

總之，如果不向阿良良木火憐請教猜拳必勝法，話題就不會隨著前進的腳步有所進展。

這肯定是遊戲進行時的必要事件吧。就像是即使出現「是／否」的選擇，但如果沒有選擇「是」就會重複相同的詢問。

但我實在不認為這是遊戲破關的必要伏筆……

「好，既然這麼低聲下氣了，我就告訴哥哥吧。唔、不過如果只是猜拳，哥哥的鬥志就高不到哪裡去，所以拿點東西當賭注比較好。」

「那種玩意就免了，好麻煩。」

「不不不，如果沒這麼做，哥哥有可能在事後不服輸，堅稱是故意輸給我。」

「要在猜拳的時候故意輸掉，我覺得難度應該和必勝法一樣吧……」

有夠麻煩的妹妹。

這傢伙就不能莫名其妙衝到馬路被車子撞死嗎？

「好，哥哥，那就這樣吧，懲罰遊戲採取運動社團風格，等等猜輸的人，要從這裡背著猜贏的人走。」

「背著走？」

「背著走。一直背到目的地。」

「……………」

哎，無妨。反正猜拳不可能會有必勝法，如果我贏了，就讓這個傢伙背著我走吧。當成亂講話的懲罰也挺不錯的。

即使沒有必勝法，即使只是正常的猜拳，我一樣有可能會輸，但是輸了也沒關係。

到時候只要毀約就行了（奸笑）。

如果是國中生的幼稚世界就算了，不過很遺憾，在高中生的成年世界，沒有用白紙黑字寫下的約定不叫做約定。

哪有人願意背著比自己高的妹妹（搞不好體重也輸給妹妹），在自己平常的活動範圍昂首闊步？

「好好好，明白了，就這麼說定吧。」

「嗯？答應得真乾脆。」

「不，我並沒有任何企圖，妳要相信哥哥。妳哥是個言出必行的男子漢吧？」

「說得也是，哥哥是我的驕傲。」

火憐以爽朗的笑容點了點頭。

如果是和腦筋轉得快的小妹月火訂下的約定就算了，不過我至今對這個傢伙毀約的次數應該已經破千，但她怎麼還相信我到這種程度？

或許她真的是笨蛋。我有點擔心。

「那就開始囉，剪刀石頭……」

「啊啊、慢著慢著慢著。」

看到我做好準備，火憐連忙阻止。

「勝負從這個時候就開始了，必須由自己開始喊口號，這是必勝法的第一階段。」

「居然說第一階段……只不過是猜拳，居然這麼大費周章。總共有幾個階段？」

「兩個。」

「真少！」

居然只到第二階段？

只有兩階根本不叫階段，叫做落差。

「由自己喊口號就能控制全場？總覺得聽起來有點迷信——就像風水那樣？雖然我不太懂什麼是風水……就是風和水吧？不過這種事情不重要，就由妳來喊口號吧。」

「好，開始囉！」

火憐擺出準備動作說道：

「剪刀……」

然後，

「石頭！」

在這時，她出了石頭。

「…………」

我當然完全沒有出拳——應該說，沒能出拳。

場上只有火憐緊握的拳頭。

「呼呼呼呼，哥哥，明白嗎？明白了嗎？喊完『剪刀』之後，在喊『石頭』的時候就出拳。這麼一來，還在等著喊『布』這個字的對方，就會強制變成慢出！利用比賽名稱強迫對方慢出的究極祕技！換句話說，無論對方要出剪刀出石頭還是出布，只要對方慢出，自然而然就是我贏！好啦，哥哥！就麻煩你背我了！」

我朝著妹妹的臉蛋打下去。

以「石頭」打下去。

不是小朋友的毆打嬉戲，是魔鬼鐵拳。

魔鬼之拳是一記好拳。

即使我妹以鋼鐵般的防禦力自豪，不過終究正在誇耀勝利，所以這一拳漂亮命中了。

眾人常說，人類在確信勝利的瞬間最為脆弱。原來如此，這種狀況確實常見，而且這個道理似乎沒錯。

「太卑鄙了吧？我問妳，有誰會因為這樣就認輸？如果對方是義大利黑手黨，妳當場就會被槍決了。」

「唔唔，難得剛才忽然想到的說……」

「原來只是忽然想到？」

不過我早就料到是這麼回事了。

然而，明明只是忽然想到的點子，她居然敢大言不慚講到那種程度。我妹妹這種莫名其妙的紙老虎作風，確實算是值得尊敬吧……

但她的思緒完全不夠周全。

腦袋太單純了。

好歹應該知道這樣會被罵吧？

「小憐，妳是因為犯規而輸，光是用背的不足以贖罪，妳必須讓我騎在妳的肩膀當作懲罰。」

「唔～沒辦法了。」

我提出這個難度更高的懲罰遊戲，但火憐二話不說就接受了。
火憐毅力十足，不過換個說法，就只是一個超級被虐狂。簡稱超M。（註3）
我經常覺得，她之所以沒事就故意找我碴，其實是為了接受我的懲罰或處分。
「好，哥哥，坐上我的肩膀吧。」
火憐說完之後真的蹲下了——慢著，要是落得這種結果，會搞不懂究竟是誰在受罰。
我接下來要在自己居住的城鎮裡，在我平常的活動範圍，坐在妹妹的肩膀上移動……？
用不著去找警察，警察自己就會找上我了。
到時候我要怎麼解釋？
「呃、慢著……那個，小憐，還是算了。何況我最近老是在唸書，所以變胖了。」
「幾公斤？」
「嗯……五十六公斤。」
「那就沒問題。對我來說，不到一百八十公斤都不算重。」
「妳住在月球表面嗎？」
一百八十公斤在月球表面也有三十公斤，對於沒力氣的人來說還是很重。

註3　被虐待狂(Masochism)簡稱M。

「總、總之小憐，即使妳不覺得重，不過妳想想，如果是用背的就算了，但要是我騎在妳肩膀上，妳的馬尾會礙事吧？綁馬尾的地方剛好頂著我的肚子，如果我往後仰又把妳往後拉會很危險，但要是妳解開馬尾，妳的長髮會纏住我的腳，還會拉痛妳。」

「嗯？啊啊，這條馬尾嗎？確實如此。」

「沒錯吧？」

「嗯，哥哥說得對，不愧是哥哥，講出來的意見都很中肯。」

似乎是放棄了，蹲著的火憐俐落起身——雖然覺得說服看看還是會有效果，但我比任何人都清楚，火憐是個下定決心就不會聽勸的女孩。

火憐一站起來，就從運動服口袋取出家裡鑰匙。

鑰匙？

為什麼要在這時候拿鑰匙出來？

「咦？哥哥，比方說要割開膠帶，或是割掉衣服吊牌的時候，你不會利用鑰匙的鋸齒嗎？」

「嗯？哎，並不是不會。」

沒有剪刀的時候就會這樣用。

不過又沒有膠帶要割……慢著，剪刀？

她說剪刀？

「嘿咻！」

我太晚察覺了。

火憐把自家鑰匙拿到自己後腦勺，以鋸齒面抵著馬尾根部，就這樣把鑰匙當成鋸子來拉，狠狠割掉自己的尾巴。

就像是剝香蕉皮一樣毫不在乎。

然而與她的輕鬆態度完全相反，割頭髮的時候，發出噗嘰噗嘰噗嘰噗嘰這種驚悚的聲音。

「…………！」

「嚕～嚕～喔喔，剛好這裡就有垃圾桶！」

火憐哼歌說著「喔～變輕了變輕了～」這種話，踩著輕快的小跳步走向垃圾桶，把自己剛才切斷的尾巴捲成一團扔進去。

之後就若無其事，將鑰匙收回口袋。

「好！這樣就可以讓哥哥騎在肩膀上了！」

「太帥了！」

太帥了……貨真價實的笨蛋！

我妹妹是貨真價實的笨蛋！

已經不是失不失落的問題了！

只為了讓我騎在肩膀上，換言之，只是因為猜拳犯規輸掉，進一步來說，只是因為猜拳輸掉，她就把國小留到現在，像是註冊商標一樣的馬尾割掉了！

「妳……妳啊！妳妳妳！妳現在的頭髮簡直是狗啃的！」

「啊～？啊啊，放心放心，明天我會去平常去的髮廊。唔、不過那邊該不會在中元時期放假吧？」

「要是知道自己顧客的頭髮變成這樣，妳的美髮師會退隱山林！」

居然用這種像是相撲力士引退時的剪頭髮方式……

這是我人生當中，最令我驚訝的事情。

即使在我變成吸血鬼的時候，我也沒有驚訝到這種程度。

「妳不是從國小就一直留馬尾嗎？難道不是基於某些堅持嗎！」

「沒有啦，頭髮這麼長很難保養，睡覺的時候很麻煩，起床之後又會亂翹，我早就覺得很礙事了。」

「原來妳一直在忍耐？」

超Ｍ！

從國小就超Ｍ！

根深柢固，足以掛保證的超Ｍ！

「而且妳啊，怎麼把割掉的頭髮扔進垃圾桶！收垃圾的人會以為發生什麼案件吧！

妳沒聽過頭髮是女人的生命嗎?」

「啊?沒聽過。」

「妳是笨蛋!」

想寫「恭賀新年」卻寫成「臥薪嘗膽」,而且還把這張賀年卡真的寄出去。這傢伙的笨蛋程度就像這樣深不可測!

或者是有人邀約出遊(幽會),卻搞錯意思做出一個漢堡排(混合絞肉)!(註4)

「頭髮是女人的生命啊……嗯,聽起來是很有意義的格言。不過哥哥,如果要活得有意義,光是遵循有意義的格言不太夠,我要把生命扔進水溝活下去。師父曾經吩咐我,要我成為一顆能在水溝裡閃耀的美麗寶石。」

「妳會變成現在這種人,那個師父應該要負責吧?」

我還是決定要去妳習武的道場拜訪一次!

有必要好好談一談!

居然把我妹妹改造得像是人類兵器……真是的。

那個道場的真正名稱,該不會叫做修卡吧?(註5)

「唔哇……再也無法補救了……這下怎麼辦?不知道小月會怎麼說……」

註4　日文的「幽會」與「混合絞肉」音同。

註5　假面騎士系列裡,將人類改造成戰鬥員的組織。

「也對，月火或許會有意見吧。」

火憐（終於）露出困惑的表情了。

她很重視月火的意見。

「唔～沒想到哥哥居然害我變成這樣……」

「不准怪到我頭上！我會被小月殺掉的！」

什麼嘛。

總之，關於頭髮的事情已經無從補救了（應該說，我再也不想繼續討論這件事了）。

「那麼哥哥，騎到我肩膀上吧。騎上來、騎上來♪」

「為什麼這麼來勁……為什麼被騎的人反而這麼來勁？妳這個超M老妹。這樣看起來，完全只像是針對我的懲罰遊戲吧？哎，我上去了……」

覺得無可奈何的我，試著跨上已經蹲下來的火憐肩膀，就像是要以大腿夾住火憐不忍卒睹的腦袋，跨坐在她的肩膀上。

「嗯？咦，哥哥，你是直挺挺坐上來？」

「啊？」

「沒有啦，想說一般都是橫躺在肩膀上……」

「那就變成柔道的過肩摔了吧！」

不然就是強盜扛著人質帶走的光景。

還是正常騎在她肩膀上好一點。

我就像這樣隨口交談，跨坐在妹妹的肩膀上。

跨坐上去。

…………

喔喔……

這種征服感是怎麼回事？

總覺得，真的就像是騎在她的身上。

不只是騎在身上，甚至還攻頂了。

由於身高因素以及戰力因素，我和火憐的階級關係變得微妙又絕妙，不過現在這種姿勢，令我覺得地位順序完全到位了。

一股莫名的優越感支配著我。

但這只是一瞬間的事情。

「那我站起來囉～！」火憐說完之後，就這麼讓五十六公斤的我壓在肩膀上，像是肩上沒有任何東西，真的是輕盈就站了起來。

「嗚……嗚哇嗚哇嗚哇嗚哇嗚哇！好可怕好可怕好可怕好可怕好可怕！這個視線高度太高了，超可怕！放我下來！放我下來！馬上放我下來！」

火憐的肩膀高度，加上我上半身的高度，就是我現在視線高度的估略值。

其實用不著大略估算，簡單來說，現在的高度輕易超過兩公尺高……好誇張，美國的籃球選手，總是用這個高度看世界？

騎在妹妹肩膀上的丟臉心情，早就已經煙消雲散。

就像是戰場上敗北的一方，秉持的理念會被完全抹滅。

現在的我，心中只抱持著對於過高視線的恐怖。

「不好意思，請放我下去吧，火憐小姐！不，火憐大人！」

別說優越感，我完全變成了喪家犬。

如果能回到地面，我甚至願意跪下磕頭。

不然要我倒立也無妨。

「唔～……」

火憐大人沒有把我這種敗犬的求饒話語聽進耳裡，而是踏出步伐輕快前進，不過她走沒多久就停下腳步，並且歪過腦袋。

「哥哥，方便我說一件事嗎？」

「什麼事？」

「哥哥的下體抵在我的後腦勺，感覺很不舒服。」

「…………」

身體長大之後，果然就不應該做出騎肩膀這種行為了。

這個過場事件太奇怪了。

「哥哥，不然這樣吧，我覺得為求公平，哥哥的下體也應該和我的馬尾一樣割掉。」

「太恐怖了！」

一切都好恐怖！

視線高度很恐怖，她的想法也很恐怖！

這是恐怖小說徵文比賽的題材吧！

而且馬尾是妳自己割掉的，哪有什麼公平不公平的問題！

總之，不要講得像是我得負責一樣！

「妳的頭髮依然會變長所以無妨，不過我要是割掉下體，我的一切就會在各方面而言都完蛋吧！」

如果在我還是吸血鬼的那時候就算了！

不，就算是在那時候，我也不要這樣！

會痛的還是會痛！

光是想像就會痛！

「這樣啊。不過哥哥，雖然體重不是問題，但要是你晃得太用力會害我失去平衡，所以請不要亂動好嗎？」

「不准強人所難，我又不是妳，待在這種像是長頸鹿的高度，我怎麼可能保持平衡？」

而且長頸鹿的頸部肌肉非常發達。

如果有學者主張尼斯湖水怪的真面目是長頸鹿，我會積極支持這個學說。

「沒辦法了。雖然必須得花點心思，不過哥哥，請你把身體往前傾，讓上半身頂著我的後腦。然後把你亂晃的雙腳夾在我的腋下，我會像是遊樂園的安全桿一樣固定住。」

「這樣？」

「喀鏘～！」

火憐自己發出音效。

這麼做的瞬間，我的身體不只是腳，全身都變得動彈不得。與其說像是遊樂園的安全裝置，更像是全身被關節技鎖死的感覺。

就像拇指被反扭就會動彈不得的那種狀況。

……慢著，不過那應該是合氣道的招式吧？

我至今還沒看過火憐正經使用空手道的樣子。

恐怖的修卡。

「好，這樣就沒問題了。」

「不對，我現在變得頗有問題……而且越來越有問題，不知道問題會嚴重到什麼程度。我連指尖都沒辦法動了，莫名其妙變得麻痺。請問火憐大人，我體內的血液該不會停止流動了吧？」

「不過我輕鬆多了。直到剛才，哥哥的小腿腹都在摩擦我的胸部尖端，害我不太舒服……下體壓在後腦勺，雙腳夾在腋下，哥哥，騎肩膀是這麼情色的行為嗎？」

「唔～……不對，一般來說，男女的位置應該跟我們相反。」

這個奇怪的過場事件，原本應該是令人期待的事件才對。

「哥哥，那我們就出發吧，嘻嘻！」

火憐說完之後，停下的雙腳再度踏步前進。

剛才割掉的那條馬尾重量，或許和我的體重一樣不被她看在眼裡吧，她的腳步至今完全沒變。

不。

反倒是每踏出一步，她的腳步就會更加有力。

這也是在所難免。

我們正要前往某個地方，在暑假上午要前往某個目的地。想到這裡——至少以火憐的立場來看，這也是非常在所難免的事情。

003

為了以防萬一，我必須在這時候先說清楚，我和火憐並不是感情很好的兄妹。如果是另一個妹妹——么妹月火，因為和火憐只差一歲，所以她們兩人的感情非常好。

不過很遺憾，我和她們兩人的交情稱不上融洽。

反而可以用交惡來形容。

甚至是水火不容。

火憐與月火會在各方面和我唱反調，我則是對她們的幼稚想法感到厭煩無比。

尤其她們自稱火炎姊妹的正義使者遊戲，我實在無法苟同——貝木泥舟的那個事件，似乎還不足以令她們改頭換面。

真是的，貝木那傢伙完全派不上用場。

只會造成此等困擾的大人絕無僅有。

所以，像這樣和火憐兩人一起外出，其實是很難得的事情——此外，火憐與月火分頭行動，也一樣是非常稀奇的狀況。

就是這樣。

連對話也包含些許試探的意味。

試探到最後，卻演變成割斷馬尾和騎上肩膀的結果，兄妹真的是一種棘手的關係。

總之，不會有漫畫那樣的進展。

萌上親妹妹的機率，比找到野槌蛇的機率還低。

近親相愛是上流階級的作風，但我們阿良良木家以地位來說屬於中產階級，所以真要說的話也是理所當然。

雖說如此，那麼為什麼在今天，在本日，在這一天做出這種事？

八月十四日星期一，我和火憐之所以共同行動——請各位放心，其中有著明確的理由，至少不是忽然中樂透躋身上流階級那種狀況，而是基於某個正當的理由。

要是傳出阿良良木曆和妹妹交情很好的奇怪謠言會很麻煩，所以我非得詳加說明才行。

接下來是回憶場景。

是今天早上發生的事情。

「哥哥，有什麼想要我幫忙做的事情嗎？」

忘了說明，我現在就讀高中三年級，也就是所謂的考生，即使暑假也不能鬆懈。

只是時節正值夏季罷了。

對於世間來說，八月中旬代表著中元時節，不過很遺憾，身為考生的我，甚至無法表態參加這項節慶活動。不過我家原本就和這種日本自古以來的風俗習慣無緣。

要是忍野知道這件事，大概會生氣吧。

要是羽川知道這件事，大概也會生氣——只不過以羽川的狀況，要是我以中元節為藉口偷懶不唸書，也一樣會惹她生氣。

不過，羽川只要生氣就會比較有活力，所以我甚至希望她盡量生氣。希望她能盡量生氣到顫抖肩膀，帶動胸部一起搖晃。

這方面暫且不提。

今天我也是一大早就起床，努力完成早餐之前的學業進度，不過房門忽然（而且沒有敲門）迅速打開，火憐就這樣闖入我的房間。

妹妹。

阿良良木火憐。

國三的運動服女孩。

「……並沒有。」

我如此回答。

順帶一提，「房門忽然迅速打開」這句話，其實是有點違反事實的敘述句。如果是推理小說的某段敘述，評論家可能會將此批評為不公平的要素。

現實上，火憐是用力踹開我的房門。就像是令人懷念的早期警匪連續劇裡，突擊犯人根據地的探員。

對於她來說，這是基本的開門方式。

阿良良木火憐成長的文化圈，無論是日式拉門還是西式房門，都是以腳底開門。

……不對。

如果要歸咎於出生長大的文化圈，那我和月火也會和她一樣，所以請容我收回剛才的那番話。

「咦～應該會有吧～？」

火憐如此表達不滿，並且纏著面對書桌（頭也不回）的我。

這裡所說的「纏著」，並不是「腳變成鐵棒」「眼珠掉出來」「喉嚨伸出手」這種常見的譬喻法，而是正如字面的意思。

火憐來到我的身後，將雙手當成圍巾絞緊我的脖子。

身體也毫不避嫌緊貼在我的背上。

以這種意義來說，與其形容成「纏著」，或許形容成「交纏在一起」比較正確。

啪嘰。

我右手的ＨＢ鉛筆斷了。

蘊藏金榜題名的心願，考生們使用的五角鉛筆斷了。

真是觸霉頭。

老話重提（何況對我來說，這是既丟臉又不值得高興的事實，所以我不太願意重提這件事），我妹妹阿良良木火憐的身高，遠超過國三女生的平均標準——而且現在依然在發育，今天比昨天高，明天比今天高，身高每天都在更新。
不過無論火憐的身高有幾公分或幾公尺，這對我而言是極端無所謂的事情——問題在於火憐比我高，這是一件令人遺憾至極的事實。
個頭比較大的人，無論是有意還是無意，總是會自然而然對周圍造成壓力。
何況火憐有學習格鬥技，擁有空手道二段的身手。
換句話說，火憐以得天獨厚的身體為硬體，安裝名為空手道技巧的軟體，得到了足以輕鬆對付普通野生動物的戰鬥技能。
實際上，我曾經看過火憐以拳頭打穿民宅的灰泥牆。
真的就是把牆壁當成豆腐打穿。
打穿牆壁之後手臂抽不回來的火憐，後來進一步破壞周圍的牆壁自行掙脫。
太誇張了。
該怎麼形容，那幅光景就像是早期格鬥遊戲加分關的舞臺。
總之，會提到這個話題的原因，在於這個像是熊的妹妹，正在我身後「纏住」我，「交纏」著我。
我無法形容自己感到多麼戰慄。
雖然應該完全無法傳達，但我姑且還是想要如此表明。
「哥哥，我想幫哥哥做點事情啦～雖然我看起來這個樣子，但我是一個可靠的妹妹哦？是盡心盡力的妹妹哦？是願意服務奉獻的妹妹哦？什麼事情都好，有什麼希望我做的事情儘管說吧，我會很有用的。」

「並沒有，就說沒有了。大清早哪有什麼希望妹妹幫忙的事情？我沒有任何事情希望妳幫忙，而且妳也幫不上任何忙。妳誕生至今的這十五年來，從來沒有幫到我任何忙。」

真要說的話，別來煩我。

我正忙著背英文單字。

我抱持著這種心情，甩掉火憐纏在我脖子上的手。

如果火憐有那個心，也就是忽然心血來潮朝著雙手使力，以「莫名想嘗試看看」的念頭扭轉我的脖子，名為阿良良木曆的這條生命應該就會眨眼升天。想到這裡，我就不希望她一直維持著這個姿勢。

曾經與傳說中的吸血鬼交戰。

與貓搏命廝殺。

重蟹、蝸牛、猴子、咒蛇。

以及火蜂。

克服各種險境至今，身經百戰的阿良良木曆，不應該在最終話被妹妹以鎖喉功勒死收場。

何況，即使撇除這一點，我也沒興趣和妹妹貼得這麼緊。挺噁心的。

「如妳所見，我正在專心唸書，所以沒空陪妳這種低等生物玩，妳這個單細胞生物。太閒的話就去附近跑一跑吧，就算沒回來也沒關係……係……」

反正一定是預定的行程因故和月火錯開忽然閒下來，所以才會跑來糾纏我藉以打發時間。想要盡快把火憐趕出去的我終於轉過身來——並且啞口無言。說不出話來。

我徹底體會到遠古時代，人類還沒得到語言時的心情。

哎呀哎呀，天大的打擊。無法以自己的能耐形容眼前的物體。沒想到這件事實會令生物感受到如此強大的壓力。

即使如此，還是要強逼自己形容。

賭上靈長類的尊嚴強迫自己，試著以話語形容眼前這幅超乎現實的光景吧。

「那個……」

阿良良木火憐。

我妹妹穿著裙子。

…………

或許各位會認為這沒什麼了不起。

我妹妹穿著裙子。像這樣加上粗體，或許比較容易表達我受到何種程度的衝擊，但也只能表達出兩成。

然而第一眼看到的時候，我甚至忘記加上粗體。

徹底遺忘。

正如前述，火憐是運動服女孩。

幾乎可以說她只會穿運動服。

運動服對她而言是戰鬥服，換個方式形容，就如同聖鬥士的聖衣。

這樣的火憐如今脫下聖衣，穿上名為裙子的衣物。

她過於修長的腿，被淋漓盡致凸顯出來。

不只是下半身，上半身也產生相同的現象。

不是運動服，也不是運動外套。

甚至不是慢跑用的透氣外套。

是毫無運動氣息的薄紗披肩，配上一件高領無袖上衣。

手臂好長！

頸子好細！

而且、而且……

而且，這個標緻的女孩是誰？

拿破崙一世曾經說過，「人的個性會配合身上的衣服而改變」，依照這樣的說法，現在位於這個房間，位於這個家的阿良良木火憐，雖然是阿良良木火憐，但已經不是阿良良木火憐了。

不過雖說如此，火憐依然是女國中生。

即使機率很低，但她並不是從來不穿學校規定的制服上衣與裙子（能夠目擊她穿制服的機率，大致近似於心血來潮抬頭就能以肉眼看見流星群的機率），不過那畢竟是學校指定的制服。

以這種意義來說，並不是無法接受她換穿制服的狀況。

總之雖然稍微違反原則，但還是原諒她吧，就睜隻眼閉隻眼不予過問吧，畢竟小憐應該也有各方面的苦衷——我會以這種頗為寬容的態度面對。

然而阿良良木火憐現在的清涼程度，絕對不是制服能夠比擬。

違反自然法則。

這傢伙……居然能穿運動服以外的衣服？

妳這樣，不就等於是克里夫特能穿天空之鎧嗎？（註6）

咕嚕一聲，我嚥了一口口水。

這已經令我暑氣全消了。

註6　克里夫特是遊戲「勇者鬥惡龍四代」的神官角色，無法裝備鎧甲類防具。

那應該是月火的衣服。時尚的整體搭配，就像是時裝雜誌會刊載的造型。雖然月火是不惜為了穿和服而加入茶道社的恐怖和服女孩，但她並沒有火憐那麼極端（換個方式來說，她在穿著方面不會執著於某些準則），所以也買了不少普通的便服。

只是無論如何，火憐與月火的體格差太多了。

那件高領無袖上衣，自然而然像是緊身T恤一樣令曲線畢露，原本就沒有把裙襬設計得很長的打褶裙，變成超火辣的迷你裙。

不只沒穿褲襪，連襪子都沒穿，那雙修長裸露的美腿，足以令我感受到恐怖的情緒。

恐怖。

各式各樣的心理創傷在內心復甦。

比方說那時候、那時候，或是那時候……慢著，全都是這幾個月發生的事情！這幾個月，我去了鬼門關好幾趟！

……總之，暫且不提我的心理創傷。

先處理火憐的事情。

「小憐……如果妳被欺負，應該先跟我說一聲吧！為什麼沒有在演變成這種慘狀之前，先來找我商量一下！」

我激動地從旋轉椅子起身，抓著火憐的肩膀用力搖晃。

「不，我沒被欺負。」她則是任憑身體被我搖晃，以無可奈何的表情解釋。「真要說的話，欺負我的人是哥哥。」

「唔……」

「雖然現在可以當成往事說笑，不過我國小的時候，曾經因為哥哥無心的一句話而想自殺。」

「唔唔……」

好沉重的往事。

就算妳現在說出這種往事……

我曾經說過那麼重的話？

「以那個事件為契機，我才會立志成為正義使者——我這顆憎恨邪惡的心，是哥哥培育出來的。」

「什麼……？」

好討厭的責任。

不准把這種重擔壓到我身上。

「慢、慢著，可是……可是小憐，如果不是有人威脅妳，妳不可能穿成這樣吧！啊啊，好可憐……妳是被迫穿上運動服以外的花俏衣服，還被別人用手機拍下來傳到學校的祕密網站吧……」

感覺眼前一黑的我抱住腦袋。

居然會這樣。

自己的妹妹明明遭受著這種折磨，我卻絲毫沒有發現，只顧著唸書準備考試……受困於成績至上的學歷社會，害我失去真正重要的事物了。

自責的念頭宛如怒濤洶湧而來。

要是沒有努力把持精神，我可能會在下一秒就無止盡宣洩情緒。

只有憤怒的情緒，成為好不容易支撐著我的支柱。

這是對於我自己的憤怒，也是對於這個世界的憤怒。

「小憐，妳放心！我會想辦法！之後全部交給哥哥我來處理！首先，把霸凌元凶的地址和手機，還有放任霸凌的導師名字告訴我！我要讓他們接受應得的報應！」

「……哥哥有時候比火焰還要火熱耶。我果然會愛上你。」

火憐露出笑容。

柔和的笑容。

唔……至少以她的反應來看，我的推理似乎落空了。

不過除此之外，究竟還有哪種可能性？將理論上不可能存在的狀況刪除而得的結論，即使看起來再怎麼不可能存在，也依然是真相。那位夏洛克·福爾摩斯不是也說過這個道理嗎？

還是說，我漏掉了某種可能性？

唔～……

何況福爾摩斯大師的這個道理，以刪除法來說太不注重細節了。

「啊！我明白了！是角色扮演！」

「不可以把女生穿裙子講成角色扮演啦……就算是我也會受傷的。就是因為哥哥會講這種話，我國小的時候才會想自殺。」

「是喔，哇～原來妳也經歷這種脆弱的時代啊……」

我講得好像事不關己。

連我都覺得自己毫無反省之意。

「既然不是遭到霸凌，也不是在角色扮演，那到底是怎樣？」

「沒有啦，想說這樣是不是很可愛……唔哼～！」

火憐努力故作嬌態。

一點都不嬌。

反倒像是漂亮的拳法架式。

以身體為軸心扭腰，會變成這種架式也是理所當然的。

「可、可是……就算妳問我可不可愛……」

「可愛吧？」

被狠狠瞪了一眼。

而且還維持著故作嬌態的姿勢。

仔細一看，這個姿勢牽強得難以維持平衡，令我不禁佩服她的身體能力。

順帶一提，由於關係到我這個哥哥的面子，所以我不太願意過度張揚這個事實，但火憐認真瞪人的眼神超恐怖。

和動物園裡的獅子互瞪並且勝利。我妹妹擁有這樣的傳說。

我若無其事移開視線說道：

「好、好可愛～！」

沒、沒有，我絕對不是屈服於妹妹這股無言的壓力，我是在說「好、好渴啊～！」

和八九寺一樣，我只是口誤！

抱歉，我口誤！

「…………」

火憐維持相同的姿勢繼續瞪我。

唔哇，真的很恐怖。

在上次火蜂事件被火憐痛打一頓的痛楚，似乎成為最新的心理創傷，深深刻進我的骨子裡了。

我的身體自然而然開始打顫。

「好可愛，好可愛，超可愛～」我反覆如此說著。

這當然也只是我反覆口誤，實際上是在說「（皮膚）好乾燥，（空氣）好乾燥，（舌根）超乾燥～」。（註7）

八九寺的口誤方式應該會更加純熟，但現在這樣就是我的極限。

不過「口誤得很純熟」這種說法挺怪的。

「…………」

沉默降臨。

尷尬滿點。

一陣子之後……

「嘿嘿～！」

火憐居然撲到我身上了。

國三女孩撲到自己的身上。這句話聽起來該怎麼說，或許會令人想像成一種可愛的舉動。

然而這與事實相反。

是虛偽的假象。

剛才有提到動物園獅子的話題，以這個話題來發揮，最近的電視節目，不是會播

註7　日文「可愛」與「乾燥」音近。

放非洲野生肉食動物的狩獵紀錄片嗎？

剛才火憐這一連串的動作，就是這種感覺。

迅速又敏捷。

踏出來的第一步，就已經是全速了。

車禍意外時經常會發生一種狀況，那就是人類在真正面臨生死關頭時，身體反而會變得僵硬。不，即使我身體沒有僵硬，要我閃躲火憐的這波攻勢，如果是春假的時候還有可能，但是暑假期間的我根本做不到。

結果，火憐就像是在施展衝撞攻擊，從正前方撲過來抱住我。

我在一年多前，曾經親眼目睹阿良良木火憐使用這種衝撞攻擊，撞毀學校校舍的鋼骨結構。即使鋼骨結構已經年代久遠，這威力也太誇張了——當時的影像，在我腦中成為走馬燈閃亮播放。

幸好我沒有步上鋼骨的後塵。

但是這股衝擊力道，已經足以令我窒息了。

這次不是鋼骨，是我的肋骨軋軋作響。

完全無視於我胸腔的現況，火憐剛才從後方施展鎖喉功的手，這次是從正面繞過我的脖子。

緊貼著。

令我聯想到貼身採訪二十四小時的節目。

不對，我可不想被緊貼二十四小時。

應該說連一分鐘都不想！

要是火憐就這麼以她的蠻力緊抱我，我的身體有可能會被她折成兩半。

即使是春假時的忍，或是黃金週時的貓，都沒有對我做過這種事。

這不叫戰慄還能叫什麼？

「小、小憐……？」

「謝謝！哥哥願意稱讚我，我好開心！開心得不得了！耶～！」

就這麼抱著我，更加緊抱。

火憐以充滿活力的聲音如此說著。

我越來越感到戰慄了。

戰慄不已。

「…………！」

大事不妙。

妹妹嬌化了。

不，與其說大事不妙，不如說她的狀況很奇妙。

這一切從一開始就不對勁。

即使是為了打發時間，火憐也不會說出「有什麼想要我幫忙做的事情嗎？」這種話。

如果是「因為很閒，所以可以打你嗎？」這種話，她或許平常就說得出口（不過這樣的妹妹，就某方面來說也太恐怖了）。

「哎呀～像這樣抱著哥哥就覺得好放鬆。具有包容力的哥哥，抱起來就是不一樣。丹普枕大概就是這種感覺吧？」

「放手，好噁心。好噁心、好噁心、好噁心。對不起這樣真的真的真的好噁心，放開我！」

我開始掙扎。

然而我在體能上不可能贏得過火憐，沒能順利掙脫。

這應該不是純粹使用臂力。

該怎麼說，並不是使用力道，而是運用結構原理架住我。

「怎麼回事？這是什麼整人方式嗎？小憐，妳現在的角色設定到底是怎麼回事？」

妳真的沒受到霸凌？

還是說，這是同伴之間的懲罰遊戲？

如果是懲罰遊戲，被懲罰的人是我吧？

我從國中時代到現在，做過什麼活該被懲罰的事情嗎？

「什麼嘛，開心一下啦，可愛的妹妹正在向哥哥火熱示好耶？」

「可愛的妹妹？」

「哥哥剛才不是也說我可愛嗎？男子漢一言既出駟馬難追吧？」

「對於現在的妳，我連一言都出不來。」

不過實際上，包含意外性質在內，妳穿裙子的這身打扮，真要說的話算是可愛。

「給我好好說明是怎麼回事吧。不只要說明妳正在做什麼，要從妳現在是什麼設定開始，給我有條有理說明清楚。」

「居然問我是什麼設定……嗯，今後我決定對哥哥百依百順，以熱愛哥哥的妹妹為賣點。」

「就算妳賣我，我也不會買！還有，妳這樣會和神原的角色屬性重疊！」

不過那個傢伙不是妹妹。

以立場來說是學妹，所以挺類似的。

「神原？」

忽然間——火憐輕易放開我了。

我感受著手銬解開的神清氣爽解放感（其實我上個月底親身經歷過，所以這是基於實際體驗的寫實譬喻）——火憐則是退後三步拉開距離。

間隔三步不踏師影。

類似這樣的感覺。

嗯？

怎麼回事？

火憐的表情不太對勁。

雖然她從一開始就不太對勁，但這次是正經的不太對勁（不過「正經的不太對勁」在文法上也很奇怪）。

雖然很高興得到解脫，但火憐忽然變安分了。

即使是吐槽時脫口而出，不過忽然聽到一個陌生的名字，或許令她受到驚嚇吧。

「啊啊，那個，小憐——我剛才說的神原，和巴歐來訪者這部漫畫無關，是小我一屆的學妹——」

總之似乎可以巧妙錯開話題，順利的話還可以讓火憐穿裙子的模樣從歷史抹滅，所以我打算為她說明神原這個人。然而正要開口的時候，我發覺不知道該從何說起。

神原學妹。

直江津高中二年級學生。

曾經是籃球社的王牌選手。

就某種意義來說，沒有人比那個傢伙還要淺顯易懂，然而以另一種意義來說，也沒有人比那個傢伙還要難以理解。

到底該如何說明？

就像是蜈蚣的走路方式一樣難以說明。

也像是被人問到「該怎麼談戀愛？」這種問題的感覺。

何況，要是我毫不客氣率直說出自己對她的感想，有可能會變成一直在說她壞話。

神原的評價肯定會下降。

我想要避免這個結果。

唔～我的辭彙能力實在很差。

難怪現代國文的成績總是難以進步。

「我想想……神原她，那個，該說E5型的新幹線嗎，是個像是磁浮列車的傢伙……不，反倒應該形容成戰機……類似幽靈戰機那樣？」

我就像這樣，思考著適合的例子並支吾其詞。

令人驚訝的是，火憐主動開口了。

「對，神原駿河。」

咦？

咦咦？

我應該還沒說過全名吧？

「……小憐？」

「哥哥！我有一個請秋！」

火憐宛如下定決心，拉高聲音如此說著。

聲音拉得太高，所以語尾有點走音。

然而她接下來的行動，快得足以將這種瑣碎的失誤一筆勾消。

真的是快到來不及看清的速度。

以全身施展的縮地法。

或者是以全身施展的雙重極限。（註8）

她迅速當場正坐，雙手以四十五度角就定位，手心緊密貼在鋪著地毯的地板上，柔韌的上半身，宛如預先設定做出這種動作的驅動元件往前彎，人體最堅硬部位之一的額頭則是叩在地面，宛如要向母星地球表達違抗之意。

是的。

坦白講，就是下跪磕頭。

即使用不著坦白講，這也是下跪磕頭。

「可以請您將我這個愚妹，介紹給神原老師認識嗎！」

「…………」

啊啊。

註8　縮地與雙重極限都源自於漫畫作品「神劍闖江湖」。

原來如此。

原來是這麼回事。

火憐完全不遵照自己的角色設定，從剛才就展現的可疑行動；如果不是一家人，就會打電話到警局或醫院，或是同時打給警局與醫院求救的可疑行動，至此終於得到了解釋。

神原駿河——如前面所述，她曾經是籃球社的王牌選手，然而這個人沒辦法以這種普遍的話語來形容。

與世間凡人處於不同的級數。

她甚至被喻為創校至今的明星。

因為她居然能在這所與運動無緣的升學學校，帶領弱小的籃球社打進全國大賽。她就是這樣的實力派。

何況，像她這樣能夠灌籃的女球員應該很罕見。

因為某些原因，所以她在高中二年級就退出社團，但她的明星屬性未曾黯淡，至今也受到許多人的仰慕，其中大部分是學妹。

而且熱情的粉絲也很多。

忘記是什麼時候的事情了，雖然不願意回憶，但我曾經被那個傢伙的支持者們包圍逼問，場面還差點失控，是一段不堪回首的辛酸往事。

後來是羽川和神原一起前來打圓場，才讓事情和平落幕，但當時我真的以為自己會沒命。

我曾經差點被戰場原的粉絲神原殺掉，接著又差點被神原的粉絲們殺掉，這種連鎖也該有個限度才對。下次說不定會差點被神原粉絲的粉絲殺掉。

總之，那個傢伙的人氣與魅力，不會只侷限於學校之內，我早就明白這件事了。

雖說如此，沒想到連國中生都知道她的事蹟……

我再度體認到，她是個了不起的傢伙。

神原駿河。

「……哎，仔細想想，格鬥技在現代也是一種運動了。妳會知道神原這個打進全國大賽的當地明星，也完全沒什麼好訝異的。」

或許是道場的規定或原則吧，火憐的流派不會舉辦比賽（應該說沒辦法參加。該流派的武術過於偏向實戰，甚至禁止門徒參加相關的學校社團），但要是真的有這方面的比賽，而且火憐也參加了，那她如果沒有差錯，不，即使出什麼差錯，也肯定能夠打進全國大賽。

火憐或許就是因此得知神原這個人。

然而這個愚妹，剛才確實說過「神原老師」這四個字……

這代表……

「求求你，哥哥！更正，兄長大人！」

「用不著更正吧……」

「呼唰！」

「氣勢很足，不過也沒用！」

我踩住火憐的腦袋代替吐槽。

這裡有個哥哥，腳踩著下跪磕頭的妹妹腦袋按啊按的。

這是妳剛才嚇唬我的回禮。（但我並沒有被嚇到！）

「哎呀～被哥哥踩是我的榮幸～！」

然而堅強的火憐就這樣看著地面毫無抵抗，並且說出這種話。

正如預料，基本上是肉體派，在精神層面也喜歡努力與毅力這種字眼的她，只要以達成目的為前提，這種程度的屈辱與折磨，反倒成為她的一種樂趣。

唔～

我妹妹真的又M又帥氣。

「話說，妳的磕頭模樣我真的看膩了，不要每次發生什麼事情就下跪磕頭，不然再過不久，妳好像每天早上都會磕頭問安了，我是諸侯列隊出巡嗎？我一個人就有整隊諸侯的地位，我是哪門子的領主？話說在前面，磕頭在現代社會也是一種暴力行徑。」

就像是恫嚇外交那樣。

但我正踩著她的頭就是了。

「明白了！那我願意舔腳趾！我會從拇趾依序舔！」

「我說過了，不准做出這種事情！」

「唔！」

火憐微微抬起頭看著我。以蟄伏的姿勢仰望我。

眼中閃耀著火光，企圖突破面前的障礙得到成就感。就是如此令人激賞的表情。

「明白了！那我把貞操給你！我把貞操獻給哥哥！」

「我不需要妹妹的貞操！」

我狠狠踹向火憐的臉。

合理對國三妹妹使用暴力的場面，在這個現實世界是存在的。

「唔喔！」

妹妹終究無法維持下跪磕頭的姿勢了。

即使如此，她最令人讚嘆的地方，在於她維持著伏跪姿勢連忙向後彈，把這一腳的衝擊向後方化解。了不起。

火憐就這麼（大概是想要遮羞）在我稱不上寬敞的房間施展後空翻，也就是以倒掛金鉤的姿勢向後翻，即使腳底擦過天花板，姿勢也標準又漂亮。

十分、十分、十分、十分、十分。

她的身體能力太扯了。

她降落在床上。

彈簧發出刺耳的軋軋聲。

床墊該不會因此變得不好睡吧？

居然做出這種事。

「……小憐，妳剛才是順勢這麼做所以無妨，不過在十年後，在妳成為身心成熟的大人之後，曾經向我下跪磕頭的往事，絕對會成為妳沉重的回憶。不過話說在前面，我一輩子都不會忘記妳曾經向我下跪磕頭。」

「呼，哥哥，比起十年後，今天才是最重要的吧？撐不過今天的傢伙，要如何迎接明天？」

「妳只有嘴裡說得好聽。」

到最後卻向我下跪磕頭？

也不想想多麼丟臉。

今天下跪磕頭的傢伙，到底要如何迎接明天？

「小憐，我姑且關心妳一下，妳在外面應該不會這麼做吧？比方說對朋友、對同學……或是對學校老師下跪磕頭。」

「當然不可能吧？因為我是大家的偶像。」

「…………」

哎，我想也是。

栂之木二中的火炎姊妹。

在地國中生的代表。

她是其中一員。

但因為火憐負責實戰，所以立場比月火來得搶眼。

是最危險又最亮眼的主角位置。

「我已經下定決心了，我只會對哥哥下跪磕頭！」

「不准擅自決定這種事。」

會造成我極度的困擾。

妳還是去死一次，把妳的笨腦袋治好吧。

或者就這麼笨下去也無妨，去死一次吧。

……不過，不知道是從什麼時候，包含她受到身旁眾人歡迎的這一點在內，我覺得這個傢伙和神原有著相似之處。

當然，無論是所處的環境以及各種細節都有所不同，但神原和火憐的共通點確實很多。

火憐從某處聽到神原的傳聞，並且抱持著強烈的憧憬，這方面我並不是無法理解。

雖然並不是無法理解……

即使已經習慣她下跪磕頭，即使這一幕已經化為日常光景——但是她居然脫下運動服，穿上平常排斥不已的裙了（應該是她以嬌羞妹妹的身分，用來諂媚哥哥的正式服裝），痛下決心到這種程度，是阿良良木火憐史上第一次發生的狀況。

至今基於自尊或矜持，只要是自己想做的事情，總是不願意請我這個哥哥幫忙的這個妹妹，居然像這樣低聲下氣提出請求，對她來說應該需要相當程度的覺悟。

嗯……

「不過，小月居然會願意借妳衣服……妳應該會把她的衣服撐大吧？」

「對，所以我是偷偷借穿的。」

「…………」

晚點妳會被罵的。

那個傢伙生起氣來比我恐怖。

「雖然得到哥哥的誇獎，不過我果然不適合穿裙子打扮。其實也稱不上打扮，因為腿幾乎都露在裙子外面了。雖然這麼說，但這件迷你裙在踢腿時不會礙事，感覺挺不錯的。」

「不過那件裙子，原本並不是那麼火辣的迷你裙就是了。再怎麼樣，妳也千萬不能穿成這樣在外面走樓梯啊。」

聽到我這番勸告，火憐答道：「我怎麼可能穿這種丟臉的衣服出門？」

明明是擅自拿月火的衣服穿，卻講得這麼不客氣。

總之，她並不是在說和服的壞話，所以月火應該不會氣到哪裡去。

大概會是憤怒ＬＶ２左右。

「順帶一提，火憐，妳為什麼會知道我和神原交情不錯？」

我剛才吐槽嬌羞形態的火憐時不小心說漏嘴，這可說是我無可救藥的個性。但是至今的我，肯定是守口如瓶隱瞞著這件事實。

因為我不喜歡引發無謂的騷動，而且我基本上不會讓妹妹們知道我的人際關係——至今她們只知道我認識羽川和千石。

尤其是我和神原的交情，我隨時注意避免被妹妹們知道。然而……

「啊啊、嗯。是因為神原老師的非官方粉絲團『神原姊妹會』有發行電子會報，我經常會在裡頭的照片看到哥哥……」

「那是偷拍吧！」

居然有非官方粉絲團！

還叫做神原姊妹會！

啊啊，原來如此，我明白了，是手機！

考量到妹妹們會打著正義使者的名號輕舉妄動，爸媽從今年夏天，終於讓我的兩個妹妹擁有手機了。

但手機造成了負面效果。

無論是經由電子報還是何種方式，火炎姊妹能夠收到的情報量大幅增加——比方說上次的火蜂事件就是如此——我和神原的學長學妹關係，也是因此被火憐知道的（至少我不認為她只靠手機照片就知道這種事）。

恐怖的資訊化社會。

這個世界確實朝著錯誤的方向邁進。

感覺還是找爸媽商量，請他們沒收妹妹們的手機比較好。

這兩個傢伙的安全性肯定在降低。

「咦～？可是哥哥，這種想法太過時了吧？雖然大人們都在感嘆很多小孩會在上課時玩手機，不過這些大人以前上課的時候，不是也會做家庭手工或是傳紙條嗎？」

「哎，也是啦……」

即使工具改變，所作所為還是沒變。

這就是人類。

感嘆年輕人遠離書本不肯做學問的上一個世代，卻和手機與網路這種現代工具逐漸疏遠。

不看古典文學的孩子，以及不看輕小說的父母，兩者之間意外沒什麼差距——舉個更加極端的例子，即使紫式部是多麼優秀的文學作家，要是她來到現代，就會連圖畫書都看不懂。

拿不同年代的文化做比較，是毫無意義的事情。

不過，這只是我從羽川那裡學來的道理。

「我調查之後發現，哥哥好像受到神原老師壓倒性的支持。雖然不知道哥哥使用了什麼伎倆，但神原老師把哥哥當成師父尊敬。」

「總之……並沒有錯。」

我無法否認。只不過，我覺得她這種說法和現實頗有差異。

我並沒有使用任何伎倆，但神原對我抱持著某些根深柢固的情感。

「所以哥哥，你目前在女國中生之間受到相當的矚目。大家都想知道這個把神原老師當跑腿使喚的矮個男生是誰。」

「居然招致陌生女國中生的怨恨……」

我並沒有把她當跑腿使喚。

對那個傢伙全心奉獻的舉動，最感困擾的不是別人，就是我……

「不，反而應該說大受歡迎。哥哥可以認定自己隨時承受著女國中生火熱又羨慕的視線。」

「我居然不知不覺成為超級偶像了……」

這在某方面來說令我抗拒。

這種負面的人氣應該適可而止。

「這件事我當然也有向家人保密，不過哥哥，我覺得這是某種緣分。能夠以這種方式和神原老師有所關連，這很明顯是一種緣分吧？是天生註定的緣分吧？所以求求你，可以把我介紹給神原老師認識嗎？」

「緣分是吧……」

「雖然自己這麼說有點奇怪，但我覺得神原老師和我肯定很投緣！」

火憐把雙手枕在頭後，吹著口哨像是自言自語如此說著，並且不時把視線投向我。

看來似乎是想裝成不以為意的樣子。

有夠煩。

口哨吹得那麼好也令我火大。

不過，妳和神原確實會很投緣吧——同屬於運動類型，同樣是帥氣風格的女生。

然而……

然而，老實說，我不打算介紹妹妹讓神原認識。

我很堅持。

我有一個不能介紹的理由。

神原眾所皆知是一名運動少女，是打進全國大賽的運動健將。但我因為某些立場，得知了她鮮為人知的某些癖好——這就是理由。

「小憐。」

「哥哥，什麼事？」

「死心吧。」

喳咕。

我的腹部發出這種離譜的聲音。

就像是鏟子插入地面的聲音。

妹妹毫不猶豫向哥哥施暴。

宛如鑽過肋骨之間，在瞬間直插而入的手刀。

我還以為肝臟報廢了。

「好啦，哥哥，我們談一談吧。」

「…………」

等一下，我暫時沒辦法說話。

這已經不只是痛的程度了。完全發不出聲音。

「居然不答應可愛妹妹的請求？那我也有自己的想法。」

「唔……唔唔……」

這種思考模式，真的和流氓如出一轍。

妳不可能有什麼想法。

神把某種絕對不能賜予的才能，賜給絕對不能賜予的對象了。

神，您也太隨興了。

別賜予這種沒必要的才能，先賜予她思考事情的能力吧。

「下……下跪磕頭行不通，就毫不猶豫施暴……太離譜了……」

雖然好不容易終於說得出話，但橫隔膜的震動會確實傳到受創的內臟，所以吐槽的聲音聽起來頗為悲慘又刻骨銘心。

「怎麼可能嘛……」（註9）

為了掩飾這種慘狀，我試著追加這句臺詞，然而很遺憾，結果似乎變得更悲慘了。

總之，我最喜歡初代的光之美少女。

除了初期作品都不配稱為鋼彈作品，或是只承認平成時期的假面騎士。每次接觸到這樣的意見，就覺得這應該是觀眾小家子氣的狹隘見解，然而看到光之美少女的變遷，就令我莫名可以體會這樣的心情。

但要是只注重第一印象，接下來就沒戲唱了。這也是事實。

「太離譜？不然哥哥，你要我怎麼做？除了溝通，還有其他方法能實現我的願望嗎？」

註9　這是初代光之美少女的臺詞，所以才會有後續的論述。

「對妳來說，所謂的溝通就是互毆吧……」

月火曾經說過，從人類文化的角度來看，拳腳確實是一種溝通工具。然而這應該是在雙方實力平分秋色的場合，單方面的暴力無法成為溝通工具。

那麼，整理一下狀況吧。

必須確實做好整理整頓的工作，這是我唸國小學到的道理。

所以要進行整理。

阿良良木火憐的目的，是要對神原駿河介紹自己——不，正確來說，是要把自己介紹給神原駿河認識。

這個目的非常明確又堅定。

堅定到文風不動。

她是為了達成目的，不惜橫衝直撞的女孩。

這個女孩會把一加一再加上毅力等於三。這樣的她一旦開始橫衝直撞，無論是誰都無法阻止她。

從另一個角度，還可以點出一件事實——火憐很少積極為自己訂下目標。

出乎意料，她沒什麼自我主張。

總是毫不猶豫為他人行動，相對來說，卻很少基於自己的意志行動。

甚至像是沒有自己的意志。

這也是我將火憐視為虛偽之物的主要原因——我曾經告誡過她，為他人而立的正義，如果碰上為自己而立的正義，就只是一種脆弱的假象。

正因如此，在她為了自己而訂下明確目標的這種時候，火憐就會極為堅持，我也會為了讓火憐達成目的，排除萬難盡量提供協助。

然而。

然而——只有這次辦不到。

我不想把她介紹給神原。

我絕對不願意把火憐介紹給神原認識。

這是我的立場。

是阿良良木曆的目的。

總之，她也必須偶爾學習挫折。

我不希望火憐與月火成為一受到挫折就會放棄的人——不過，這其實算是我的立場。

兩者之間沒有妥協的餘地。

完全對立。

換句話說，我們是零與一，是全有與全無，一定要有其中一方完全放棄——而且我不打算放棄，也無法說服火憐放棄。不過這麼一來該怎麼辦？

我被她打一拳就輸了。

打架不可能贏得了她。

真的嚴格來講，只要請忍全面提供協助，我再怎麼樣終究也不會輸——不過以人類的做法來說，這應該歸類於犯規手法。

我看著自己的影子如此心想。

因為在室內，所以影子不明顯。

「嗯……」

無論如何，不可能以溝通或互毆解決問題。

以他人的角度來說，無論我被打得多慘，我應該也不會改變自己的主張。

如果是妹妹施暴，我自認有度量承受到底。

因為我姑且是哥哥。

即使不是兄長大人，也是哥哥。

「……那麼，就只能對決了。」

「啊？」

「以我們的作風，要是爭執不下就只能對決吧？不過話說在前面，這次並不是對等的對決。」我如此說著，並且回到書桌旁邊收拾複習教材。

清晨的讀書計畫被迫中止。之後再找時間彌補吧。

沒有任何英文單字比家庭問題優先。

「小憐，這次是妳的單方面要求。以遊戲來說，我們不是對等的玩家，是我這個莊家和妳這個玩家對決。」

「這樣啊……」

忽然間，火憐的音調變了。

看來燃起鬥志了。

火憐的體內，有一個無條件對「對決」這兩個字起反應的加速感應裝置。

「好，就這麼說定了，哥哥也挺明理的。啊，想定什麼規則悉聽尊便，只要能夠見到神原老師，任何條件我都會克服給你看。」

這傢伙還是一樣單純。

過於單純，光看就令我起雞皮疙瘩。

如果就這樣繼續成長，這個傢伙將會成為天大的人物——包括挫折與各種道理，要是沒讓她先學會，將來的她真的會很不妙。即使不是我妹也會令我擔心，真的很不妙，是那種危險的不妙。

哎，總之，我今後會讓她學習這方面的道理。

不過，這下子該怎麼辦——雖然她說規則隨便我定，但我也不能使用過於困難的對決方式。

妹妹對於卑鄙或是奸詐的手法，抱持著過度強烈的反感。

似乎是火熱燃燒的正義靈魂不允許的樣子。

勉強可以驚險過關的規定，毫釐之差就無法過關的條件。這場對決必須擁有這種乍看公平的設定。

我一時之間想不到。

何況，就算不能使用過於困難的對決方式，不過到頭來，能讓火憐覺得困難的對決方式，也沒有那麼好找。

因為這個傢伙，甚至曾經通過百人組手的考驗耶。（註10）

而且還打贏了。

她的毅力和常人不同。

以前飆車族以人質威脅，將她圍起來痛毆的時候，據說她直到最後都沒有發出任何聲音——不過當時我當然有去救她。

要是沒有來得及過去解圍，應該會演變成悲慘的案件吧……

居然在這種和平的城鎮做出這種事情。

換句話說，太有毅力也是一種問題。

過猶不及。

註10　極真空手道的極限挑戰。以兩分鐘為一回合，與一百名對手輪流對打共一百回合。

這已經是正義靈魂之前的問題了。

要是貿然使用過於嚴苛的對決方式，火憐可能會硬是挑戰成功，別說令她受挫，還可能令她留下無法磨滅的傷痕。

不知退卻為何物。甚至達到令人不敢領教的程度。

她是不惜拖著生病的身體，也要挑戰敵人的熱情女孩。

……以這種意義來說，負責定規則的我，面臨著更嚴苛的考驗。

困難又艱苦。

因為非得令這個傢伙認輸才行。

不久之前，在火憐不惜拖著生病的身體也要挑戰敵人的時候，我為了阻止她而和她大打一架……難道非得做到那種程度嗎？

承受痛苦時不覺得痛或苦，面對屈辱時不屈也不覺受辱。

……慢著，像這樣重新思考，就覺得這傢伙真的很厲害。

已經不是說她又M又帥氣的場合了。

她真的是我妹妹？

該不會是義妹吧？

如果是這樣就很萌了。

我還沒對決就軟弱到這種程度實在不太對，不過如果我趕快放棄抵抗，並且把她介紹給神原認識，或許就省事多了——唔。

唔唔。

對喔。

話題的中心是神原。

既然這樣，以這個場合來說，採用神原的作風或許是妙計。

「等我一下，我去準備道具。」

「道具？怎麼了，要打撲克牌？這樣太卑鄙了吧！」

「為什麼打撲克牌叫做卑鄙……」

妳太不會玩動腦遊戲了吧？

放心，我不會用那種手段。

何況這樣妳不會認輸。

必須是令她覺得有勝算的比賽才有意義（但她居然一聽到撲克牌就想投降，我打從心底擔心妹妹的未來）。

妳接下來將會看見地獄。

和我在春假體驗到的地獄，同等級的地獄！

我讓火憐待在房間等，然後前往洗臉臺。我很快就找到要找的東西，拿起來之後就回到房間。

回房一看，火憐躺在床上。

這傢伙真隨興。雙腳大膽張開，內褲都被我看光了。

話說回來，這個笨妹妹似乎連內衣都是借月火的來穿。

即使同樣是女生，應該也不能這麼做吧？

「喔，哥哥，你真快。」

「妳啊，居然一有機會就睡覺……妳是大雄嗎？」

「因為睡眠充足，所以我長得又大又雄。」

「這種講法一點都不高明。」

「別這麼說啦，小夫。」

「高明得令我火大！」

「嗯？哥哥，你手上拿的是……」

眼尖的火憐說完之後起身。

看她揉眼睛的動作，看來她不只是躺著，而是真的睡著了。

這傢伙是野生動物嗎……

還是哪個國家的戰鬥部隊？

「那不是我的牙刷嗎？」

一點都沒錯。

我前往洗臉臺拿回來的是火憐專用，橘色握柄的細毛牙刷。

另一隻手則是拿著牙膏。這方面我可沒有忘記。

「難、難道說，哥哥……」

火憐難得露出害怕的表情。

甚至臉色都不禁鐵青。

唔。

這傢伙的直覺真敏銳，或許她已經知道我的用意了。

不愧是野生動物，戰鬥部隊。

難得想嚇她一下卻被她預先料中，真無趣。就在我如此心想的時候……

「……你要用那把牙刷插我的屁眼？」

火憐以顫抖的手指指著我。

…………

我被嚇到了。

臉色明顯變得鐵青。

這種想法也太離譜了……

「不愧是我哥，居然想到這麼恐怖的事情！」

「不，妳哥並沒有想到這麼恐怖的事情……」

別這麼看得起我。

我不是那種程度的男人。

「是嗎？不過月火以前曾經對纏著班上女同學的跟蹤狂，進行過類似的制裁耶？」

「好可怕！」

我妹妹超可怕！

不對，聽她這麼一說，就覺得這確實是月火想得到的點子！

肯定不會是火憐想到的點子。

「雖然這麼說，但火憐終究沒有連牙膏都用上。哎呀，哥哥的級數果然不一樣。」

「別這樣，別把我和那個妹妹相提並論。」

「我不是說級數不一樣嗎？」

「全都跟妳想的不一樣。」

不過，我終究有些不敢領教。

月火比火憐更像流氓吧？

那個傢伙是太妹嗎？

做哥哥的我也嚇出一身冷汗了。

「當時我也覺得這麼做太過火了。不過哥哥，會跟蹤別人的卑鄙傢伙，受到何種處罰都是應得的報應吧？」

火憐以頗為正經的表情如此說著。

看到她咄咄逼人的這副模樣，神原曾經跟蹤我的這件事實，看來還是瞞著她比較好。

總之，這是正義使者遊戲的一環嗎——

但要是我這麼說，應該只會被她們回以「這不是遊戲」，「我們不是正義使者，我們就是正義」這種話。

「卑鄙傢伙嗎——總之，這種追著女國中生到處跑的傢伙，我也不想幫忙說情就是了。」

「啊啊，這麼說來，記得月火現在也在確認某個傳言的真假。」

「傳言？」

「嗯。這座城鎮好像有一個男高中生，會從背後襲擊雙馬尾小學生，不但緊抱還摸遍全身每個角落，已經不是跟蹤狂的程度，根本就是變態了。雖然目擊證詞太少，所以詳情還沒有浮上檯面，但如果這是事實就不能原諒了。」

「唔、唔嗯，這、這這這真是不得了的變態……」

我全力移開視線，如此應和著火憐。

……仔細想想，八九寺真宵並不是只有我和羽川看得見的夢幻妖精。

雖然很少，但已經有目擊證詞了。

資訊化社會真的好恐怖。

訊息毫無死角。

「如果真的有這種會對可愛小學生進行性騷擾的人渣，那就不能只交給月火了，我也會親自出馬，把他揪出來碎屍萬段。」

「哈、哈哈哈哈哈，妳們兩個都挺忙的嘛，總之關於這方面，有掌握到什麼消息就向我回報吧，我不會把情報拿去做壞事的。」

「喔喔，哥哥居然表態願意協助，真是難得。哥哥的內心深處，果然也有一顆熊熊燃燒的正義之心吧？」

「那當然，哈哈哈哈哈……」

「呃、哥哥，離題了。既然不是用來插屁眼，那你要用那根牙刷做什麼？牙刷除了用來插屁眼，還有其他的用途嗎？」

「…………」

好誇張的問題。

如果只看這句話，妳實在有夠變態。

似乎可以和神原聊得很投緣。

不過！

令人驚訝的是，神原的變態想法甚至凌駕於此！

那個女人在精神層面，遠遠凌駕於跟蹤狂或變態這種寒酸的辭彙！

所以我才不想介紹妳們認識！

「小憐，妳不知道嗎？牙刷這種東西，是用來刷牙的道具。」

「呃、嗯，這麼說來確實如此。」

「當然，嚴格來說，這也可以當成打掃工具。在打掃水槽縫隙之類的地方時，牙刷是最好用的道具……」

慢著，又離題了。

由於主題是神原，所以無論如何都會聯想到打掃……明天就是十五號，所以又得去打掃那個傢伙的房間了。

「哥哥，牙刷確實是用來刷牙的道具，不過這又怎樣？總不會叫我在這裡刷牙吧？」

「對，我沒有這麼說。」我點了點頭。「我沒有要妳刷牙……是我要刷。」

「嗯？」

「而且我不是要刷自己的牙。我要刷的是妳的牙。」

「…………？」

火憐歪過腦袋。

看來她似乎還沒把握事情的嚴重性。

「慢著，我聽得一頭霧水……哥哥要幫我刷牙？為什麼？總之，要這麼做的話我無所謂……不過為什麼這樣就可以當成對決？」

火憐以詫異的語氣如此說著。

呼呼呼。

想到她這種悠閒的表情只能再維持幾分鐘，我打從心底感到愉快。

「妳和小月都會去髮廊剪頭髮吧？不過我對那種地方挺抗拒的。不認識的人碰我腦袋，會令我莫名緊張。」

「……嗯，這我可以理解。我也不想讓不認識的理髮師剪頭髮。」

火憐如此說著。

「以心理學的觀點，摸頭髮似乎也是交情相當親密才能做出的舉動。甚至有女生比起被別人摸身體，更不願意被別人摸頭髮。」

八九寺就是如此。

當我抓起她的雙馬尾，模仿騎乘哈雷機車的模樣捉弄她時，她生氣的程度令我嚇了一跳。

那麼懂禮貌的八九寺，居然以平輩語氣對我開罵。

沒想到她會暴怒到那種程度……

所以我終究有所反省。這件事對我來說記憶猶新。

「嗯……所以呢？」

無法預測後續進展，似乎令火憐開始不安了，她的聲音隱含著謹慎的感覺。警戒心一流。

「像是這種肌膚接觸——最淺顯易懂的例子就是剪頭髮，不過除此之外還有很多種吧？比方說，妳不會讓外行人幫妳進行全身按摩吧？諸如此類。」

「諸如此類……」

「諸如此類的其中一類，就是刷牙。」我如此說著。

刻意模仿演講的語氣，她大概搞不懂我到底在說些什麼吧。

「妳剛才似乎不當成一回事，不過讓別人幫自己刷牙，一般來說是不可能會有的體驗。因為這和剪頭髮或按摩不一樣，平常自己就做得來，而且也都是自己做。」

我說完這番話的幾個小時之後，火憐就自己剪掉了自己的馬尾。不過在這個時間點的我，當然不可能知道這種事。

哪可能預料得到。

「換句話說，小憐——讓別人幫自己刷牙，會造成強大的心理抵抗。只要妳能承受這種心理抵抗五分鐘就算妳贏，我就會介紹神原和妳認識。如果妳在五分鐘之內投降就是我贏，到時候我就不會幫忙介紹。」

「……哈哈！」

這就是我所提出的規則與條件。

聽過對決方式之後——火憐笑了。

就像是安心般笑了。

不，甚至就像是在相撲比賽進行壓制時的鬆懈笑容。

「什麼嘛，剛才哥哥講得那麼正經，所以即使是我也稍微被嚇到了。如今則是有點失望。」

「是嗎？」

「對，我甚至想說這樣正合我意。我有試著想像過，如果是完全不認識的陌生人幫我刷牙，我就會抗拒，不過現在要幫我刷牙的是哥哥，所以我不在意。被迫必須幫妹妹刷牙的哥哥，說不定會在刷到一半的時候，反而無法忍受屈辱先投降吧？」

火憐如此說著。

「坦白說，哥哥對我做任何事，我都不會覺得不好意思。」

她甚至說出這種瞧不起哥哥的話。

「…………」

咯咯咯！

中計了吧！

連瞧不起我的這番話，聽起來都好悅耳！

我早就知道妳不會因為屈辱而投降了。

妳以為我當了妳幾年的哥哥？

無須隱瞞，在妳誕生之前，我就已經是妳的哥哥了！

「……如果我在中途投降，就算妳贏。」

「是嗎？唔～想請哥哥把我介紹給那位偉大的神原老師，卻只有用這麼簡單的對決，我有點過意不去。其實我反而希望門檻更高的說，哥哥真是ＫＹ。」

「ＫＹ？」

「『不懂察言觀色』的簡稱。」

「啊啊，這麼說來，我最近常聽到這種說法。」

「也可以說是ＳＦ，『有點不可思議』。為什麼呢？」

「不愧是大師……完全走在時代的尖端。」

非常不可思議。

總之，這種事情無所謂。

「那可以開始對決了吧？坐那裡吧。」

「是是是。」

火憐坐在我的床上。

由於沒有小心謹慎之類的想法，所以這個動作盡洩裙底春光。

雖然不習慣穿裙子，以及裙子不夠長都是原因，但妳還是別穿裙子比較好。

我如此心想，坐在她的身旁。

並肩而坐。

在牙刷上擠了一點牙膏，扭動上半身，以左手扶住火憐的後腦勺。

「啊～」

「啊～」

讓她張嘴之後，將牙刷伸進去。

好。

妳就親身體驗偉大的神原老師多麼恐怖吧。

妳是因為神原老師的性癖點子而敗北，這應該也是如妳所願。

「唔……唔咕？」

對決開始約一分鐘之後，火憐似乎總算掌握自己陷入何種危機了。

她的表情出現異狀。

與其說異狀，應該說劇烈變化。

她的表情，是我至今未曾看過的驚愕——與恍惚。

「咿……咿咕、咕、咕嗚？」

現在才發現嗎？

不過太遲了，小憐。

這場戰鬥早已開始了。

是的。

剛才剪頭髮和按摩的話題只是誤導，刷牙位於完全不同的範疇。

因為接觸的部位是口腔。

不是身體外側，而是身體內側。

不是身體表面，而是身體裡面。

換個直截了當、淺顯易懂的說法——就是會產生快感。

總歸來說，就是很舒服。

刷牙是一種過於日常的行為，因為習以為常，所以意外容易疏忽這一點——我也是直到神原提及才察覺這件事。

然而，這是昭然若揭的事實。

到頭來，以纖細的毛尖輕撫身體的敏感部位，當然不可能不舒服。

何況不是自己做，是別人對自己做，所以肯定按捺不住。

火憐很有毅力。

內心不會因為痛苦或屈辱而屈服。

換句話說，是M。

超Ｍ。

正因如此，像這樣反其道而行，給予快感並且寵愛呵護她，更能有效令她屈服。毅力會因為快樂而瓦解！怠惰正是征服品格的利器！

「唔、唔……唔唔唔！」

我將臼齒後方，牙齒與牙齦的界線，視為重點部位仔細刷，火憐隨即敏感產生反應，身體出現間歇性的抽搐。

甚至差點翻白眼。

……這樣就另一種意義來說很可怕。

雖然我也是首次嘗試，但神原這位偉大老師的點子果然恐怖。

火憐，別恨我。

我是為了保護妳才這麼做的！

妳也不想認識腦子裡有這種誇張想法的人吧？

「咿、咿嗚……啊、啊、啊。唔……咕、哈啊、哈啊……」

然而——

我估計錯誤。阿良良木火憐這個女孩，有著超常的毅力。

甚至不會因為快感而屈服，宛如青蛙的毅力。（註11）

註11　源自吉澤老師的漫畫作品「超毅力青蛙」。

原本以為火憐不到兩分鐘就會投降，她卻咬緊牙關——不對，我正在刷牙，所以她沒辦法咬（這也是身體放鬆的原因之一）——努力忍受著我的攻擊、口擊與寵愛。

這樣看起來，就像是從親哥哥那裡得到歡愉的少女漫畫情節，肯定會令她感受到非比尋常的悖德感，然而她還真能撐。

唔，既然這樣，我也認真起來了。

我（其實這樣有點犯規）開始刷火憐的舌頭。

而且是舌頭下緣。

可以說是裸露柔肉的部位。

「火憐，快點投降會比較舒服喔——不！就不會這麼舒服喔！」

就像是搔癢地獄。她遲早會忍不住。

反正頂多只能再撐一分鐘！

「…………！什、什麼？」

然而，頂多只能再撐一分鐘的人——反而是我。

神原那個傢伙，肯定是認為這種事情用不著說也自然會明白，所以沒有刻意說出口——然而這場對決有個很大的盲點（不過神原肯定不會把這種行為當成對決項目）。

我只顧著推敲被刷牙的人會有什麼心理反應，卻完全沒有考量到刷牙的人，也就是我會處於何種心理狀況。我沒有注意這個重要事項，就投身於這場對決之中。

無比失策。

無法補救。

無從挽回。

因為——

「啊呼……呼、唔唔唔，唔……唔嗯……」

…………！

不妙！

聽到火憐像是嬌喘的聲音，我的情緒整個不對勁！

心臟跳得好快！

火憐的每個反應，都令我臉紅心跳！

這種像是在觸犯禁忌的複雜心境是怎麼回事！

賦予親妹妹快感的悖德感！

只要移動牙刷發出聲音，在火憐口中刷出泡沫，甚至會有種不是在幫火憐刷牙，而是在磨練自己感性的錯覺。

刷別人的牙，反而令我得到快感？

服務他人令我感到喜悅？

這就是學校老師說的助人精神？

不，應該不是！

不妙，原本只會令我覺得髒，從火憐嘴角微微溢出的口水，我也莫名覺得愛憐！

要是沒有立刻停手，這樣下去將會演變成天大的結果——即使如此心想，即使明白這一點，我的手依然遠離自己的意識，宛如自動機械（電動牙刷？）未曾停止動作。動作反而更加有力。

越是意識到這一點，越是用力。

火憐抽搐得更加明顯——大概是因為無法咬緊牙關吧，她只能緊抓著床單，但身體的抽搐並沒有因此得以壓抑。

臉蛋宛如噴火一樣紅通通的。

「唔哇……」我不由得發出聲音。

雖然在千鈞一髮之際吞回去——但是接在驚嘆聲後面，差點脫口而出的下一句話，甚至嚇到了我自己。

唔哇。

好可愛。

我擔任火憐哥哥至今約有十六年（順帶一提，這個數字包含火憐還在母親肚子裡的時間。從誕生之前就是哥哥的說法，並不是單純的誇張形容，而是基於這樣的含意），但我從來沒有覺得這傢伙如此可愛。

剛才會稱讚她穿裙子很可愛，是因為我被威脅……更正，是因為我不小心口誤，而且如今我無論如何也不會再說出「可愛」這兩個字——然而曾經浮上心頭的想法無法取消。

資料只要外洩一次，就不可能湮滅回收。

唔哇。

唔哇、唔哇、唔哇。

真的很不妙。

火憐有這麼可愛？

咦？

咦咦？

難道說，我妹妹是世界最可愛的女孩？

直到剛才，我一直認定心目中的理想女性是羽川翼，難道我的認知出現差錯？

雖然不可能勝過羽川，但這個傢伙或許能和羽川平分秋色……不對不對不對！

慢著！

阿良良木曆！

你說這什麼話！

怎麼可能有人類能和羽川並駕齊驅！

所以是錯覺，錯覺！

只是被這種特殊情境暫時迷惑罷了！

我明白，這種事我當然明白！

可、可是——

「嗚、嗚嗚嗚嗚！」

就像是和火憐合唱，我也發出類似嬌喘的聲音。

變成這種局面，就幾乎處於相乘效果了。

連自己都不曉得自己在做什麼。

我的思考迴路甚至開始認為，自己或許是為了幫火憐刷牙而生的人。

好愚蠢的思考迴路。

刷牙居然是如此恐怖，足以破發球局的行為……看來我不知不覺使用了恐怖的禁咒。

然而一切都已經太遲了。

無法以不知情來解釋。

因為不知情，而導致這種下場。

束手無策。

如今只能任憑進展了。

「小……小憐……」

比方說，有種玩意叫做香菸吧？

就是含在嘴裡，朝著前端點火，把煙吸進體內的那個玩意。

可能會造成肺癌等疾病，對人體造成負面影響，危險至極的那個玩意。

然而，如果那種東西是越吸就能讓身體越好的超健康食品，會變成什麼結果？

真的會和現在一樣普及嗎？

我還沒有成年，即使成年也不打算抽菸，不過即使如此，因為忍野那傢伙經常把菸含在嘴裡（但是沒點火），所以令我印象深刻。

我抱持著以下的想法。

正因為那是危害身體的東西——

正因為是不應該使用的東西。

才會普及到這種程度。而且至今依然繼續普及。

不能做的事情，不能用的東西。

因為這種玩意正是這種玩意。

所以才會異常吸引人們。

所以才會異常俘虜人們。

所以才會異常迷惑人們。

回過神來。

回過神來——我不知不覺，已經把火憐推倒在床上了。

左手依然扶著她的後腦勺。

身體壓上去，推倒火憐。

個頭比我大一點的她，我卻只要稍微將體重往前傾——她就毫無抵抗，任憑我推倒在床上。

我看著火憐。

凝視火憐。

宛如陶醉，宛如蕩漾。

火憐處於這樣的表情。

這是升天狀態。（註12）

「小憐，小憐，小憐——」

我反覆叫著妹妹的小名。

每叫一次，體內深處似乎就更加火熱。

火憐的身體也是熱烘烘的。

「哥、哥哥——」雙眼失焦的火憐如此說著。

註12　源自女性向遊戲「DUEL LOVE」，背景七彩滿天星的恍惚狀態。

因為牙刷還在嘴裡，所以她口齒不清。不，即使除去這個因素也一樣。

即使如此，她還是說了。

即使如此，火憐依然惹人憐愛地說道：「哥哥……可以哦。」

什麼事？

可以什麼？

如果是平常的我應該會如此吐槽，但我的情緒已經融化糊成一團了。

糊化、潤澤、溼透、稀釋、蠕動、滑溜、深掏、挑逗——

我阿良良木曆，溫柔放開扶著阿良良木火憐後腦勺的左手，將手輕輕伸向她的胸前——

「……請問兩位，這是在做什麼？」

此時。

一個不識趣、不客氣、毫無情感……

不，一個救贖的聲音闖入這個空間。

轉頭一看，在我回房時忘記關門的入口處，另一個妹妹，小隻妹，身穿和服的月火——以啞口無言的表情站在那裡。

眼睛瞪得圓圓的。

嘴巴也張得圓圓的。

就像是土偶。
與其說愕然，應該說呆滯。
或許該形容為下巴掉下來了。
一副不知如何是好的感覺。
「兄長，火憐姊……請教這是何種狀況？」
月火不知為何變成以京都腔說話。
而且有點像是祇園的風格。
看來似乎處於混亂狀態。
「等、等一下，小月……這是誤會！」
我放聲大喊。
不對。
雖然放聲大喊，但是到底哪裡有誤會？
老實說，一切如她所見。
要誤會這種狀況還比較有難度。
「為什麼哥哥會一邊幫火憐刷牙，一邊露出慈愛的表情把火憐推倒在床上？為什麼火憐會穿著我的衣服，一副陶醉的樣子任憑哥哥推倒在床上？」
聽她現在是以原本的語氣說話，精神似乎已經恢復正常，但她以原本語氣提出的問題，卻令我難以回答。

月火瞪得圓圓的眼睛，逐漸恢復為原本的形狀——不過總覺得只是從圓形變成倒三角形，這就是所謂的白眼吧。

月火的白眼，足以令我和火憐恢復正常。

回過神來一看，確實如月火所說。

這是非常難以說明的狀況。

「唔喔！為什麼我會一邊幫火憐刷牙，一邊露出慈愛的表情把親妹妹推倒在床上？」

「咦咦咦咦咦咦～！為什麼我會穿著親妹妹的衣服，一副陶醉的樣子任憑親哥哥推倒在床上？」

「嚇死我了～！」

「嚇死我了～！」

嚇死我了。

我出生以來首度受到這種驚嚇。

真・危・險！

這種禁止跨越的界線是怎麼回事！

太禁忌了！

「得……得救了，小月！謝謝妳！」

「得……得救了，月火！謝謝妳！」

我和火憐的聲音同步。

不，不只是聲音，連轉身指向月火的手指動作都同步。

毫無誤差。

如果正在進行默契比賽，我們肯定會拿下金牌。

不過以這種狀況，動作同步只會令月火留下負面印象，一點好處都沒有。

只能拿下遊樂中心的代幣。

因為，我的身體依然還壓在火憐身上。

「是喔……這樣啊……」

至於月火，則是興致盎然點了點頭。

她的眼睛甚至已經不是白眼。

倒三角形的眼睛，如今深深緊閉。

面無表情。

我和火憐，處於與剛才不同的另一種緊張情緒。

我們在等待判決。

緊張萬分。

宛如黏稠固體的大顆汗水沿著肌膚滑落。

「……嗯。」

月火抬頭了。

表情燦爛無比。

基於情理網開一面？有酌情減刑的餘地？至少應該會有緩刑期間吧？我和火憐忽然開始期待。

「兩位，可以暫時維持這個姿勢別動嗎？我現在就去便利商店買錐子回來。」

期待落空。

是死刑判決。

而且是用錐子行刑。

面帶微笑卻皮笑肉不笑的月火，維持著ＬＶ99的憤怒回到走廊，使勁以破壞性的力道「砰！」關上房門。

「月火！便利商店應該沒在賣錐子！要去專門的五金行才買得到！」

火憐朝著走廊的這聲呼喚，到頭來根本就沒講到重點。

月火完全沒有理會這聲呼喚。

傳來咚咚咚的下樓聲之後，就再也沒有任何聲音了。

唔哇～

演變成驚人的狀況了。

淺顯易懂的修羅場。

即使便利商店沒賣，不過那傢伙既然已下定決心，無論如何絕對會買錐子回來。

接下來會怎麼樣？

與其說接下來會怎麼樣，以這個狀況來說，接下來會被怎麼樣才是重點。

「……哥哥，你好重。」

在我煩惱的時候，火憐對我如此說著。

「啊啊，抱歉。」

我回應之後從火憐身上離開。

火憐也跟著起身，把被迫變成迷你裙的裙襬整理好。

似乎有些害臊。

害臊的火憐也很稀奇。

因為她基本上是一個直爽的傢伙。

「所以哥哥，關於剛才的對決……」

「咦？」

對決？

這個莫名其妙的名詞是什麼意思？

植物的名字？
還是我今天早上正在背的英文單字？
「早就超過五分鐘了。」
火憐對著歪頭納悶的我如此說著。
我聽她這麼說才想起來，剛才的行徑是我在和火憐對決。回想起這個初衷的我看向房間時鐘。
確實經過五分鐘了。
而且，已經超過十五分鐘了。
難怪會被月火看見。
「唔哇～……」
完了，我輸了。
不，比起敗北，我更應該率直誇獎火憐的毅力。
應該率直向火憐表達尊敬之意。
雖然我在中途也開始恍惚，但她能承受這種極刑，著實令人佩服。
而且長達十五分鐘。
簡直是怪物。
「唉，那就沒辦法了……畢竟約定就是約定。ＯＫＯＫ，小憐，我就把妳介紹給神原認識吧。」

其實我真的很不願意。

不過，既然她本人已經表明想見面了，我到頭來並沒有阻止她的理由。

與其說沒有理由阻止，不如說沒有權利阻止。

何況我認為她們肯定會意氣相投。

因為屬性相同。

「小憐，妳剛才很努力，是妳贏了。嗯，今天是哥哥輸了，我就認輸吧。」

「唔、嗯。」

我如此慰勞火憐，但她的反應差強人意。

怎麼回事？

在我如此心想的時候，火憐開始咳嗽。

咳、咳咳。

火憐就像這樣，故意反覆輕咳好幾聲——將高大的身體縮成可愛的模樣。

「哥、哥哥。」

「什麼事？」

「總、總之，如果哥哥真的堅持就沒辦法了，要改成三戰兩勝也沒關係。」

「…………」

「因、因為，剛才對決到一半被月火打斷，一般來說，應該要不算數重新來過才對。何、何況，月火回來之前還有一段空檔，要我陪哥哥進行延長賽打發時間也行。」

火憐裝出一副完全不在乎的樣子，臉紅做出這個提議。

投過來的眼神含情脈脈。

「那個……」

至於我，則是悄悄將手上的牙刷握緊。

「那、那麼……我就，要求再戰……吧？」

「沒、沒問題，既然收到戰書，我、我可不能逃避當作沒看到……我就……我就，接受吧！」

「下、下次要不要換妳當莊家？」

「唔、嗯，這、這樣比較公平！」

我們彼此都沒有看著對方——將對決改為三戰兩勝。

就這樣，經過今天早上之後，我和火憐的感情稍微變好了。

004

回憶結束。

換句話說，我現在正要帶著火憐前往神原家。

雖說約定就是約定，不過仔細想想，既然不是白紙黑字的約定，其實我完全沒有義務守約，不過約定就是約定。

仲介人。

我就飾演一次牽線的角色吧。

我做出這個決定之後，只向火憐提出唯一的條件，那就是「現在立刻給我換裝」——所以火憐現在穿著運動服。

雖說如此，因為是要和崇拜的神原老師見面，所以她的運動服也不是普通運動服。至今非常少穿，精挑細選。當作決勝服的珍藏搭配。

是自行車賽使用的花俏螢光色款式。

連下半身都是自行車賽在穿的伸縮褲。

……這種情報其實一點都不重要。

不過，我妹明明就沒有自行車，為什麼會有自行車賽專用的運動服？這一點著實令我詫異。

順帶一提，我有一輛腳踏車，但是沒有騎出門。

即使並沒有天涯海角那麼誇張，但神原家並不是位於走路可以很快抵達的地方。

然而我想避免兩人共乘一輛腳踏車（並不是排斥兩人共乘，而是不喜歡和妹妹共乘），所以決定徒步行軍。

火憐直到剛才都是倒立前進。

不過現在則是把我扛在肩膀上。

嗯。

習慣之後，這個視線高度挺有趣的。

總之，不喜歡兩人共乘腳踏車，結果卻變成騎在她的肩膀上。從這種狀況來看，雖然兩人多少走得比較近了，還是處於相互試探的兄妹關係。

至於火憐，雖然平常並不是單純到這種程度的笨蛋，不過能夠見到崇拜的神原老師，才會因為情緒亢奮使得笨蛋程度加倍吧。

只不過，有一件事情出乎預料。

那就是神原的反應。

雖然並不是什麼好事，所以無須套用「好事不宜遲」的道理，不過我覺得盡早實現約定比較好，所以我隨後（這裡所說的隨後，是好不容易從月火錐子的威脅撿回一條命之後，關於這段細節，真的是以負面意義來說令人想笑也笑不出來，所以恕我省略）就打電話聯絡神原。

正如前述，現在是中元時期。

不過神原本來就是和爺爺奶奶住在一起，因此她在這個時期，也不需要出遠門返鄉。

所以電話順利接通了。

「慢著，阿良良木學長，這樣我會很困擾。」

但我卻獲得這種反應。

真是意外。

「我確實說過想見學長的妹妹，不過那純粹只是開玩笑，絕對不是認真的。」

這番話不像是神原會說的話。

雖然她是個少根筋的變態女孩，但她的寬宏器量，在我認識的所有人之中也是數一數二。

再怎麼樣也不會是一個怕生的人。

在我覺得不對勁而追問之後，神原以極為困擾的語氣說道：

「沒有啦，雖然我很高興阿良良木學長有這份心意，不過就算如此，我也不能收下您妹妹的貞操。」

「誰說過要給妳了！」

如果要給妳，還不如我來接收！

去死吧！

「這份好意我就心領了。」

「妳什麼都沒得領！我不會把妹妹的任何東西給妳！」

就是這樣。

即使是出乎預料，但在這方面還是正如預料，神原小姐就像這樣迷人又出色。總之經過各種迂迴曲折的演變，我順利和她約定在今天下午帶火憐過去拜訪。

「嗯，那我穿上衣服等你們來。」

「妳為什麼把全裸當成基本原則了？」

不想讓妹妹見她的想法，再度大幅撼動我的決心，然而事已至此當然不能取消。

否則我會被妹妹痛打一頓。

我可不想這樣。

「話說哥哥……」此時，火憐忽然從下方開口問道。「救護車和消防車的電話號碼，一樣是１１９吧？為什麼會一樣？這樣不會搞混嗎？不會想叫救護車卻來了消防車，或是想叫消防車卻來了救護車嗎？」

…………

這傢伙又問這種一點都不重要的問題了。

究竟是什麼契機令她在意這件事？

剛才又沒有和她說的車子擦身而過。

「總之，確實有這種可能吧……不過緊急狀況分成報警、急救和消防三種，要是三種緊急號碼都不一樣，就會有人沒辦法全部記住。是不是因為這樣？」

「全部也只有三個號碼吧？而且是三位數耶？有人連這樣都記不住嗎？」

「唔～不過，這樣好了。小憐我問妳，妳曾經想問天氣卻聽到報時嗎？」

「沒有。」

「哎呀……」

「不過曾經想問時間，卻聽到天氣預報。」

「還不是一樣！」

不可以小看單純的構造。

正因為是三位數的單純數列，反而有可能會在情急的時候，一時混亂想不出來。

「110和119，是十個以11開頭的號碼之中最好記的吧？我覺得就是因為這樣，才會把三個需要緊急聯絡的重要機構，硬是塞在兩個號碼裡。比起叫救護車卻來了警車，或是叫消防車卻來了警車，妳剛才說的狀況再怎麼樣也比較好吧？」

「咦～？但如果警車開到有人受傷的地方，就可以逮捕傷人犯，如果警車開到失火的地方，也可以逮捕縱火犯吧？」

「為什麼妳要斷定傷者和火災都和犯罪有關？」

妳的正義太危險了。

總是以犯罪為前提。

「沒有啦，所以我才說，如果有人受傷的時候卻是消防車開過來，一般都會生氣吧？『你的意思是灑水就能治得好嗎！』這樣。」

「沒有人會這樣生氣。」

「發生火災的時候卻是救護車開過來，也會令人生氣。『你的前提是有人燒燙傷嗎！』這樣。」

「這種前提很中肯吧？」

「如果來的是警車就不一樣，就不會有人生氣了。因為犯人會被逮捕。」

「喂，正義使者，妳完全屈服於國家公權力了。」

「不不不，哥哥，剛才我只是舉個比較普遍的例子，我和月火不會屈服於公權力。」

「是啊……畢竟我每次都得去接妳們回家。」

火炎姊妹至今也應付過警察好幾次。

我不想回憶這種事。

還曾經莫名其妙和女警熟了起來。

真是的。

「不過小憐，先不提有人受傷或火災的模式，如果發生犯罪案件的時候，卻是消防車或救護車開過來，果然還是會惹人生氣吧？」

「唔～再怎麼樣都不能兩全其美嗎……可是以這種狀況來說，犯人肯定會被警笛聲嚇到逃走，所以應該無妨吧？」

「就像是防盜鈴那樣？」

「就像是防盜鈴那樣。所以我才說，救護車和消防車的號碼應該要分開。雖然110和119是很好記的號碼，不過111也相當好記吧？就叫消防車改用這個號碼吧！」

「叫消防車改號碼……我可沒那種權限。何況，雖然我不知道是什麼用途，不過111肯定已經是某種功能的號碼了吧？以常理推測，11開頭的號碼應該全部用掉了。」

「不過啊，哥哥，111肯定是小狗樂園之類的號碼吧？既然這樣，叫他們把號碼讓出來也無妨吧？」

「妳啊，居然因為1的英文發音是『汪』就以為是小狗樂園，這種聯想已經低於小學生的等級了。」

唉，真是的。

如果是肯定知道答案的人，比方說羽川看到這一幕的話，大概會覺得我和火憐的這段對話蠢到有剩吧。

用對話試探也該有個限度。

別說試探，根本是毫無方向性。

「我常聽到一種說法，在打電話報警、叫救護車或是叫消防車的時候，經常是處於驚慌失措的狀態，所以為了讓心情平靜下來，才會把電話號碼設定為110或119。」

「啊？這是什麼意思，哥哥？不准講這種莫名其妙的話，小心我修理你。」

「妳對哥哥也太沒耐心了吧？」

「會嗎？」

「為什麼我才剛開始說就要被修理？……總之，在很久很久以前，手機與按鍵式電話還不存在的時候，電話都是撥盤式的。有在電視上看過嗎？」

「唔～撥盤式啊，好像看過又好像沒看過。光是撥盤這兩個字，感覺就很復古了。」

「嗯。然後這種撥盤式電話，因為是轉盤構造，所以撥0和9的時間比較久。」

其實我也沒有親眼看過就是了。

簡單來說，0和9位於轉盤最邊邊的位置。

「1呢？」

「啊？」

「既然撥0和9比較花時間，那1呢？撥1也一樣花時間嗎？」

「不，記得1……是在轉盤的另一邊。」

反倒是最不花時間的一個號碼。

咦？

「既然這樣，緊急電話號碼應該設為009和000這兩個吧？」

「……009就像是要呼叫人造人一樣，何況撥電話的時候肯定是緊急狀況，嚴肅的氣氛會因此打折扣，所以才沒有使用這個號碼吧？」（註13）

「啊啊，我懂我懂。」

「妳居然懂？妳居然接受這種說法？」

「那麼，000呢？」

「不能把密碼設定為相同數字，這已經是很普遍的觀念了，何況最近複製金融卡之類的問題也很危險，妳也要小心點啊。」

「現在是在討論電話號碼的話題。」

「啊、不過小憐，說到三位數的數字，我有一個很好玩的話題。」

「不好玩的話就修理你。」

「妳這句過場臺詞真可怕！」

「所以是什麼話題？」

「沒有啦，這是羽川教我的數學奧祕。妳先隨便想一個三位數的數字，110或119或是什麼數字都行，然後把妳想到的數字寫兩次。」

註13　源自石之森章太郎的作品「人造人009」。

「嗯嗯。」

「像這樣排列出來的六位數數字，絕對可以用7整除。無論是110110或119119，任何數字都不例外。試試看吧。」

雖然7是孤獨的數字，卻因為孤獨所以不留痕跡——如果以這種方式做總結，聽起來或許挺耐人尋味的。

不過實際上，這只是一種單純的數學遊戲。

「是喔，我試試看。那個……嗯？慢著，哥哥，我除完之後餘3耶？」

「不要連除數是一位數的除法都算錯啦……難得傳授的小知識都被妳搞砸了。」

類似這樣。

總之，就像是這種感覺。

八月十四日的正午時分，在前往神原駿河家的途中，我騎在火憐的肩膀上，和她隨口聊著這種沒有建設性、沒有助益，而且也不怎麼有趣的話題——就在這個時候。

我超越兩公尺高的視線高度——

忽然出現另一個視線。

「那邊的鬼畜小哥——我想要請教一件事，方便嗎？」

我至今見過身高最高的人，不用說，就是吸血鬼獵人德拉曼茲路基。

那個傢伙不只超過兩公尺高，配上當時造成心理創傷的恐怖經歷，如今我回想起來，甚至覺得他有兩公尺半，甚至將近三公尺那麼高。

不過嚴格來說，德拉曼茲路基是不是人類，其實是相當值得爭論的事情……

雖說如此，但現在出現在我面前的「她」，絕對沒有和德拉曼茲路基差不多高。

純粹以身高來說，她肯定和我差不了多少。

如同我騎在火憐肩膀上而墊高——她也一樣只是以某種方式墊高自己。

這個人，直挺挺站在郵筒上。

「我正在找一個名為叡考塾的地方——請問您知道在哪裡嗎？」

是京都腔。

並不是我妹妹月火今天早上精神錯亂時使用的冒牌腔調，該怎麼說呢，聽起來就是正統的京都腔。

一臉若無其事的表情，留著短髮的女性。

年紀大概不到三十歲。

外型是暗色系的褲裝打扮，上衣裡面是一件條紋襯衫，鞋子是高雅的平底鞋。服裝整體來說乾淨俐落，有種國小老師的感覺——總之，看起來不像是怪人。

不過，當然得除去她站在郵筒上這一點。

「那個……」

我猶豫該如何回應。

怎麼回事？

感覺搞笑情節至此終結。

快樂的時間結束了？

遊戲到此為止？

確實，至今的字數以稿紙換算已經超過百頁，終究有種飽足感了。

「怎麼啦，鬼畜小哥？」

使用京都腔的她如此說著。

雖然聽起來有點像是找碴——但她的表情反倒是非常陽光。

「看到別人有難就應該親切協助，小時候沒有學過這個道理嗎？」

「唔～等一下……」

我頓時語塞。

看到別人有難就應該親切協助，這個道理我確實學過，但眼前的她看起來不像有難的樣子，何況我活到現在，沒人教導我必須親切協助站在郵筒上的人。

反倒是應該勸她下來吧？

不過回顧我自己的模樣，我雖然沒有站在郵筒上，卻騎在國中生妹妹的肩膀上。

雖然這是經過公正對決的正當結果，不過這種反常狀況，實在不太能向別人解釋。

如果以客觀的第三者角度來觀察，相較於踩在郵筒上的她，騎在妹妹身上的我應該略微屈居下風。

她說我殘忍也不無道理。

我反而想要佩服她，居然敢向這樣的我問路。

「我叫做影縫余弦——聽過嗎？」

她突如其然——自報姓名。

只是問個路就自報姓名的人很稀奇（和站在郵筒上的人差不多稀奇，但是沒有騎在妹妹肩膀上的哥哥那麼稀奇）。

即使如此，難道這個人只要報上姓名就眾所皆知，而且可以受到特別待遇？這個人是名人嗎？

能達到這個級數的，應該是藝人或政府官員。

然而她看起來不像是這兩種人。

只不過我對演藝圈和政界不熟，所以我在這時候的判斷完全不值得信賴。

面前的這個人，或許是某位超級ＶＩＰ。

我低頭觀察火憐的反應。

毫無反應。

唔……仔細想想，這傢伙也和我一樣對演藝圈和政界不熟。

如果是月火就不一樣了。

因為那個傢伙是電視兒童。

……熟悉演藝圈就算了，但如果妹妹還在唸國中就熟悉政界，總覺得不太可愛而且令我抗拒。

我重新看向她——影縫余弦。

臉蛋確實端正又美麗。

京都腔偶像……京都腔政治家？

不對，京都的政治家大致上都會用京都腔吧，所以應該沒那麼稀奇。

「我叫做阿良良木曆。」

總之，禮貌上總不能只讓她報上姓名，所以我如此回應。

火憐隨即接著說道：

「我叫做阿良良木火憐。」

妳是個會禮貌打招呼的孩子，了不起。

在我感到佩服的時候，她居然接著說道。

「不過，似乎有人把我稱為火炎姊妹。」

居然有人會對初次見面的人報上自己的名號。而且令人驚訝的是，這個傢伙居然是我妹。

而且還講得像是從別人那裡聽說的，所以更加不堪入耳。

明明是妳自己命名的。

「……這樣啊。鬼畜小哥——加上大胡蜂的小妹，挺有趣的。」

「………？」

啊？

她說——大胡蜂？

她剛才這麼說？

「哈哈哈，總之，這件事看起來已經告一段落，而且我也不在乎這件事——所以，怎麼樣？容我再請教一次，您知道叡考塾在哪裡嗎？」

「呃……那個……」

叡考塾嗎……

叡考塾？

很遺憾，我沒有聽過這個地方……是位於車站附近的其中一間補習班嗎？既然這樣，只要告訴她車站的方向就行吧？

何況她看起來像是在旅行。

仔細一看，她的頭髮有稍微挑染成褐色，既然這樣，至少她不會是這裡的在地人。

因為這裡沒人會染髮。

而且到處都沒有賣染髮劑。

雖然火憐曾經鬼迷心竅把頭髮染成粉紅色，不過那是用顏料染的。而且後來又用墨汁蓋掉顏料，所以事件結束的時候，她的頭髮變成匪夷所思的雙色髮。

這是淺顯易懂的國中出道失敗案例，而且到了現在，這肯定是火憐極為不堪回首的回憶。

但也可能早就忘記，並且當作沒發生過這種事。

心血來潮就染頭髮，心血來潮就剪頭髮，這個妹妹真的非常糟蹋生命。

「……那個，請等我一下。」

總之，雖然對方只是問個路，我沒必要親切做到這種程度——但她畢竟是大人。

我這種小鬼過度揣測她的身分還比較沒禮貌。

話說她怎麼不用手機的GPS功能？

不過，這位影縫小姐，或許和曾經待在這座城鎮的某人一樣，不擅長使用電子產品。

或許她是只知道撥盤式電話的世代（↑這種想法終究太失禮了）。

我再度看向火憐，看來火憐似乎要把這個局面扔給我處理，下定決心沉默不語。

這傢伙雖然是不吝於親切待人的博愛角色，不過如同現在這個例子，如果是無法以暴力解決的問題，她幾乎可以說是完全幫不上忙。

這種正義使者也太扯了。

「請等我一下，我認識一個知道日本所有補習班位置的奇女子。」

不過，說到完全幫不上忙這一點，我和火憐是半斤八兩。

所以有難就會向羽川求助。

羽川翼。

我班上的班長。

優等生中的優等生——在全國模擬考拿下第一名成績而引以為傲，不，她甚至不會引以為傲，是一名究極的優等生。

自從在之前的春假認識她之後，我受到她各方面的關照。

而且在這個暑假，也因為要考大學而請她擔任家教，所以我是以現在進行式的形式，從白天到晚上，從早安到晚安，甚至在夢中都隨時受到她的關照。

不過中元期間終究有放假就是了。

雖說如此，但羽川也基於某個和神原不同的原因，在中元期間無鄉可返——所以她現在肯定是在圖書館自習。

所以要打電話！

打電話給羽川小姐！

太棒了！

只因為這種瑣碎小事，就打電話叨擾大恩人羽川，或許有人會覺得我是個麻煩的傢伙，不過我反而因為只是瑣碎小事，所以才想和羽川講話！

至少。

至少，與其像上次那樣，害她被捲入重大事件——我寧願只找她講瑣碎的小事。

雖然這麼說，不過只有今天非得要盡快把事情處理好，所以不能閒聊。畢竟現在看起來並不是搞笑情節，而且我只是想詢問叡考塾在哪裡，進一步來說，我只是想聽聽羽川的聲音。

「讓你久等了，我是羽川。阿良良木？有在唸書嗎？有偷懶嗎？這樣啊，太好了。問我問題？嗯，可以啊，我正在稍微做個午間學習。」

午間學習。

聽起來好像什麼電視節目……

羽川穩坐全國成績第一名的寶座，而且不打算考大學，所以這應該只是她的私下進修吧。

不過仔細想想，「私下進修」這四個字，聽起來也相當令人驚奇……

唔～

現在是最炎熱的正午時段，羽川小姐會不會是以非常清涼的穿著唸書？如果沒穿胸罩就太棒了，不然至少也要處於剛出浴秀髮微溼的狀況……

「阿良良木，你是不是在胡思亂想？」

在我如此想像的時候，羽川迅速吐槽。
這傢伙簡直像是超能力者。
我甚至不能貿然妄想。
「還有，阿良良木，聽聲音你好像在外面，你真的有好好用功嗎？」
真敏銳。
不，我並沒有偷懶。
我有確實完成早上的進度才出門，而且帶火憐到神原家之後，我就會乖乖回家唸書。
「還有，阿良良木，你講話的位置好像比平常高了一公尺，你該不會騎在火憐妹妹的肩膀上欺負她吧？」
太敏銳了吧！
已經叫做恐怖了！
怎麼回事？怎麼會有這種事？
只要講話的高度差一公尺，聲音就會變這麼多嗎……？
因為並不是當面交談，所以聽起來應該不會是「聲音從上方傳來」吧……是沒錯啦，聲音經由空氣振動傳導，所以只要氣壓不同，聲音聽起來應該也會不同……然而，只不過是多了一個人的高度，聲音會出現如此明顯的變化嗎？

拜託別這樣。講得好像我很矮似的。

「總覺得，阿良良木好像從剛才就把下體抵在火憐妹妹的後腦勺玩弄她……」

拜託也不要講成這樣。

這也太變態了。

慢著，我並沒有欺負她，也沒有玩弄她……

冷靜吐槽之後就覺得，我開始搞不懂自己為什麼要騎在火憐肩膀上了。

不能冷靜。

不能恢復自我。

讓自己火熱起來忘記自我吧。

「叡考塾？嗯，我知道。」

而且羽川知道。

她真的知道……

剛才對影縫發下那種豪語，但羽川的優秀成績來自於自學，所以我覺得她應該不可能真的知道日本所有補習班的位置，不過以她的回答來看，似乎也不是不可能。

「妳真是無所不知呢。」

我一如往常如此說著。

「我不是無所不知，只是剛好知道而已。」

隨即她一如往常如此回答。

真美妙。

感覺我就是為了聽到羽川這句話而活到今天的。

…………

不過，因為這句話出現得過於頻繁，所以我其實敏銳感覺到，羽川小姐最近似乎是逼不得已刻意迎合我才這麼說的。

她說出這句話的時候，經常露出有點困惑的表情。

她的這種表情也很棒！

「阿良良木，你現在又在胡思亂想嗎？」

唔哇……

已經不是敏銳，而是尖銳了。

一針見血。

「最近啊，即使是我，也有點想放棄協助阿良良木改頭換面了耶？」

請不要放棄！

請不要拋棄我！

「明明戰場原同學就已經確實改頭換面了——唉～算了，看你似乎正在急，所以改天再說教吧。」

結果變成改天再說教了。

雖然在這時候會有種「唔哇！糟了！我搞砸了！被羽川小姐責備了！」的想法，然而內心卻有著完全相反的開心情緒，從這一點來看，我果然是阿良良木火憐的哥哥。

不禁覺得，我們確實是兄妹。

又M又帥氣。

「話說，阿良良木，如果是叡考塾，阿良良木肯定也知道吧？因為——忍野先生和小忍曾經居住好一段時間的那棟廢棄大樓，那棟補習班就是叡考塾。」

雖然羽川說得頗為乾脆，不過對於這番話，我同時感受到驚訝與認同的心情。

之所以驚訝，是因為我所熟悉——充滿回憶，整個春假幾乎都住在裡面——的那棟補習班居然有名字（不過這也是理所當然）。

之所以認同，是因為幾年前就已經倒閉的補習班，使用GPS導航這種最新型機器反而無法對應，難怪影縫會找不到。

原來如此。

叡考塾。

原來那間補習班的名稱，聽起來這麼聰明。

不過我原本就覺得，既然是蓋了一整棟大樓來經營，即使不是一等一，也應該是頗有規模的補習班。

……總之，聽名稱似乎很聰明的補習班，後來也變成夏威夷衫大叔的落腳處，以及可憐男高中生受到囚禁的地方。落魄又慘澹到這種程度，令人感受到盛衰興廢、過盛必衰的道理。

嗯……

總之，晚點再思考這種事情。

讓影縫等太久會令我過意不去，打擾羽川用功也會令我過意不去。

不過對於非得扛著我停在原地的火憐，我完全沒有過意不去的感覺。我好喜歡這樣的自己！

我向羽川道謝之後……

「我並沒有做什麼值得道謝的事情。那麼，阿良良木，也幫我向神原學妹問聲好，拜拜～！」

她如此回答。

我結束通話。慢著，我從來沒說過正要去找神原啊……

大概是羽川剛才和我交談的時候，基於某些線索推測出這個結論吧（而且對羽川來說，這肯定是不用講明就非常清楚的線索）。總覺得她的級數，甚至是次元都和我不同了。

不過，我只是稍微打聽一下補習班的位置，居然就有這麼多隱私被揭發。

我付出的代價也太大了。

我在羽川的心目中，已經變成一個會對同班同學遐想，一邊以下半身玩弄妹妹，一邊前往學妹家的傢伙了……

如果真的遇見這種變態，我肯定二話不說就打下去。

「鬼畜小哥，查到了嗎？」

雖然我變得有些憂鬱，但是影縫的呼喚令我恢復正常了。

「啊、查到了……那個——」

雖然光聽名稱不知道在哪裡，但如果地點是那棟廢棄大樓，對我來說，比起教她如何前往車站還要簡單。

雖然忍野離開之後就沒有很常去，不過我至今前往那棟大樓的次數多不可數。

然而，目前有三個問題。

第一個問題，那棟廢棄大樓的位置有點複雜，即使向她說明怎麼走，也不知道是否能正確傳達——用講的很簡單，要理解就有點難度。

即使忍野布下的結界早已解除，不過地理位置並沒有跟著易於辨認。

然而，這個問題是我想太多了。

影縫雖然以「站在郵筒上」這種宛如特技的奇特方式登場，不過似乎挺聰明的。

「這樣啊，喔喔，原來如此，是那個方向啊。」

懂。

我只講一次，她似乎就確實聽懂了，而且不像是基於面子，對我這個晚輩不懂裝懂。

聽她的語氣，要怎麼走到叡考塾這個目的地，或許她從一開始就大致有個底了。

接下來是第二個問題。

「距離這裡有點遠……沒問題嗎？」

「不用擔心，我是從家裡一路走過來的，對我來說，不到一百公里都不算遠。」

……她家應該在京都……至少也是近畿吧？

好厲害。

比起不到一百八十公斤都不算重的火憐還厲害。

啊、不對，她應該是開玩笑吧？

總之她本人說不用擔心，那應該就不用擔心了，所以我決定解決第三個——也就是最後一個問題。

「不過影縫小姐，那間補習班早就已經倒閉了……您要去那裡做什麼？」

最後一個問題。

不過，或許我原本不應該問這個問題。

她只是找我問路，所以我不應該問得這麼深入——「要去做什麼」是她的私事，我也沒必要詢問。

有些事情得去倒閉的補習班才能處理。應該如此。

而且，這肯定是和我完全無關的事情。

只不過，請各位體諒我的這種心情。

就某種意義來說，那棟廢棄大樓對我而言、對我們而言，不只是充滿許多回憶的地方，也是投入許多情感的地方——所以首次遇見的陌生人要前往那裡，這件事多少令我感受到壓力。

雖然只是不值得一提的壓力，但是既然提出來也沒辦法了。

「嗯～也不是要去那裡辦什麼事情，總之就是先設為據點吧？」

果然，影縫只回以這個含糊的答案。

我想也是。因為她沒有義務向我說明自己的用意。

我只不過是告訴她怎麼走而已。

即使不是如此，以我的立場來說，因為影縫問路，使我得以在中元假期和羽川講到話，至此我們之間就已經扯平了。

互不相欠。

「那就恕我告辭了，鬼畜小哥——啊啊，對了對了，等等或許有一個大概這麼大的小朋友同樣找您問路，希望您到時候也可以像現在一樣親切。」

影縫說完之後——從郵筒上面縱身一躍。跳到旁邊民宅的紅磚圍牆上。

她宛如理所當然，移動到比我的視線還要高的地方——並且就像是走在平衡臺一樣，毫不在乎地健步如飛離開了。

結果，影縫直到離開我的視線範圍，都沒有接觸地面——而是以圍牆或護欄為踏腳處輕盈離去。

我明白了。

啊啊、肯定是那樣……

那個人在玩「地面是海，海裡有鯊魚，太靠近地面會被吃掉」的遊戲……確實，我在唸小學的時候也常玩這種遊戲。

所以她才會站在郵筒上面嗎……

「……嗯？怎麼了，小憐，妳從剛才就好安靜。」

我像是在檢查機械性能，輕拍火憐的腦袋。

「怎麼了？不要叫我一個人應付那種神奇人種啦，而且妳還害我被羽川罵了一頓。」

「啊、對不起。」

火憐似乎沒有察覺到我不經意推托責任的言語妙傳，而是如此道歉並且說道：

「沒有啦，總覺得——剛才那位小姐高深莫測，所以我不禁繃緊神經了。」

「高深莫測？」

嗯？

這四個字出自火憐口中——應該是代表戰鬥技術方面的「高深莫測」吧？

「會嗎？看起來不像啊……除去言行舉止來看，感覺她就只是一位隨處可見的漂亮大姊姊……」

「那個人在和哥哥交談的時候，身體從來沒有搖晃過，平衡感簡直是溜冰選手的等級。」

「這樣啊……」

是沒錯。雖然她玩的遊戲本身很幼稚，不過以成年人的體格和重量，要在圍牆上面行走頗有難度。

「但妳之前不是也會走在圍牆上面嗎？而且還倒立。」

「嗯～話是這麼說沒錯啦……不過那個人很有功夫底子。她的拳頭形狀，完全就是用來打人的形狀。」

「是、是這樣嗎？」

「嗯。以級數來說，如果她一拳打在車子保險桿，就會啟動安全氣囊。」

「哇～……」

交通意外的等級？

難以置信……不過如果真是如此，那就太厲害了。

雖然火憐看人的眼光完全不值得信賴，但是看實力的眼光就不一樣了。

俗話也有「善為士者不武」這種說法。

「以這個角度來看，她確實是一個態度非常從容的人——可以說是無視一切，也可以說是無懼一切，該怎麼說，她身上有一種對自己身手有自信的傢伙會釋放的氣息。」

這真的就類似德拉曼茲路基會釋放的氣息。

那種氣息足以對周圍施加壓力，是千石這種嬌弱女孩最害怕的氣息。

以一般人來說，正要去拜訪的神原，就有可能擁有這種氣息。

說出這番話的火憐自己也是如此。

她們是同類。

「大概要我的師父，才足以和她打個旗鼓相當吧。至少我贏不了她。」

「哎呀哎呀……」

然而，聽到同類的她說出這種話，雖然我以開玩笑的聲音消遣她，內心卻率直感到驚訝。

「火憐小姐，您怎麼示弱到這種程度？」

「我當然可以掌握彼此的戰力差距——只要對方不是邪惡分子。」

「原來如此。」

反過來說，如果對方是邪惡分子，火憐就完全無法掌握彼此的實力差距。即使對方是怪物，或是自己的身體狀況很差，以這種場合來說，她總是會橫衝直撞。

是個危險的妹妹。

包含月火在內，這兩個傢伙不應該叫做火炎姊妹，而是叫做危險姊妹才對。

「不過……」

火憐繼續說著。

微微轉頭——有些不高興地注視著影縫離去的方向。

「還不能斷定她不是壞人。」

005

這麼說來，有一則好消息。

希望各位可以為我高興。

或許對於某些狂熱愛好者來說，這是一則非常令人遺憾的消息，不過基本上，對於大部分的人來說，這都是一則好消息。

關於剛才和羽川交談時，也有稍微提到的那個人——戰場原黑儀。

一樣就讀私立直江津高中三年級，是我與羽川的同班同學，而且正在和我穩定交往的戰場原黑儀，如今順利改頭換面了。我要說的就是這個可喜可賀的消息。

以「轉三圈之後去死」或是「死三次之後喊聲汪」的招牌臺詞眾所皆知，號稱「老虎戴加星」重現，甚至被形容為瘋虎的她，改頭換面了。

從壞女孩變成好女孩。

我怎麼可能不高興？

千言萬語都無法形容我的喜悅。

不用說，我當然為此設宴款待友人，關於會場超脫常軌的熱絡氣氛，今後有機會我將詳細說明，在這裡就先述說她改頭換面的過程吧。

事情的經過是這樣的。

戰場原的個性惡劣至極——旁若無人、暴虐獨裁，簡直不該是世間所有的那種個性正如各位所知，事到如今也無須多費唇舌說明，但她並不是天生就蠻橫不講理並且惡毒至此，她的惡劣個性來自於一個確切的原因。

所謂的心靈創傷。

雖然以這種方式形容很老套，但是用在她身上非常確實。

在這個世界上，老套的說法最為確實。

任何人在出生成長的過程中，多多少少會受到一些創傷——不過，令戰場原個性脆弱崩毀的主要原因，我個人認為是她過於努力。

有時候，努力會成為一種罪。

會受到懲罰。

螃蟹。

遇見螃蟹——遭遇螃蟹。

她遭遇了。

被奪走某些東西。

失去了某些東西。

到最後，她的高中生活究竟是怎麼過的，我只能隱約進行模糊的想像——即使一年級和二年級也和她同班，我依然只能隱約進行模糊的想像——不過我覺得，這兩年肯定足以令她封閉自己的心。

用不著兩年。

即使只有一天——應該也足夠了。

拒絕所有人接近。連親切的舉動都視為敵對行為。

不對任何人打開心房。

不對任何人卸下心防。

不結交任何朋友，甚至不肯和同班同學好好交談，即使上課時被老師點名作答，也只會愛理不理簡短回答「不知道」——

怕生。

猜忌。

封閉。

旁人就像是要揶揄這樣的她，將她稱為深閨大小姐——然而在熟知真相的人眼裡，這應該只是一個極為諷刺的綽號。

我因為某個契機得知她的祕密，得知祕密之後，順其自然引介戰場原與忍野見面——不知道是好事還是壞事，總之令她煩惱的怪異問題，以目前來說算是解決了。

但是，這又如何？

即使已經解決異象。

即使已經擺脫螃蟹。

即使遠離懊惱。

即使脫離苦惱。

即使打開心房。

即使卸下心防。

也沒能——修復她碎裂的心。

即使時光流逝，舊傷癒合。

即使時光流逝，舊傷消失得無影無蹤——也無法抹滅曾經受傷的事實。

即使傷痕會褪色消失，也不代表記憶會一起褪色消失。

戰場原宛如仙人掌全身是針的性格——戰場原宛如全身綁著炸藥的性格，並不是輕易就能復原的東西——何況事到如今，這已經成為她的本性了。

易怒正是她的本性。

毒舌與惡劣也是本性。

怕生、猜忌、封閉，也是本性。

攻擊性的人格，也是本性。

麻煩的是——如今這已經成為她傑出的個人特色了。

她不曾卸除身上的武裝。

即使開始和我交往也一樣。

即使與神原重修舊好也一樣。

她的個人特色，未曾出現過本質上的變化——或者是根本上的變化。

話雖如此，但她只會在我和神原面前展露這樣的本性，在學校的戰場原，依然成功的像是貓咪一樣，扮演著乖學生的角色——不過在螃蟹事件解決之後，或許是假扮成乖巧貓咪的動機稍微下降，所以貓的專家羽川翼，也洞悉了她這種「傑出的個人特色」。

後來，在我不知道的狀況之下，羽川對戰場原施以改頭換面的矯正人格課程（似乎是我在四月接受的課程強化版，光是聽到這裡就令我毛骨悚然），不過雖然對不起羽川，但戰場原這次之所以能夠改頭換面，和羽川的矯正課程完全無關。

貝木泥舟。

真要說的話，是忍野的同行。

以及——競爭對手。

騙徒。

與這個人的重逢，是最主要的原因。

應該說，就只是基於這個原因。

唯一的原因。

貝木是一個毫無建樹，只會惹麻煩的騙徒——然而相隔數年之後，再度見到這個曾經欺騙戰場原全家的騙徒，對於她扭曲的精神來說，是效果顯著的打擊療法。

不是幸運。也不是奇蹟。

依照她本人的說法，再度見到貝木，再度與貝木泥舟交戰，使得戰場原黑儀——做出一個了斷。

我覺得當時的她，將毒素排盡了。

排毒。

這兩年持續累積的毒素——徹底排出。

雖然應該不需要，但我還是要預先聲明以防萬一。這並不是託貝木的福——絲毫沒有感謝那個傢伙的必要。

那個傢伙真的什麼都沒做。

借用忍野的說法——「拯救戰場原的是她自己」。

並不是託貝木的福。

而且當然也不是託阿良良木曆的福，或是託羽川翼的福——戰場原黑儀是以自己的力量和自己的意志，從可恨的騙徒那裡贏得勝利，光榮地改頭換面。

就是這樣。就像這樣。

一言以蔽之，戰場原黑儀嬌化了。

完全從傲變成嬌。

嬌到火憐完全比不上的程度。

以我的角度來看，大概就是「咦、等一下，原小姐，妳的人格真的有嬌羞模式？」這種感覺。

這樣的戰場原黑儀，要擔任考生的家庭教師終究很有問題，所以在和羽川謹慎討論之後，決定讓戰場原從中元時期之前就暫時休息（所以戰場原現在正隨著父親返鄉）。各位從這一點，應該就可以想像她現在的嬌羞程度了。

然而，各位的想像是錯的。

應該說，連這樣的想像都不夠。

她的嬌羞程度，並不是處於如此簡單的次元。

比方說即使沒事也會打電話給我（明明至今會依照當天的狀況拒接我的電話），傳送有表情符號的手機郵件過來（明明至今只會轉寄垃圾郵件給我），會以聽起來很可愛的綽號叫我（明明至今只會以各種謾罵當作我的綽號），而且這些都只是起頭。

看到花朵也不會撕碎。

看到蟲子也不會踩扁。

不會劈頭就開罵。

看到美好的事物會率直稱讚。

會把文具用在正確的用途。

當然不只是文具。在為我親自下廚的時候，只要我對菜色稍微做出負面評價，她就會拿出削皮器想削我的皮——這種行徑也不再出現了。

與其被人看到腳還不如砍掉腳（當然是砍掉對方的腳）的說法也已經是過去式，她的裙子長度不知不覺變短（從過膝變成膝蓋以上），會因應盛夏穿得比較清涼，似乎也不會抗拒展露肌膚了。

面無表情的冰冷面具完全消失，原本毫無抑揚頓挫的冰冷語氣，也稍微有些情緒起伏，而且最重要的是，她變得經常會展露笑容。

變得經常會展露開心的笑容。

換句話說——她成為一名平凡女孩了。

該不會是在我不知道的時候，和別人對調靈魂吧——她個性驟變的程度，足以令我產生這種想法。

並不是應酬用的表面人格。

也不是深閨大小姐。

更不是假裝成乖寶寶。

是和年齡相符，可愛的平凡女高中生。

不採偏激，不走極端——不會莫名自閉，不會莫名具有攻擊性，會對正常的事情做出正常的反應，平凡的女高中生。

國中時代的戰場原似乎是田徑社王牌，以高超的人品與人氣而聞名，或許當時的戰場原就像現在這個樣子，所以羽川和神原就是看著這種好東西度過國中時代？妳們太奸詐了吧？我一直以為妳們不是這種人！我就像這樣鬧著彆扭，不過如果她們的說法可信，她們是這麼說的：

「在國中時代，她也沒有達到這種程度。」

就是如此。

即使是將戰場原視為神來崇拜，無論是任何毒舌謾罵也全部予以肯定的那位神原，都對現在的戰場原有些不敢領教。戰場原的傲嬌程度就是如此高段。

真不知道該如何形容。

與其說嬌羞，更像嬌融？

不是傲嬌，是傲融。

為什麼那個傢伙，要像這樣積極開發狹隘的領域？

…………

嬌融這兩個字，聽起來有點像是水質方面的公害問題，不過以心情來說，我現在的感覺和這種說法挺像的。

與其說公害，應該說私害。

因為我擔心這或許只是一場非常長遠的布局。不，別說擔心，如果她這次的改頭換面、這次的嬌羞、這次的嬌融本身就是龐大的整人計畫，我反而覺得比較放得下心。

只不過以玩笑來說，這也開得太大了。

以整人計畫來說也太過火了。

假設這是惡意的產物，那就已經不是整人計畫，是駭人計畫了。

因為——戰場原展現嬌融的行徑之一，就是她毅然決然剪掉她一直留到現在的烏黑直髮。

聽說她和火憐一樣，從國小就一直維持相同的髮型到現在——不過戰場原當然不是火憐那種笨蛋，她並沒有和火憐對待自己馬尾的方式一樣，一時衝動就剪掉那頭美麗的長髮。

是自己好好下定決心。

和髮廊預約時間。

戰場原支付相應的費用——將頭髮剪短。

也不再保留切齊的瀏海。

剪成富含層次的模樣。

完全參差不齊。

就像是鋸齒。

羽川翼、神原駿河、以及戰場原黑儀——直江津高中的切齊直瀏海三人組，如今全部消失了。

這方面令我失落不已。

想到再也不能以「最後的直瀏海」稱呼戰場原，我想要由衷表達內心的遺憾。

由於神原正在把頭髮留長（順帶一提，神原現在是綁兩條低馬尾，和她男性化的語氣產生強烈的反差萌），所以戰場原變得比神原還短了。

既然有女生因為失戀剪頭髮，有女生因為戀愛剪頭髮也不為過——這就是戰場原的說法。

戰場原說出「有女生因為失戀剪頭髮」這句話的時候，肯定有影射文化祭之後改變髮型的羽川。

羽川也是以這種做法，做出了一個了斷。

過於認真的她，在這之後——減輕了自己的束縛。

解除了過於嚴苛的枷鎖。

真要說的話，羽川在那之後，也成為平凡的女孩了。

或許，如同我將羽川當作楷模，戰場原也將羽川當作楷模。

平凡。

無論為時是長是短，只要是採取羽川或戰場原這種生活形態的人，平凡這兩個字——絕對不是代表著理所當然。

是遙不可及的夢想。

即使形容成夙願——亦顯不足。

所以無論如何，既然她甚至會說出「因為戀愛剪頭髮」這種話，身為她交往對象的我，就不會對此有所反感（雖然我剛才在言語上表示失落與遺憾之意，不過以我個人來說，我其實挺喜歡女生改變髮型），但是依照我的揣摩臆測，戰場原之所以剪頭髮，「做個了斷」應該是一個很重要的原因。

剪斷三千煩惱絲。

不是設計髮型，是重設自己。

因為那種切齊直瀏海的長髮——形容成日式公主頭或許比較好聽，不過這種現今罕見，像是日本娃娃的復古髮型，是戰場原那位已經失去聯繫的母親，在戰場原小時候說她很適合這種髮型而為她剪的。

原本我就覺得戰場原雖然外表成熟卻留著孩子氣的髮型，原來這貨真價實是她從孩童時代維持到現在的髮型。

也因此，換個角度來看——如果講得誇張一點，或許這不只是回憶，更是用來證明自我的髮型。雖然可能有人會笑我把髮型這種小事講得誇大其詞——然而對於戰場原本人來說，沒有其他更值得依靠的事物。

堅持不改變髮型的國中時代。

忘記要改變髮型的高中時代。

戰場原改變髮型的行為，我認為不只是打扮自己，而是比轉換心情更上層樓的一種轉捩點。

不是遺忘也不是背負，而是接納。

化為往事收藏在心裡。

以這種意義來說，戰場原黑儀並不是有所改變，並不是改頭換面，也不是恢復什麼或取回什麼——更不是變得嬌羞或嬌融。

是克服心理障礙。

應該說她在成長的路上，踏出漂亮的一大步。

…………

坦白說，她宛如沒氣的汽水，失去了大部分的角色魅力。但她因而變成更有深度的女孩，所以是一件好事。

這也可以套用在羽川身上，要是一直維持之前那種極端的角色個性，只能說是一種惡夢。

她們必須像這樣堅韌成長才行。

何況她們又不是不老不死。

實際上，只要不是貝木泥舟——肯定沒人會以「無趣」形容戰場原的這段成長。

即使不是如此，也沒必要聽貝木那種傢伙的意見。

這麼說來，羽川曾經評論過戰場原。她說高中時期的戰場原，遠比國中時期來得美麗——而且虛無縹緲。

不過在最近，羽川會接著補充說道：

「現在的戰場原同學，是至今令我印象最好的戰場原同學。」

嗯。

我就知道這一天終將來臨。

曾經希望這一天會來臨。

相信遲早會有這麼一天。

戰場原黑儀，恭喜妳。

此外，我也要恭喜我自己。

我的生命再也不會受到威脅了。即使除去我個人的這種安心感，身為戰場原周圍的一分子，看到這樣的她，我也會率直為她高興——而且覺得自己今後非得繼續努力活下去才行。

但我可不是曾經有過尋死的念頭。

阿良良木曆對怪異的心理障礙，至今依然絲毫——連一丁點都沒能克服。

雖然以重要程度來說，完全不能歸類為閒話家常，不過閒話家常到此為止。

這個話題先在這裡打住。

後來，我順利（依然騎在火憐的肩膀上）將火憐送到神原家，在門口介紹雙方認識。

「這位是直江津高中二年級的神原駿河，請小心她是變態。這位是栂之木二中三年級的阿良良木火憐，請小心她是笨蛋。」

我絞盡腦汁苦思之後，決定看開一切坦誠介紹。

不講謊話就不用擔心謊話被拆穿，這是鐵則。

大作文章也無濟於事。

如果因為說明不夠詳盡而要求鑑賞期，我也會很頭痛。

我可不接受退貨。雙方都是。

「嗨。」

「嗨。」

…………

居然同步害羞了。

我可不是在稱讚妳們。

總之，「變態」和「笨蛋」只算是追加補充的題外話，與其說題外話更接近玩笑話，不過引介兩人見面之後，我的任務就完成了。判斷神原應該不可能真的「吃掉」我妹（即使她的自制力不足，火憐的戰鬥技能肯定也足以抵抗）並準備回家的時候，神原居然企圖邀請火憐進入家裡，所以我朝她背上踹了一腳，阻止她的蠻橫行徑。

不是顧慮到火憐的貞操，是顧慮到神原的面子。

最近一次打掃是七月底的事情，下次預定打掃的時間是十五號，換句話說是明天，所以妳房間現在肯定處於最混沌最散亂的狀況吧？這是我基於上述想法使出的愛之飛踢。

「喂，你對神原老師做什麼啊！」

火憐就像是我聽到有人說羽川壞話時一樣激昂，在我使出飛踢還沒著地之前，就給了我一記飛膝踢。

她的爆發力太誇張了。

著地失敗。

覺得倒在地上會遭受進一步攻擊的我連忙起身，不過映入我眼簾的是神原向火憐說教的場面。

「妳對阿良良木學長做什麼啊！」

話說，我的飛踢居然完全沒有對神原造成打擊……所以我等於是平白無辜挨了火憐一記。

唔……

該怎麼說，現場好像形成某種天大的三角關係了。

與其說是三角關係，不如說是三足鼎立。

也可能是三角無關係。

就像這樣。

在我沒有倒立，也沒騎在別人肩膀上，獨自一個人回家時——讓各位久等了。

八九寺真宵登場。

地點是我家與神原家正中央附近的位置——經過影縫搭話找我問路的那個郵筒，再往前走一小段路的轉角處。

背著大背包，雙馬尾的國小五年級學生。

我發現了八九寺。
八九寺真宵出現了。
不過八九寺真宵——沒有察覺我的存在。
「…………」
我沉默片刻。
然後「唉～」地吐出長長的一口氣。
真是受不了。
各位肯定認為這個時候的我，會開心奮勇撲向八九寺吧？
尚未察覺我的存在，完全沒有危機意識，宛如初生小鹿的少女。各位應該覺得我會從後方抓住她，以臉頰頻頻磨蹭她吧？
真是受不了各位。
不，我承認，我確實有過那樣的時期。
曾經有過。
但那已經是以前的事情了。
是往事。
是我這個人尚未完成的時期。
不，與其說尚未完成，應該說尚未成熟的時期。

那是我精神尚未成熟，依然只是男孩時的遙遠往事。

如果可以的話，我並不是不想打開記憶之門慢慢回想這段往事，不過很抱歉，老實說我記不得了。

所以，要是刻意回鍋提及這種雞毛蒜皮的往事，或許會惹得各位有點不愉快。會覺得我小家子氣。

如果要把我還是小鬼頭時期的往事一一拿出來講，以我的立場來說還是會為難。比方說，如果長大成人之後，還把初戀對象是幼稚園老師的事情拿出來講，也只會造成大家的困擾吧？

我已經長大成人，那個時代已經結束了。

當時的阿良良木曆和現在的阿良良木曆，在生物學上可說是不同的人。因為構成人體的細胞會依序更新。

不會永遠維持不變。

雖然那個時代也是一段快樂的時代，不過人們遲早要從幼稚園畢業。

當年確實發生過這樣的事……

用這句話當成自己對於回憶的感想就行了。

這就是所謂的人生。

雖然悲傷，卻是在所難免。

因為沒有成長，就不是人生。

戰場原黑儀成長了。

羽川翼也成長了。

所以我也得成長才行。我剛才不就有這種念頭了？

必須克服自己的心理障礙。

比方說戀童癖。

國小時宣導緊急避難的三原則「ＯＫＳ（＝不推擠、不奔跑、不講話）」，我曾經誤解為「ＯＫＳ（＝年幼、可愛的、少女）」，不過至今已經成為美好的回憶了。

是的，人們的興趣和嗜好，都會不知不覺逐漸改變。

更迭變換。

沒有小孩子會永遠玩變形金剛或是芭比娃娃吧？

畢業是必然的義務。

何況在這個時代，會萌上雙馬尾小學生的傢伙簡直有問題。

萌上雙馬尾？

萌上小學生？

只能說這種興趣太過時了。

老掉牙了。

對於八九寺真宵這名少女，我已經沒有任何興趣了。沒錯，如果換個觀點，或許我曾經非常喜歡那個傢伙，但那已經是再也無法挽回，綜觀來說已經和紀元前的歷史差不多古老，以英文來說叫做past的往事。

如今的我，嗯，我只對司馬遷感興趣。

我很萌司馬遷。

嗯。

好了。

好了好了。

好了好了好了好了，雖然這麼說，不過正因為已經對八九寺失去興趣，所以我沒什麼理由在這時候刻意無視八九寺。

因為不在意，所以也不能無視於她。

如果我無視她，反而有可能被當成異常意識到她，受到這種厚顏無恥的誤解。也有人認為，刻意無視就等於另眼相看。

考量到這一點。

只是因為考量到這一點。明白了嗎？

為了表示自己沒有眷戀往事，為了明確證明自己沒有意識到八九寺，抱持著參加同學會的輕鬆心情向她簡單打聲招呼，或許才是明智之舉。

必須將往事當成往事來尊敬。

雖然成長和變化都很重要，但是懷念的情感確實存在，而且與舊友寒暄也是很重要的事情。嗯。

這是一種懷舊之情。

任何人都曾經翻閱過相簿吧？

充滿回憶的相簿。

俗話說溫故知新，在人生的路上，必須懷舊才有動力繼續前進吧？

如果只顧著向前看，並不一定看得見未來吧？

不是遺忘過去，而是尊重過去。如此一來，人類的精神才得以真正成長。

很好很好，既然得出這樣的結論，那我就別再抗拒，恭敬不如從命吧。雖然得趕快回家唸書才不會被羽川罵，不過就為八九寺挪個一分鐘的空檔吧。

「那麼……」

前言到此為止。

好戲即將上演。

我也一樣期待已久。

為了挽回花在前言的時間，我宛如疾風衝刺。

即使無法超越光速之牆，或許我可以穿越高速公路速限之牆。

開始了！我要毫不客氣抱上去！

用臉頰磨蹭她！

摸她！揉她！

盡情寵愛她！

我今天，一定要得到八九寺！

「八九寺————————————————————————咕啊啊啊！」

就在我的魔掌即將伸向八九寺的瞬間，我忽然被某種東西絆住腳，就像是放在磨泥板上面的蘋果，整個人倒在柏油路面。

唰哩唰哩唰哩唰哩，響起這種誇張的聲音。

聲音來自於我的皮膚。

與其說來自於皮膚，不如說來自於我的肉。

「唔、唔哇？阿良良木哥哥？」

摩擦聲使得八九寺轉過身來驚叫。

露出至今最驚慌的神情。

被發現了……

這樣就沒辦法抱住八九寺了。

沒辦法用臉頰磨蹭。

沒辦法摸，沒辦法揉。

沒辦法寵愛她。

沒辦法得到她。

太絕望了……巧遇八九寺的這份美妙幸運，居然以這種形式糟蹋掉……

有一句西洋諺語說「幸運的女神只有前髮」，意味著「機會稍縱即逝」，這句話非常適合形容現在的狀況。

混帳。

女神居然留這種奇怪的髮型。

這品味太獨特了。

比起肌膚摩擦地面的痛楚，這份失望的心情更令人挫折，我好一陣子趴著爬不起來。

雖然身上的衣服也和身心一樣殘破不堪，但我完全無暇在意那種事。

我只在意內心的痛楚。

痛楚。

啊啊，孤單得令我痛徹心扉。

此時，我不經意察覺了。

在傳遍身心的痛楚之中，我的皮膚不經意傳來某種痛楚以外的觸覺訊號——我不經意察覺了。

來自腳踝。

在我的腳踝，有一隻小小的手，緊抓住我穿著襪子的部位。

然而我只有在短暫瞬間，好不容易目視到這幅光景。那隻小小的，不像是日本人會有的潔白玉手，迅速沉入地面消失無蹤——不，不是沉入地面。

是沉入影子。

沉入我的影子。

我的影子。

「……忍！原來是妳搞的鬼！」

原本我以為自己將會一輩子貼著地面再也站不起來，以為自己將會化為蠕動之混沌，但我如今任憑憤怒的驅使迅速起身，以類似跺地和跳扭擺舞的動作，反覆踩踏自己的影子。

雖然這麼做不會對忍造成任何打擊，但我還是忍不住這麼做。

「可惡！臭丫頭！臭丫頭！臭丫頭！這是在做什麼！這是在做什麼！竟敢妨礙我！竟敢妨礙我完成人生的最大目標！我再也不餵妳血了，這個金髮金眼的丫頭！早知道就應該對妳見死不救！」

我反覆進行著旁人完全無法理解，只能形容成失心瘋的神祕舉動，而且我的影子沒有任何反應——我從剛才就完全是個行徑奇特的瘋子。

唔唔。

她似乎打定主意沉默不語。

真是任性的傢伙。

「請、請問——」

此時，身後傳來這樣的聲音。

「請問——木木良良哥哥？」

是八九寺。

八九寺從我身後向我搭話，這是非常罕見的狀況——不過八九寺當然不會撲過來抱住我。

反倒像是刻意保持距離。

「……這已經幾乎不留原形了，甚至無法斷定是不是把我的名字講錯，不過八九寺，不要把我叫成某精品角色雙子星的人物名字，我的姓氏是阿良良木。」（註14）

我說著轉過身去，讓雙腳停止跺地跳扭擺舞。

「話說，妳剛才看到我跌倒並做出驚嚇反應的時候，不就正確說出阿良良木哥哥了

註14　雙子星（Little Twin Stars）的角色叫做Kiki和Lala，剛好就是木木和良良。

嗎？」

「抱歉，我口誤。」

「不對，妳是故意的……」

「我口愛。嘻嘻！」

「太可愛了！」

連我都做出驚嚇反應了。

這傢伙是怎麼回事？

居然臨時換招。

來不及臨場反應的我，就這麼不發一語愣在原地。

「唉～阿良良木哥哥還是一樣不擅長即興演出。」

此時，八九寺轉身就逕自離開。

慢著。

露出那種笑容之後，就想扔下我走掉？

可惡，總覺得最近交談的時候，八九寺給我的話題難度太高了。

這傢伙到底對我有什麼要求？

希望我成為什麼樣的角色？

忽然面對那種即興段子，還能立刻做出正確反應的傢伙，大概就只有羽川了。

雖然被留在原地，但她走路的速度畢竟是小學生。

我很快就追上去了。

原本想偷拉她的雙馬尾，不過這樣似乎只會變成單純的霸凌行為，所以我還是作罷。

畢竟之前就被她狠狠罵過一次。

嗯～……

仔細想想就發現，我身旁的人們，從初期設定至今都沒有更改過髮型的人，就只有這個傢伙了。

正如前述，戰場原剪成俐落的短髮，神原經過各種變遷成為雙辮髮型，千石最近經常用髮箍把過長的瀏海往後攏，羽川則是不只沒綁麻花辮，連眼鏡也改成隱形眼鏡。火憐在今天早上順勢就割掉馬尾，對了對了，月火也在八月初換了髮型——不過月火換髮型是稀鬆平常的事情，所以我對她就沒有那麼在意了。

關於月火的造型改變，稍後就會提及。

此外，我是從春假就開始留頭髮，忍則是沒有髮型這樣的概念。

以這種意義來說，八九寺真宵是很珍貴的角色。

……只不過，這種從未改變——永恆不變的狀況，對於八九寺而言絕對不是好事。

甚至是一種悲劇。

無論在何時都一樣。

無論在何地都一樣。

沒有變化，沒有變貌。

永遠——無法改變。

蝸牛。

在相同地方打轉的——蝸牛。

「喂，八九寺，我讓妳騎在我的肩膀上吧？」

「什麼？」

「這很自然吧？就只是身為高中生的大哥哥，讓認識的小學生快樂騎在自己的肩膀上罷了。」

「但我覺得這麼做的話，會開心的人只有阿良良木哥哥而已……」

八九寺露出苦笑。

我個人的鼓勵與安慰方式，沒有發揮任何效果。

她似乎連我的心意都感受不到。也可以說只有令她敬而遠之。

「何況在這種時期，還是請您注意一下自己的發言。因為阿良良木哥哥對我做出的舉動，真的近乎是犯罪行為了。」

「街頭巷尾確實都在傳，我的愛情已經是犯罪等級了。這是在所難免的事情，過於強烈的愛情，有時候甚至會毀滅一個國家。然而我和歷史上這些從政者的不同之處，在於我絕對不會把罪過推托給傾國傾城的美女，絕對不會怪罪自己的伴侶，會造成這種結果，只不過是因為我是傾國傾城的俊男罷了。」

「啊哈哈，聽起來好欠打～！」

被她開懷嘲笑了。

總之，能夠逗她笑就好。

無論如何，對於八九寺而言，她應該不會因為我這番話，就受到我的鼓勵與安慰。

雖然像是多管閒事，但我對此感到遺憾。

畢竟我自己也過得太隨便了，沒有好好確立自己的角色定位。

剛才那段關於司馬遷的想法，似乎造成了某些負面影響。

「不過，伽羅蕗哥哥。」

「不，八九寺，不要把我叫成以醬油燉煮蜂斗菜而成的小眾美食。我的姓氏是阿良良木。」

「抱歉，我口愛。嘻嘻！」

「妳跳過一句了！」

不准省略！

然而只要看到她的這張笑容，大致上我都會原諒她吧。

「唔～如果要找音近的食材，用蛤蜊比較淺顯易懂吧？」

「妳對自己真嚴格……」

對我也很嚴格就是了。

「不過，阿良良木哥哥，居然在太陽高掛的這時候在鎮上閒晃徘徊，您真是從容耶，是放棄考大學了嗎？」

「居然說我在閒晃徘徊……」

「假裝用功博取羽川姊姊好感的做法，您已經厭倦了嗎？」

「講得太難聽了吧！」

「俗話說庭訓三月棄，四書大學止（註15）。不過羽川姊姊也不會一直被阿良良木哥哥的演技所騙。就我看來，應該是假借考大學的名義偷看羽川姊姊穿細肩帶背心的企圖被揭穿了吧？因為阿良良木哥哥的行事動機，有一半和羽川姊姊的胸部有關。」

「我在妳眼裡到底是什麼樣的人！」

「另一半的動機，則是小妹不才我的窈窕身材。」

「妳的身材哪裡窈哪裡窕了？妳的身體只像是可以熬出美味牛肉燉湯的直筒鍋吧？」

註15　庭訓是日本的文化教材「庭訓往來」，按照內容分為十二個月，四書即為我國四書「論語、孟子、大學、中庸」，全句意指做學問半途而廢。

雖然以小學生來說發育不錯，但也只是小學生的程度。
還有，雖然羽川成功改變形象，但她私底下也只穿制服的習慣沒有改變。
別說細肩帶背心，其實我還沒看過羽川穿便服的樣子。
那個傢伙私底下會穿什麼衣服？
…………
不過在這之前，還有一個大問題。
到頭來，那個傢伙……有便服嗎？
雖說她的家庭問題很複雜，但我覺得應該不會被棄養到連衣服都買不起……
咦？
這個話題，是不是挺黑暗的？
「哎，不過呢，阿良良木哥哥，接下來請容我講一個稍微正經的話題。」
八九寺以嚴肅的表情說著。
前言來了。
經由這種前言進入正經話題的事例，至今從來沒有發生過。
「包括服裝造型和髮型在內，如果這種設定經常改變，在改編成動畫的時候會非常令人傷腦筋。」
「居然又是動畫的話題！」

「這樣就不能拿前面的片段重複使用了吧？」

「不准以重複使用相同的片段為前提！不准在這種地方節省成本！」

「真是的，到時候能夠重複使用的，大概就只有我的變身場面了。」

怎麼可能會有妳的變身場面。

妳什麼時候變成魔法少女了？

「不過，動畫角色的衣服和頭髮，確實總是千篇一律。有些作品裡的角色，甚至會綁著頭髮上床睡覺。」

「關於這方面，有一部分確實是製作小組的考量，不過真要說的話，觀眾這邊也有一些問題。」

「什麼？」

「聽說要是改變造型，真的就分辨不出誰是誰了。」

「…………」

怎麼可能會有這種事？

雖然我很想這麼說，但是在某些不熟悉鋼彈作品的人們眼中，所有的鋼彈看起來都一樣。

或者是因為不熟悉作品，所以女性角色看起來都一樣。

我經常聽說這種事。

「受不了，真的就是因為大家老是這樣亂來，所以我才不得不嚴詞批判耶。所以請試著思考看看，動畫會有第二期和第三期，如果到時候打開電視，是一堆搞不懂誰是誰的角色在畫面上猖獗橫行，觀眾肯定會走到電視前面轉臺。」

「沒那種東西。不會有第二期和第三期。僅此一次。」

不准打這種如意算盤。

還有，居然要走到電視前面才能轉臺？

妳的說法真復古。

這傢伙家裡的電話，該不會也是撥盤式電話吧？

「既然這樣，那最麻煩的就是戰場原了。那個傢伙雖然最近剛剪頭髮，不過關於髮型本身，她從前一陣子就經常進行各方面的嘗試了。」

「等到以動畫重現的時候會很辛苦的。」

「就是說啊。」

「不過在這之前還有一個問題，讓那位姊姊出現在動畫裡播放，真的沒問題嗎？」

「……唔～」

我無法立刻回答。

雖然在她順利改頭換面的現在，我才確實體認到這件事，不過原小姐初期的角色風格真的是亂七八糟。

但如果那個傢伙沒有登場，整部作品就無法成立了。

「不不不，所以就換個方式吧？要我在動畫版擔任第一女主角也沒關係喲？」

「不准隨口透露妳的野心。」

「有什麼關係嘛，就忘掉那種掛名女主角吧！」

「不准對改頭換面的人講這種殘忍的話！」

「這就是原因囉。那個人改頭換面之後，就變成單調無趣的角色了吧？」

「妳是貝木嗎！」

「呼呼～我可以穿細肩帶背心哦？我準備要穿囉？」

「妳穿細肩帶背心？市場有這種需求？」

「而且是免胸罩款式～？」

「居然說什麼免胸罩款式……先不提市場需求，雖然我自己這麼說也很奇怪，但要是妳在我面前穿這種挑逗的服裝，妳會吃不完兜著走的。」

「有必要的話，我會脫！」

「就另一種意義來說，妳的事蹟也不能改編成動畫。」

這個危險的小學生。

拜託妳節制一點，不要胡鬧到連贊助廠商都退出了。

「貧乳是布魯特斯，你也是嗎！」（註16）

「啊、抱歉，八九寺，我不能陪妳用這個題材搞笑。妳是女生，所以我覺得別開黃腔比較好。」

「阿良良木哥哥對貧乳話題興趣缺缺？」

「不，我雖然喜歡妳，但我並不是喜歡洗衣板蘿莉。」

雖然經常被誤會，但我喜歡前凸後翹的火辣身材。

「只是因為妳在小學生裡算是胸部很大了，我才會和妳打交道，只是對妳不符合現階段年齡的胸部寄予厚望。」

「這已經不是人類應有的發言了。」

「不過八九寺，雖然我正在和戰場原交往，而且非常喜歡羽川，但我覺得要結婚的話應該和妳結婚。」

「阿良良木哥哥，請不要把我人生初次被求婚的經歷奪走，這是很珍貴的東西。應該說，請您不要向小學生求婚。」

八九寺說完搖了搖頭。

唔唔，完全不當作一回事。

註16　布魯特斯(Brutus)與屬性（Status）音近，前者源自凱撒遇刺將死時的遺言「布魯特斯，你也是嗎！」，後者源自「幸運☆星」角色泉此方的臺詞「貧乳是特殊屬性」。

到底要怎麼做，才能把我的滿腔情感傳達到八九寺的胸口？

直接用摸的比較好嗎？

用揉的就能傳達嗎？

「咦？我莫名感受到一種詭異的氣息耶？」

「八九寺，妳要小心點。我隨時都會朝妳的胸部下手，只要有一點契機就會立刻伸手摸。」

「您根本就對貧乳很感興趣吧？興趣盎然，放眼全國。」

「妳得體認到，全日本男生都在覬覦妳那對與年齡不符的胸部。」

「我不敢出門了……這種國家還是毀滅算了。」

八九寺如此說著。

唔唔。

不過在國家毀滅之前，總覺得妳對我的好感度會先毀滅。

還有剩嗎？

我的支持率，大概還有幾個百分點？

「不過說到這個話題，其實包括神原姊姊、千石姊姊和忍姊姊，都遊走在放映尺度邊緣。」

「說得也是……」

看似乖巧的千石，說不定其實是最危險的……
那個傢伙，居然會穿著學校泳裝進入神社境內。
拍性感寫真也不會做到這種程度。
像這樣重新檢討，就覺得本作品的陣容太離譜了，完全找不到正經感性的角色。
「只有羽川能存活下來嗎……」
「那位姊姊就某方面而言，至今的成長過程也很陰暗吧？」
「唔～……與其說陰暗，不如說黑暗。」
我身邊盡是歷經過黑暗的往事、個性黑心、或是愛開黃腔的傢伙。
這是什麼鬼作品？
「而且關於羽川，還有貓的問題要處理。」
「啊啊，富山ＢＬＡＣＫ姊姊。」
「是ＢＬＡＣＫ羽川。」
不只發音完全不一樣，而且富山ＢＬＡＣＫ黑醬油拉麵也沒那麼有名。
除了富山縣人和拉麵迷，這種搞笑完全沒效，只會令人目瞪口呆無法反應。
「啊、這麼說來，我看過阿良良木哥哥動畫版的設定了。」
「什麼？」
「看起來設定得挺帥氣，雖然對我來說，這是一點都不有趣的遺憾結果，不過太好了，阿良良木哥哥撿回一條命了。」

「這樣啊……」

我做出無法置評的反應。

畢竟我沒看過。

帥氣是吧……

「該怎麼說，雖然沒到以前的千石姊姊那種程度，不過前面的頭髮會蓋住左眼，有種虛無縹緲的感覺。」

「虛無縹緲？啊啊，這麼說來，我剛開始確實是這種設定……」

原本是冷酷又喜歡挖苦別人的角色。

如今則是毫無昔日的影子。

總覺得轉眼之間就拋棄這個設定了。

話說，似乎是和八九寺打交道之後拋棄的。

真是個罪孽深重的小學生。

「綽號肯定叫做鬼太郎。」

「……居然肯定？」

不過，這畢竟是以妖怪為題材的作品。

或許曾經是這麼一回事吧。

那麼，羽川就是貓女了。

戰場原的話……

…………

夢子？

那個傢伙是夢子？

「不過這麼說來，那件虎紋背心確實很適合阿良良木哥哥，簡直就像是量身打造。」

「我並沒有穿那種東西！」

妳以為我是什麼高中生啊！

我沒有穿遙控木屐！

頭上也沒有妖怪天線！

「阿良良木哥哥，這部分您得忠實配合動畫設定才行，不可以太任性。」

「為什麼現實世界的我，必須忠實配合動畫的設定？」

「這就是所謂『開始擴展到其他媒體之後，原作就會不勝唏噓』的法則。」

「這是什麼恐怖的法則！」

「……不過真的會不勝唏噓的不是原作，是作者。」

「太恐怖了！」

「喂，曆！」

「妳學眼珠爺爺學得好像！」

不過只用文字，根本無法讓各位知道她模仿得多像！

看起來只像是她直呼我的名字！

「不過，模仿眼珠爺爺一點都不難就是了。」

「確實沒錯……雖然我喜歡鬼太郎，但我不太願意因為這樣，就把綽號改成鬼太郎。」

「這樣啊……」

「話說八九寺，先不提我被設計得多麼帥氣，重點在身高。我的身高怎麼樣？」

「嗯～這部分忠於原作。」

「唔……！」

沒救嗎……

沒救了嗎……

原來如此，我的身高有多高（多低）的真相，終於要在眾人面前曝光了……雖然遲早要看開，但還是會覺得情何以堪。

唉……

今後就一直騎在火憐肩膀上過生活算了。

雖說要克服心理障礙，不過先不提怪異那部分，我對身高的心理障礙似乎無從克服。

明明只要不去在意就行了。

「畢竟我和阿良良木哥哥交情匪淺，所以有試著和製作小組交涉，盡量把阿良良木哥哥的身高設定為兩公尺以上，但還是失敗了。真相永遠只有一個。」

「慢著，我開始在意妳在動畫領域的權限了。」

妳是製作人嗎？

八九寺P嗎？

「不過，我真正在意的只有一件事，那就是我們會在片尾動畫跳什麼樣的舞。」

「妳真的只在意這件事啊……」

「一般來說都會選擇霹靂舞，不過阿良良木哥哥，這次就痛下決心出奇招，採用阿波舞如何？」

「這也太嶄新了……」

話說回來，我們現在聊的話題，終究是過於跳脫作品世界了。

差不多快有人跟不上囉。

「啊哈哈，不過以我的角色定位，即使話題再怎麼跳脫作品世界也沒問題。」

「話是這麼說，不過……」

畢竟她確實處於近似製作人的立場。

令我羨慕。

但我也只能羨慕乾瞪眼。

不然還能怎樣？

「不過，妳明明上次講出那種耐人尋味的話，卻完全沒有離開這座城鎮吧？我見到妳的機率反而增加了，感覺進入八月之後經常見到妳。」

「是的，您說得沒錯。總之我只要想到就會偷偷埋伏筆，但是到底應該要怎麼做，我自己也在摸索當中。」

「妳這是報紙連載專欄的末期症狀嗎？」

不准毫無意義就亂埋伏筆。

妳這個害人不知所措的傢伙。

「所以我也有去找電視局局長爭論過，即使確定要改編成動畫，讓原作繼續拖下去也不是好事。與其說不是好事，應該說沒題材可以拖，何況動畫與原作裝在不同的胃。」

「又不是甜食……」

「但還是失敗了，我的意見並沒有被採納。上頭的人在施壓，下面的人又講不聽，身為電視從業人員，我已經受夠了。」

「八九寺P，別變成夾心餅乾了。」

「誤上賊船只好坐到底。到了這種地步，就只能一不作二不休繼續出續集了……從別間出版社。」
「為什麼要從別間出版社！」
「因為原作已經不勝唏噓了。」
「並沒有！並沒有吧？」
「大概會出在●●●文庫吧？」
「不准用特殊符號匿名！我沒有做任何虧心事！」
「大概會出在富士見文庫吧？」
「求求您，請您用特殊符號遮一下吧！」
「話說回來，乾擦木哥哥。」
「我明天確實預定要幫神原打掃房間，不過就算這樣，我也不是熱愛打掃的打掃狂，所以不要把我叫成像是使用乾布的打掃方法，我的姓氏是阿良良木。」
「抱歉，我口誤。」
「不對，妳是故意的……」
「我口咬。咬！」
「輕咬示愛？」
很好！這次漂亮配合她的即興演出了！

我可不會老是被壓著打！

阿良良木曆確實成長了！

「阿良良木哥哥，接下來換個話題。」

但八九寺沒有稱讚這樣的我，而是逕自繼續進行對話。

看來她似乎是斯巴達式的製作人。

「阿良良木哥哥知道勞斯萊斯的都市傳說嗎？」

「啊？妳說的勞斯萊斯……是名車品牌的那個勞斯萊斯？」

「是的。嗯，依照這樣的反應，阿良良木哥哥似乎不知道。」

「嗯。總之，我心裡沒有底。」

「唉～我就知道會這樣。反正阿良良木哥哥知道的都市傳說，頂多只有床底的斧頭人那種程度吧？」

「我被瞧不起到這種程度？」

都市傳說。

街談巷說。

道聽途說。

比起忍野——我確實沒有很清楚就是了。

「阿良良木哥哥，不用逞強沒關係，不懂故意裝懂反而丟臉。比方說擺出一副博學多聞的樣子想引用遊戲理論，卻只講得出囚犯困境這四個字，看到這樣的阿良良木哥哥只會令我痛心。」

「我好歹知道智豬博弈！」

不過是聽羽川說的。

而且已經忘記內容了。

如此清純的羽川小姐，居然親口說出「豬」「豬」「大豬」「小豬」「豬吃飼料」「想吃飼料的豬」「豬想吃飼料所以按按鈕」這一連串的字眼害我臉紅心跳，而且如今我只記得這部分了。

我的記憶力實在令人遺憾。

「有一輛勞斯萊斯，開到沙漠正中央的時候不動了。」

八九寺回到剛才的話題，開始說起這個都市傳說。

「陷入進退維谷束手無策的狀況，所以車主不得已只好打電話請廠商來修，結果驚人的事情發生了。明明地點位於沙漠正中央，廠商卻立刻以飛機送了一輛同型的勞斯萊斯新車過來。」

「喔喔，這真是驚人。」

「不，阿良良木哥哥，接下來的事情才驚人。車主平安回家之後，卻一直沒有收到廠商對於這次事件的請款單，畢竟是高級車，車主覺得還是得好好處理費用的問題，所以就再度打電話給廠商。沒想到廠商回應車主說，他們不知道發生過這種事。」

「不知道？空運一輛勞斯萊斯過去，他們怎麼可能不知道？難道是其他公司送新車過去嗎？」

「車主當然也和阿良良木哥哥抱持相同的疑問。他在電話裡，以困惑的語氣說：『不對，上次我的勞斯萊斯在沙漠故障的時候……』，但廠商沒等他說完就立刻回應：『這位客人，勞斯萊斯絕對不會故障。』」

「好帥！」

了不起！一流品牌的技術支援就是不一樣！

「不，阿良良木哥哥，這是都市傳說。」

「啊……對喔。」

她剛開始就這麼說了。

我不由得聽得入神。

「……所以呢？雖然這個話題確實有趣，不過八九寺，妳為什麼要在這時候提到這個都市傳說？」

「沒什麼原因啊？就只是閒聊啊？」

「妳啊……只是為了故意說錯我的姓氏，就忽然拿出這種毫不相干的話題出來聊？拜託別這樣了。」

或許只是八九寺想聊勞斯萊斯的話題——站在哈雷—大衛森機車公司的立場，勞斯萊斯應該是不可小覷的品牌。

「既然不喜歡閒聊，那就來玩猜謎如何，多阿拉木哥哥？」

「妳果然只是想故意說錯我的姓氏吧？不過八九寺，請容我忍住性子嚴重聲明，不要把我叫成像是中日龍吉祥物的名字！我的姓氏是阿良良木！」

「我沒有口誤，您就是多阿拉木哥哥！」

「居然斷言了！」

又是新招！

而且斬釘截鐵，超有魄力！

「只有您認為自己的姓氏是阿良良木，大家都覺得您叫做多阿拉木。」

「咦，真的……？」

「即使您是當事人，也請不要以為可以擅自改自己的名字。一百人有九十九人叫您多阿拉木，您還要如此不懂得察言觀色，繼續自稱阿良良木嗎？」

「唔、唔唔……」

聽她這麼一說，我就開始擔心了。

好奇怪，難道是我口誤？

我的姓氏是阿良良木吧……？

「您在名古屋大受歡迎喲。」

「感覺就像是變成在地偶像了……」

「要是口誤講成綾羅木，就會在山口縣受歡迎了。」

「話說八九寺，不是要猜謎嗎？如果妳堅持不是只為了故意說錯我的姓氏，那就好好出題吧。」

「咦？啊～我想想……」

「妳很明顯是現在才想吧？」

「啊、我想到一個很不錯的謎題。」

八九寺真宵輕輕拍掌。

「啊～不過這個謎題，阿良良木哥哥或許已經知道了。就是關於終極警探3這部電影的謎題。」

「終極警探3？啊啊，我知道，這部我有看過。記得劇中的犯人，會對主角警探提出各種難解的謎題對吧？」

「雖然沒有記得很清楚，不過是這樣的問題：『有一隻狗進入森林裡了，那麼這隻狗，最多可以走進森林多深的地方？』」

「…………？」

劇中出現過這個問題嗎？

不過我也是在國中時代，在電視播放經典影集精選的時候看到這部電影，所以記憶和她一樣模糊。

「啊、我忘記說了。這是電影的改編小說才有寫到的謎題。」

「誰知道這種玩意啊！十幾年前的電影改編而成的小說，哪有人會去注意啊！」

不准連謎題本身都來自盲點！

在這個國家，甚至沒人知道終極警探1和2改編自原著小說！

「啊、不過這樣可能會洩漏原作劇情，所以不想知道答案的讀者，請跳過這幾頁。」

「感謝妳的貼心提醒。」

不過想找原作來看，也不一定找得到。

「妳到底是專精什麼領域啊……所以？答案是什麼？」

「請不要隨口就問我答案，試著稍微思考一下吧？」

「其實我不擅長猜謎，因為我腦袋並不靈光。」

「我並不這麼覺得就是了……總之，就當成時間到所以公布答案吧。答案是『最多走到森林的正中央』。」

「是喔，為什麼？」

「因為另一半的路程就不叫做『走進』，而是『走出』。」

「喔喔！」

意外漂亮的答案。

真的是非常機智的猜謎。

我率直感到佩服。嗯，即使是早期電影，還是有可以學習的地方，文化就是像這樣代代相傳——

「所以，雖然這個話題確實有趣，不過八九寺，妳為什麼要在這時候提到這個謎題？」

「阿良良木哥哥，請不要重複相同的臺詞。同樣的槽吐第二次，我不就也得跟著回答同樣的答案一次？」

同樣的搞笑手法只會管用三次。

這是鐵則。

「總之，這就當成假裝閒聊而埋下的伏筆，所以現在請不要過問。」

「剛才的謎題，有哪裡可以成為伏筆？」

「那個，您想想看，在人生的道路上，只有前半是人生的上坡，後半就是通往死亡的下坡——聽我這麼一說，是不是就覺得很像伏筆了？」

「確實挺像的……」

不要把每件事都搞得隱含大道理的樣子。

妳這樣真的很像是某處來的騙徒。

「不過妳這番道理，沒辦法套用在吸血鬼這種不死的存在。」

「也對。畢竟既然不會死，就沒有開始與結束了，而且也不會故障。」

八九寺如此說著。

活著等同於死亡——這是不死之身的定義。

不會故障，也無須更換零件。

不用說，當然也沒有廠商保固。

「不過，偶爾也必須來段毫無意義的對話才行。要是所有對話都成為伏筆，就會洩漏後半的劇情進展了。」

「真討厭的心機……」

而且既然城府這麼深，就表演得更像是那麼一回事吧，外行的電視從業人員。

妳再怎麼耍心機，也不會有人認為勞斯萊斯或是進入森林的狗會成為伏筆。

「好了，不要老是我在講，接下來輪到阿良良木哥哥了。請阿良良木哥哥來段有趣的閒聊吧。」

「不要強人所難，我沒有什麼有趣的閒聊話題。」

「咦～！」八九寺露出不滿的反應。「不要這麼壞心眼，請讓我多長點知識啦，阿良良木哥哥，露一手您最擅長的數學小常識吧。」

「我今天早上對妹妹講過了，可是沒有效果。」

「啊～我明白了！」

不滿抱怨的八九寺，忽然露出洋洋得意的表情。

「阿良良木哥哥，是為了藉由動畫化而增加眾人的矚目度，所以想要脫離天南地北閒聊的路線吧？簡單來說，就是為了迎合大眾喜好而出賣靈魂。」

「不准講得這麼難聽！」

「無妨吧？既然阿良良木哥哥想要這麼做，就請您這麼做吧，抱歉妨礙到您了。來，我不會阻止了，請您繼續讓劇情進展下去吧，您不想繼續進行這種不埋伏筆又沒意義的愚蠢拌嘴了吧？那您就努力進行高格調的創作活動，以豪情壯志完成感人肺腑的名作吧。」

「我究竟說錯什麼話，非得被妳數落成這樣才行？」

只是想不到什麼值得露一手的數學話題，就得受到如此嚴厲的責備嗎……知識果然重要。

早知道就來聊冪數話題了。

「不過，八九寺，俗話說得好，聰明反被聰明誤——我覺得別要太多小手段比較好。」

「哎，有道理。不過既然不能閒聊也不能玩猜謎——嗯，那麼阿良良木哥哥，不然這樣如何？」

八九寺說到這裡，忽然讓姿勢端正起來。

露出嚴肅的表情，收起笑容，以脆弱又落寞——卻極為滿足的模樣點了點頭。

「阿良良木哥哥，我今天是來道別的。」

「我快哭了～！」

光是聽到這句話，我就差點哭出來！

好誇張的反射行為！

「我……對於阿良良木哥哥的這種個性，其實並不討厭。」

「淚水！我的淚水要決堤了！」

「其實從很久以前，我就非得回到自己的城鎮了，是因為擔心阿良良木哥哥，才會留在這裡這麼久……不過，已經不要緊了。阿良良木哥哥已經可以自己活下去了。」

「怎麼這樣！原來全都是為了我！」

「請和戰場原姊姊過著幸福快樂的生活吧，不可以對羽川姊姊提出太無理的要求哦……然後，請您偶爾要想想我。曾經有一個和阿良良木哥哥非常要好的女生，她的名字叫做八九寺真宵——請不要忘了我。」

「乾脆殺了我吧！」

我已經不是淚水差點決堤，而是號啕大哭了。

不用了。完全不用了。

伏筆這種玩意還是別回收了。
不然如果有一百萬個我，我就會痛哭而死一百萬次。
只為了故意說錯我的姓氏而天南地北閒聊也無妨。
「八九寺，既然這樣的話，妳就和忍一起住進我的影子裡吧，這樣妳就再也不會迷路了。」
「和忍姊姊單獨相處，也是相當緊張刺激的場面耶……」
——此時。
就在此時。
在我和八九寺就像這樣一如往常，毫無緊張感天南地北閒聊到一半的時候，在這段可以寫滿一千張稿紙的快樂閒聊，正好進行到一半的時候。
宛如宣告搞笑情節至此終結，宛如啟示錄裡天使吹號的臺詞——宛如填補縫隙般不經意介入對話。
「哈囉，鬼哥哥，如果你知道我想知道的路，那就告訴我吧——我以做作的招牌表情如此說著。」
並沒有站在郵筒上。
也不是京都腔。
然而我的直覺告訴我，這名孩子——看起來與八九寺年齡相近的這個孩子，和剛才的影縫小姐有關。

「我要找一間叡考塾，好像是現在已經倒閉的補習班……鬼哥哥，你知道在哪裡嗎──我以做作的招牌表情如此說著。」

「…………」

明明說是做作的招牌表情，這個小孩卻是面無表情。

平淡得不像是生物的冰冷撲克臉。令人聯想起不久之前的戰場原。

而且明明語氣聽起來是男生，這個小孩卻穿著橙色繫帶上衣，以及可愛的百褶裙。

……使用男孩語氣的女孩！

原來這種屬性真的存在！

我真的以為這只會出現在動畫裡！

如此認知之後，就覺得她下半身的亮色緊身褲和涼鞋，也令我內心小鹿亂撞。

「……看到阿良良木哥哥在少女面前如此心神不寧的樣子，阿良良木說自己不是蘿莉控的說法，我覺得沒什麼可信度……」

八九寺在我身旁輕聲說著。

少囉唆，給我閉嘴。

……唔？

咦？

如果以怕生這一點來說，八九寺比起千石或昔日的戰場原毫不遜色，但這次即使陌生人忽然搭話，她也沒有逃走而是留在原地，挺稀奇的。

難道她們認識？

不，不可能。

「我叫做斧乃木余接。」

接著，女孩如此自稱。

明明沒人問卻自報姓名，這一點和影縫一樣。

這兩人果然認識嗎——這麼說來，影縫在道別的時候，似乎也說過類似的事情。

斧乃木？

這姓氏好怪……而且好威猛。剛才正好提過斧頭人的事情——這姓氏聽起來雄壯又威武。

或者該怎麼說，很像是八九寺叫我時口誤而成的姓氏。

斧乃木小妹嗎……

「——我以做作的招牌表情如此說著。」

「…………」

她的口頭禪好煩。

當成語尾也太長了。

而且既然都這麼說了，至少擺個招牌表情看看吧？

角色詮釋得不上不下。

「這樣啊，我叫做阿良良木曆。」

「請多指教，鬼哥哥——我以做作的招牌表情如此說著。」

「嗯……請多指教。」

居然不配合一下。

而且，別把我叫成像是無惡不作一樣。

更何況，現在和剛才遇到影縫的時候不同，我並沒有騎在妹妹的肩膀上，所以請不要使用和鬼畜同級的方式稱呼我。

我可沒做什麼應該被稱為鬼的行為。

還是說，斧乃木剛才有看到我一如往常想對八九寺性騷擾卻失敗的光景？

「我想想……如果要去叡考塾——」

其實用不著想，我剛剛才說過一次。

甚至可以倒背如流。

不記得的話，就可以再打電話問羽川一次了。我對此感到些許遺憾。

余弦和余接。

名字聽起來很像，她和影縫或許是姊妹，是基於旅行之類的原因來到這裡，然後不小心走失，所以把集合地點定在那棟廢棄大樓。是這樣嗎？

不過這種推測，在各方面都相當牽強。（註17）因為兩人只有名字相似，姓氏並不相同，外表相似度也不到姊妹的程度。何況這座城鎮並不是值得前來旅遊的地方，即使真的是來旅遊，也不可能有遊客會把那棟廢棄大樓設為集合地點。

何況影縫自己也講過「據點」這種字眼。

不過，這依然不是需要深入探討的事情。

我只需要回答她問的問題。

剛才遇見影縫，使我幸運得以在預料之外的狀況下和羽川講到話，然而現在不一樣。我現在正在和八九寺快樂交談，雖然很抱歉，但我甚至希望斧乃木能盡快離開這裡。

即使除去這一點，看她面無表情的樣子，不像是真的因為找不到地點而傷腦筋。但她並沒有站在郵筒上面，所以我當然不需要遲疑於表達我的親切之意。

她那句奇怪的口頭禪，就解釋成她因為年紀還小而想特立獨行吧。

雖然我覺得很失敗就是了。

註17　日文的「余弦」和「余接」為三角函數的名稱，對應中文為「餘弦」和「餘切」，在此保留日文原字。

不過，我也沒義務給她這個忠告。

現在的我，甚至沒必要確認斧乃木和影縫是否認識。

到後來才非常後悔沒有好好確認影縫和斧乃木的關係——這種狀況肯定也不會發生。

「嗯，原來如此，謝謝。鬼哥哥，還有蝸牛小姐，兩位幫了我一個大忙——我以做作的招牌表情如此說著。」

聽我說明完畢之後，斧乃木似乎和影縫一樣，聽一次就能理解複雜的路線。她以平靜的語氣如此說完，就愛理不理地轉身背對我們。

離開之前，她姑且有深深鞠躬致意，不過她道謝的時候很敷衍，而且也沒有向我們開口道別。

然而很神奇的是，不會給人厭惡的感覺。

該怎麼說——她並不是不懂禮貌，而是格局更大一點，宛如不懂當地文化的感覺。

並不是沒有情感，而是不知道如何表達情感——類似這樣的氣息。

以這種方式來形容，就覺得她真的很像以前的戰場原。戰場原的那種個性是後天造成的——然而以那名女孩，以斧乃木的狀況來說，則是與生俱來的。

坦白講，她令人感覺不像人類——甚至不像生物。

就像是擁有人格的鐵塊。

或者是，擁有人格的刀刃——這樣的女孩。

我對她抱持這樣的印象。

此時。

「咦？」

直到斧乃木的身影消失在視線之中，我才不經意冒出一個遲來的疑問。

「八九寺……那個傢伙，剛才是不是叫妳『蝸牛小姐』？」

「啊？嗯，是的。」

八九寺點了點頭，看來不是我聽錯。

「怎麼了，阿良良木哥哥？看來阿良良木哥哥的器量還是一樣小，占有慾是一種毫無生產力的玩意耶？阿良良木哥哥總是對我的嬌小身體，對我的蘿莉窈窕身體灌注無比的愛情，我每天都滿懷感謝之意，不過，只是那種小朋友主動找我搭話，您不需要蹙眉到這種程度吧？」

「慢著，雖然這方面我也無法原諒……啊、不對，我不是那個意思……」

咦？

總覺得不太對勁？

這麼說來——影縫也一樣。

影縫余弦。

她也一樣，不只是把我稱為「鬼畜」——也對火憐使用某種稱呼。

似乎是——蜂。

大胡蜂。

「——鬼？鬼畜？」

鬼。

吸血之鬼——吸血鬼。

我自然而然低下頭，俯視夏日陽光落在身上形成的影子——然而照例一如往常，影子裡沒有傳來任何回應。

「不過，阿良良木哥哥，就我所見，那個孩子挺有實力的。大概要我的師父，才足以和她打個旗鼓相當吧。」

「妳哪來的師父？」

006

接著，回家之後。

「汝這位大爺，其實吾有一項不情之請，如何，撥點時間陪吾談談心吧？」

老實說，我已經在神原家吃過午飯了——當時我目送神原帶著火憐離去，正打算回家的時候，神原的奶奶邀我一起用餐。

中午的餐會。

神原駿河加上她的爺爺奶奶，共有三人住在這個家——不愧是有能耐住在那麼氣派的日式宅邸，扛起家計的爺爺從事的工作，似乎沒有所謂的退休年限，所以白天幾乎不會在家。

而且，因為這次帶妹妹前來「相親」過於突然，所以我沒有多加考量，不過仔細想想，正午就是吃午飯的時間，奶奶已經完成她和神原，合計兩人份的午餐了。

所以我才會受邀留下來用餐。

以我個人來說，既然難得過來一趟，我當然想要向神原奶奶請安，然而留下來用餐會用掉奶奶很多時間，或許會反而過度打擾。

不過，神原奶奶的廚藝簡直出神入化，所以我還是無法婉拒，屈服於美食的誘惑。

或許是因為正值中元期間，菜色是平常比較少見的和風料理，而且比平常還要用心製作，使得我胃口大開。

不知不覺，我已經如此受到信賴了——我用餐時如此心想。不過我是每半個月就會來打掃孫女房間的神祕學長，所以神原奶奶或許不方便冷漠待我吧……

不過，即使對方是學妹的奶奶，而且早就已經過了花甲之年，像這樣單獨和女性用餐，還是令我不由自主心跳加速。

這部分暫且不提。

我覺得神原奶奶，對於神原左手的事情——果然很在意。

她應該很擔心神原。

然而如同神原自己所說，在這段期間，奶奶……或者爺爺也一樣，都沒有深入詢問她的事情。

因為有神原母親的存在。

……如果神原奶奶基於這個原因，而對我感覺過意不去——這個誤會就大了。

神原和戰場原一樣。

她也只不過是——自己拯救了自己。

我沒能提供助力。也未曾提供助力。

所以，我今天受邀吃午飯，單純只是為了增進感情。我就以這種方式做解釋吧。

不過為了以防萬一，我還是和神原奶奶交換了手機號碼和郵件信箱（奶奶和神原不同，操作手機的速度快得嚇人，她是走在資訊尖端的奶奶），然後踏上歸途——並且在途中和八九寺打情罵俏，被斧乃木問路。

所以穿越自家玄關之後，我直奔樓上房間換上居家便服，切換心情坐在書桌前面準備用功。

就在這個時候。金髮金眼——外表年幼的少女，無聲無息從我的影子裡現身。

忍野忍。

活了五百年的吸血鬼——死了五百年的怪異。

鐵血、熱血、冷血的吸血鬼。

在春假，把我這個平凡的吊車尾高中生打入地獄最底層，毫不留情逼我只能趴在地面匍匐求生的怪物——落魄至極之後所剩的渣滓。

曾經是我的主人，同時是我的——現任僕從。

阿良良木曆受到忍野忍的襲擊而成為吸血鬼，忍野忍也受到阿良良木曆的襲擊而不再是吸血鬼。

發生了各種事，失去了各種事物。

失去了一切。

無須費盡唇舌，僅止於此。

以現狀來說，忍被封鎖於我的影子裡。

相對的，只要待在我的影子裡，她似乎就能發揮某種程度的吸血鬼技能。

而且忍可以自由進出我的影子。

話說這個傢伙，明明每次我希望她有所反應時都無視我，卻直到我正準備用功的時候，才大搖大擺冒出來。

「……哼。」

我旋轉椅子，讓自己重新面對書桌。

咦？鉛筆不見蹤影，跑去哪裡了……啊，我想起來了，那根五角鉛筆，因為火憐的關係被我折斷了。

沒辦法，就用自動鉛筆吧。

改天再去買五角鉛筆。

「沒聽到嗎，蠢貨！」

我遭受來自背後的鎖喉功攻擊。

忍纖細的手臂，毫不留情勒住我的氣管……慢著，為什麼吸血鬼會用這種拳腳以外的招式！

「投降投降投降投降！放開我放開我放開我！放開就好說！」

我大喊一九三二年五一五事變的臺詞（註18）（這是用功準備考試的成果，不過同音不同字，所以這麼寫不會有分數），拚命猛拍忍的手肘並且想到，小忍今天早上應該有在影子裡，觀察火憐依偎在我身上的樣子。

站在火憐的立場，她應該不是要施展鎖喉功，只是在和我鬧著玩（為了讓我介紹神原給她認識而示好），然而對於我這個受害者來說，我當時只擔心脖子會不會出事。

註18　日文「有話好說」和「放開就好說」音同，為日本五一五政變，日本首相犬養毅遇刺前的遺言。

名為擔心的這種恐怖情緒，肯定有透過影子傳達給忍。

所以她才會做出這種行徑。

……而且依照這個理論，因為我和她經由影子相繫，所以她掐著我脖子的現在，自己應該也有被掐脖子的感覺吧？

忍似乎沒想到這一點，她放鬆手臂不再掐我之後咳了幾聲，露出頗為難受的不悅表情。

看起來好蠢。

順帶一提，這種知覺同步的現象是單方面的，忍會和我的知覺同步，但反過來不成立。比方說如果我被火憐踢了一腳，受到的打擊會反應在忍身上，但即使是我盡情摸遍忍平坦的胸部，我的知覺並不會得到任何回饋。

雖然這種舉例聽起來很過分，但還是要以淺顯易懂為優先。

「怎麼了？妳要商量什麼事？不只這次，妳這個傢伙真是的，每次要妳現身的時候都完全不現身，等到我要做其他事情的時候，才像是抓準這個機會冒出來。妳是怎樣？噴嚏大魔王的相反版本嗎？不受召喚不冒出來噹噹噹？」

「吾比較像呵欠小妹吧？」（註19）

註19　噴嚏大魔王為早期動畫作品，只要在魔瓶旁邊打噴嚏，大魔王就會喊「受到召喚冒出來噹噹噹～！」並且現身，呵欠小妹則是大魔王的女兒。

忍總算恢復正常呼吸，並且如此說著。

說真的，曾經是貴族的這名吸血鬼，受到日本文化的耳濡目染而變得怪怪的。忍野的英才教育，雖然在短時間內得到亮眼的成果，卻因為揠苗助長，導致成長的方向出現些許偏差。

「話說吾之主，吾沒有在汝這位大爺需要的時候現身亦是理所當然。因為吾與汝這位大爺之作息時間完全相反。」

「對喔……妳是夜行性。」

不過對於吸血鬼來說，夜行性這種形容方式非常不貼切。

討厭太陽，喜歡月亮。

這是吸血鬼的本能與習性，即使不再是吸血鬼，依然無法違抗這種生存本能。

如同人類會怕火的道理。

「夜行性」這種人類社會亂編的形容詞，絕對不能用來詮釋吸血鬼的這種習性。

「對，因為吾為夜行性。」

「…………」

妳就沒有吸血鬼的尊嚴嗎？

不過奪走她尊嚴的就是我，所以我沒資格講這種話。

「不過，忍，那現在這是什麼狀況？現在是正午時分，是太陽公公精神最好的時段吧？」

「嗯……以心情來說，吾很想抹個防晒乳，還要戴太陽眼鏡。眼睛被刺得好痛。」

「這樣啊……」

該怎麼說，忍已經完全變成搞笑漫畫會出現的那種沒用吸血鬼了。

就像藤子不二雄老師的作品「怪物小王子」裡面的吸血鬼。

「吾會像這樣日夜顛倒，當然有著名正言順之理由。」

「名正言順的理由？雖然我不知道是什麼理由，不過忍，妳剛才有妨礙我對八九寺進行純真無瑕的肌膚之親吧？這種傢伙沒資格找我商量事情。」

「哼，吾僅是站在相同屬性之立場，無法坐視汝做出那種行徑。熟睡時就算了，但清醒時就無法容許。」

居然說相同屬性……是指蘿莉屬性？

「不能晚一點嗎？不能等我唸書到一個段落嗎？」

「此事頗為重要，須盡快處理。」

「什麼嘛……明白了，我就聽妳說吧。」

我真是心軟。

我並不是因為討厭唸書，所以挑有趣的事情做……何況唸書在最近已經成為一種樂趣了（託羽川的福）。

畢竟忍是我的弱點。也可以說是我最大的心理障礙。

雖然待在我的影子裡，但我們形影不離，而且今後也得一直和平相處下去，所以彼此讓步是很重要的事情。

我再度旋轉椅子，讓身體面向忍。

隨即忍以正經的語氣說道：「汝這位大爺，依照吾從極機密管道得到之情報，Mister Donut 正在舉辦百圓均一價之特惠活動。」

「…………」

喂。

這哪是什麼極機密管道，很明顯是來自夾報廣告的情報吧？

我也有看到。

「若是不立刻出發，就會售罄了。」

「不，那種店沒那麼容易把商品銷售一空……」

妳居然為了這種事打擾我用功？

忍愛吃 Mister Donut，是她和忍野住在那棟廢棄大樓時維持至今的傳統，然而這傢伙終於拋棄被動立場，變得會主動積極要求了。

庸俗化的速度也太快了吧？

至少應該是要求吸血吧？

至今我經常會以 Mister Donut 當釣餌，把躲在影子不出來的忍當成螯蝦釣上來，我這種胡亂捕撈的行徑造成後遺症了嗎？

這個傢伙，胃口越來越大了。

「而且依照另一個管道傳來之情報，這次居然還有推出新口味，所以非得盡快確認才行。」

「另一個管道……妳的情報網，除了傳單就沒有別的吧？別講得好像眼觀四面耳聽八方一樣。妳就只為了這種事情努力熬夜……更正，努力熬日，讓自己的作息日夜顛倒嗎……」

也因而妨礙我和八九寺的幽會？

這理由還真是名正言順。

換句話說，綜合以上的線索可以推論，在我和斧乃木道別的時候，影子裡之所以沒有任何反應，似乎只是因為忍在當時忍不住打盹了。

不過仔細想想，忍平常的活動時間，Mister Donut 當然處於打烊時段。

「啊～明白了明白了，快吃晚餐的時候，我就當作轉換心情出門幫妳買吧。妳喜歡黃金巧克力口味吧？」

「不。」

忍搖了搖頭。

以頑固的態度，蘊藏堅定的意志，搖了搖頭。

咦？

記得我之前有聽她說過——難道是我聽錯了？可是當時我是以金髮做為聯想線索，所以應該是黃金巧克力沒錯……還是說 Mister Donut 還有其他黃金系列的甜甜圈，只是我不知道？

然而，忍之所以在這時候搖頭，似乎不是這個意思。

她對我提出一個恐怖的要求。

「直接帶吾去店裡吧，吾想親眼挑選。」

「…………」

……仔細想想，如果只是想要我買甜甜圈，她只要留張字條就行了……忍之所以強忍睡意撐到現在，原來是為了親自前往 Mister Donut？

「……陽光很強，妳能到戶外走嗎？」

「哎，只會稍微晒一下罷了。畢竟吾如今亦稱不上是正統吸血鬼——用不著抹防晒乳，戴頂帽子就沒關係了。」

「這樣啊……」

對我來說，關係可大了。

不過，雖然表面這麼說，但其實我早就預料到忍遲早會說這種話，如今該來的終於來了。

這個小丫頭，這哪叫商量？

只是普通的任性吧？

不過正如前述，我也知道Mister Donut正在舉行百圓均一價的特惠活動——我和忍看過相同的傳單。

我原本就打算在最近買給她吃。

忍會在這時候提出這種要求，應該是因為今天早上即將就寢的時候（以忍的說法是「熬夜時段」），看到我即使心不甘情不願，依然答應了交惡的妹妹——火憐的請求。

如同她剛才模仿火憐的鎖喉功，大概是認為現在的我很好說話。

就算女朋友嬌化了，居然因此沉醉在幸福之中放鬆戒心，真是個蠢貨。她或許對我有這種想法吧。

她是個城府很深的傢伙。

唔～……

總之，雖然不是要慶祝戰場原改頭換面，不過這種小小的要求，就算答應她也無妨。

只不過這個傢伙很顯眼，老實說我不太敢帶她出門。

因為她光是一頭金髮的外國人造型就很顯眼，又像洋娃娃一樣可愛。

一個不小心的話，會比我和八九寺交談時還要顯眼。

反過來說，如果真的反過來說，要拒絕她的任性要求並非難事……雖然我們是彼此的主人，也是彼此的奴隸，處於莫名其妙的主從關係，不過以嚴謹的命令系統來看，我的地位姑且在她之上。

而且這種命令權限，似乎擁有超乎想像的強制力，至今我做過各種嘗試，以現階段來說毫無例外，忍野忍對於阿良良木曆，真的是唯命是從。

與其說是我有命令她的權限，更像是她將所有權限轉讓給我。

吸血鬼的法則真恐怖。

所以如果我在這時候斷然拒絕，忍也只能乖乖打消念頭。

不過正因為擁有如此強大的權力，所以我不能貿然使用，而且我實在無法無視於忍的請求。

過於強大的權力，有時候反而會成為弱點。

強處亦是弱處。

「喂喂，汝這位大爺，汝還是聽從吾之請求比較好吧？汝不願意今後與那個雙馬尾丫頭幽會時，永遠都會受到吾之妨礙吧？」

「妳、妳居然想用八九寺當人質！用我心愛的八九寺當人質！太卑鄙了！」

慢著。

以這種場合來說，八九寺非但不是人質，甚至還受到忍的保護了。

「……不過忍，這就難說囉？我基本上都是在白天遇見八九寺，妳真的能夠一直醒著嗎？只是兩三天就算了，但妳不可能永遠妨礙我吧？」

「唔，確實如此……」

忍雙手抱胸。

吸血鬼的食慾很強，但睡慾也很強。

忠於自己的慾望。

「而且忍，妳應該也知道吧？不准瞧不起我，我不會向威脅低頭。」

「嗯，不然這樣如何？只要吾主動協助，就可以讓那個雙馬尾丫頭，更願意聽從汝這位大爺之擺布？」

「唔、這個條件真是吸引我。」

在平凡家庭裡的某個房間，某名少女的人權正依照我的喜好逐漸遭受蹂躪。

真恐怖的狀況。

但八九寺不是人類，所以應該沒有人權吧？

「咯咯咯咯，這並非壞事，只要動用吾之超能力，不只是那個丫頭，汝這位大爺可以盡情染指任何女性哦？」

「唔……居然誘惑我……」

即使外型是小女孩，但這個傢伙本質上依然是吸血鬼。
而且也包含魅魔的要素在內。因此對於情色毫不設防。
何況，既然食慾與睡慾都很強烈，性慾當然不例外。
可惡……雖然當時實在沒有那種閒情逸致，不過如果我在春假，在忍還是成熟大人外表時，察覺到這件事實的話……！
這是再怎麼悔恨也悔恨莫及的悲情往事。
可說是一輩子的遺憾。
「嗯？不過忍，既然已經失去絕大部分的吸血鬼能力，現在的妳到底能做什麼事？只要是近乎超能力的事情，基本上妳幾乎都做不到吧？」
記得她做得到的事情，頂多就只有能量吸取。
不過廣義來說，這只不過是進食罷了。
我可不允許她吃掉八九寺。
那個傢伙是永久保存的緊急糧食。
「……那個……」
忍露出煩惱的表情。
她面臨難題了。
曾經號稱萬能全能的傳說吸血鬼，似乎再度深深體會到現在的自己多麼無能。

「比方說，躲在汝這位大爺之影子裡……從地面偷窺女性之裙底風光，將內褲顏色解密……」

不只語氣無力，而且提議的內容超陽春。

一整個給人「小人物」的感覺。

我不禁悲從中來。

「對！換句話說，吾為洞悉內褲機密之怪異！」

「即使妳引用現代企業戰略的用語，一樣毫無吸引力。」

我嘆了口氣。

「啊～別再講了，明白了明白了，我明白了，今天的命運就是如此安排吧？我就帶妳去吧。」

像這樣講一些沒營養的對話，反而更加浪費時間——何況不只是因為悲從中來無法壓抑（這當然是最主要的原因），仔細想想，我也有事情想問忍。

剛才沒把我放在眼裡的——斧乃木余接。

以及影縫余弦。

我想詢問這兩人的事情。

即使當時在打盹，如果她們兩人擁有某種身分——忍肯定能感受到某種氣息。

因為她是怪異中的怪異，怪異之王。

也是——怪異殺手。

「蠢貨！終於被吾之花言巧語迷倒了！」

「妳說出真心話囉……那麼，我到店門口再通知妳，至少在那之前躲在影子裡，我要騎腳踏車過去。何況妳也得盡量減少晒到太陽的時間吧？」

「嗯，太陽為吾之勁敵。」

「勁敵啊……」

「總有一天要將其打倒。」

「…………」

這目標的格局真大。

明明言行只像個小人物，目標的格局卻這麼大。

「三十分鐘就會到，妳就努力醒著吧。」

「不成問題。待命時，吾會在影子裡玩ＤＳ。」

「…………」

她拿了一臺ＤＳ進去？

我的影子變得像是四次元口袋了？

好高超的收納技術。

「不，吾無法將物質帶入影中，僅有吾之身體能進入影中。」

「這樣的話就很奇怪吧？怎麼會有ＤＳ？」

「吾擁有創造物質之能力，遊樂器這種玩意當然難不倒吾。參考的樣本，則是汝這位大爺跟那個瀏海像是似蛭田妖之丫頭借來的那玩意。」

「妳怎麼會知道這種校園老大的角色？」（註20）

她是說千石吧。

啊啊，說得也是……

她的衣服也是自己創造的。

遊樂器當然也難不倒她。

對了，這麼說來，千石前陣子借了ＤＳ給我。

上次去她家玩的時候，只看到ＭＳＸ２和ＭＺ－７２１這種早期遊樂器，所以認定千石對最近的遊戲沒興趣，不過在我閒聊說出「我想玩玩看ＤＳ，雖然只是聽說，不過那臺遊樂器有很多學習用的軟體」這種話之後，千石隔天就把ＮＤＳ連同軟體借我了。

我不禁心想，原來她還是有這種新型遊樂器嘛。

不知為何，機體泛著宛如剛買沒幾天的全新光澤。雖然我頗為在意這一點，不過還是有稍微玩一下學習軟體。

註20　似蛭田妖是作品「高中奇面組」的校園老大。

如今遊樂器和軟體都已經還她了，不過因為受益良多，所以我承諾下次帶她去泳池做為答謝。我現在才想起這件事。

居然希望我帶她去泳池，這種要求真可愛。

千石依然還是個孩子。

對了，她們班在成果發表會要進行戲劇表演，她也有請我擔任演技指導，這件事也得在暑假期間完成。

…………

不過，為什麼呢？雖然不知道是什麼原因，但我有種護城河逐漸被填平，慢慢被逼上絕境無處可逃，周圍被各種既成事實環繞的錯覺……

明明只是跟妹妹的朋友借ＤＳ，不過以第三者的角度來看，我是不是做了什麼天大的事情？

「只有在汝這位大爺之影子裡，吾才能玩自己創造出來之ＤＳ——在外界無法使用超能力。那吾先進去了，晚點見。」

忍留下這番話之後，就潛入我的影子裡。

既然能創造遊樂器，那自己創造 Mister Donut 不就好了？雖然我有這種想法，但或許不應該這麼做吧。

雖然自給自足是生活的基本，不過有些食物是別人做的才好吃。

那麼，出發吧。

雖然難免覺得麻煩，不過再怎麼說，戰場原今後已經不會對我施以家暴，而且我最近也沒有遭遇什麼不幸的事件。

要是這方面沒有確實維持平衡，我真的會變成閒來沒事就欺負巨大妹妹和迷路少女的差勁傢伙。

必須好好經營好感度。

擔任吸血鬼的跑腿也無妨。

我從椅子起身，再度從居家便服換成外出服，拿起腳踏車鑰匙離開房間——並且在下樓之後，和走廊上的月火不期而遇。

唔……

原本想趁她不注意的時候悄悄溜出去，這也太不巧了。

月火剛出浴。

看來似乎是在吃完午餐之後，受不了酷暑而跑去沖涼——月火的新陳代謝很好，很容易出汗。

順帶一提，父母的工作沒有什麼中元假期或新年假期，所以在暑假期間，我們兄妹得自己打理午飯。火憐剛嫁到神原那裡，我則是在神原家接受款待，所以月火今天是自行解決，也就是自己作午餐再自己收拾餐具，真的是自給自足。不愧是有加入茶道社（？），我的小妹出乎意料家事萬能。

……如果因而認為火炎姊妹都擅長家事，那各位就錯了。正如各位的預料，火炎姊妹的另一名成員火憐，她的廚藝非常差勁（整理技能則是普普通通）。

不過，洗完碗盤之後就去淋浴嗎……

這個悠閒的傢伙。

喜歡和服的月火如今身穿浴衣，單手拿著手帕，柔嫩的肌膚因為剛出浴而白裡透紅。為什麼這傢伙要在家裡走廊，露出一副像是在溫泉旅館度假的樣子？

如果是羽川就算了，看到妳微溼的頭髮，我絲毫沒有開心的感覺。

「啊，哥哥，又要出門？」

「對，又要出門。」

「不用唸書嗎～？」

「神要我今天別唸書。」

其實不是神說的，是鬼說的。

月火輕哼一聲，像是摸不著頭緒般點了點頭。

唔～……

看到她歪過腦袋的模樣，就覺得這傢伙看起來真的悠閒又溫吞。

何況她眼角是下垂的，還露出鬆懈的表情。

肩膀微縮，而且又駝背。

總覺得這傢伙就像是趴趴熊。

但是千萬不能被她的外表騙了。今天早上，她曾經企圖以錐子將我和火憐施以串刺之刑，從這件事實就可以知道，阿良良木月火絕對不是悠閒又溫吞的傢伙。

完全沒有軟趴趴。

不趴的趴趴熊，也就是熊。

她不像火憐擁有格鬥技能，在火炎姊妹裡擔任參謀——然而她歇斯底里又充滿爆發力的攻擊性，即使她是我妹，我也得說她宛如怪物。

如果要我率直說出感想，火憐是橫衝直撞型的笨蛋，所以還比較容易操控，但月火是拐彎抹角型的笨蛋，有時候我實在無法應付。

如果火憐是紅色的火焰，月火就是藍色的火焰。

貿然伸手就會燒傷。

不只是皮膚，甚至會傷及骨肉。

發狂之虎——戰場原個性變得圓融的現在，我目前所面臨的課題，就是要如何把處事之道，傳授給這個衝動的國二妹妹。

改天找羽川商量吧。

依照狀況，必須進行更高等級的矯正課程。

「哥哥，火憐今天會很晚回來嗎？」

「這我就不知道了。」

我姑且有吩咐她晚飯之前要回家，但是火憐一看到崇拜的神原老師就心花怒放，不知道她是否有聽進去。

以最壞的狀況來說，她也可能留在神原家過夜。

搞不好會爬上成為大人的階梯——即使沒有，應該也會爬上成為少女的階梯。

如果演變成這種結果，之後就只能放牛吃草了。

我不會知道發生了什麼事，而且也不想管。

「是喔，這樣啊——畢竟火憐只要熱中起來，就會不顧一切向前衝了。」

「比不上妳就是了。」

聽到我如此吐槽，月火就發出「唔」的聲音鼓起臉頰，像是表達著遺憾之意。

毫無自覺。

所以才棘手。

因為鼓起臉頰，所以她看起來更像趴趴熊，這一點也很棘手。

「怎麼了，找小憐有事嗎？火炎姊妹上次的活動，假扮成正義使者的那場公益活動，包含善後在內不是告一段落了嗎？」

「嗯。不不不，並不是有事找她，只是……」

月火如此說著並且面帶難色——有種難以啟齒的感覺。

「只是覺得，最近和火憐分頭行動的次數增加了。」

「嗯？」

是嗎？

就我看來，她們照例每天二十四小時都結伴同行吧？

簡直是出雙入對。

啊啊，不過雖然是一家人，但我的意見依然是第三者的意見。

她們本人或許就有感覺了。

突兀感——變化的徵兆。

「……妳們有吵架嗎？陷入冷戰之類的。」

「沒有沒有，不是那樣不是那樣，我們的感情還是一樣好，是Nakayosi，甚至到了Ribbon的程度。」

「Ciao？」

「Chuchu！」（註21）

兄妹語言。

聽在旁人耳中，絕對聽不懂我們到底在說什麼。

註21　Nakayosi是感情好的意思，Nakayosi，Ribbon，Ciao與Chuchu都是日本少女漫畫雜誌名。

然而光是這樣就能心意相通，所謂的兄妹關係真是恐怖——不對，大概連我們自己也聽不懂吧。

完全沒有相通。

「不過我在想，雖然是理所當然，但我們果然沒辦法永遠以火炎姊妹的名義形影不離吧？」

「哈……」

我不禁失笑。

雖然覺得這番話是理所當然，不過月火會主動說出這種話，也令我感到意外。

「仔細想想，哥哥以前和我們的感情也很好，甚至被形容是如膠似膠。」

「沒人這麼形容過。」

不過我確實曾經和妹妹們玩在一起，當時還包括千石在內。

雖然現在是感情不好的兄妹，但也不是打從出生就一直交惡至今——契機好像是在我升上國中的時候？

記得是因為兩個妹妹在我眼中，忽然變成幼稚的孩子了。

……現在回想起來，就覺得這是自以為是又任性的理由。

我也不是值得稱讚的哥哥。

不過這兩個妹妹也非常特立獨行，不能以一般的標準來衡量。

「唔～不過再怎麼說，小憐也快要升高中了，妳雖然就讀直升式的學校，不過高中校舍在其他地方吧？到時候妳的生活作息應該也會改變——」

我看向自己的影子——這裡是沒開燈的走廊，所以影子模糊朦朧，輪廓也不太明顯。我腦中浮現正在影子裡玩DS的吸血鬼，並且繼續說下去。

即使不到日夜顛倒的程度……

「——妳們的生活，確實會逐漸在各方面錯開。但無論是妳或小憐，或許都不會為此高興吧。」

「是啊，到了十五歲之後，警察應該也不會對我們網開一面了。」

「…………」

遇到必須使用自己性別和年齡為武器的狀況時，月火從不猶豫。

真可怕。

雖然我只當成普通的遊戲，不過火炎姊妹自命為正義使者，應該就代表這個世界依然有救。

然而進一步來說——火憐的正義與月火的正義，完全是兩種不同的東西。

不求回報，純粹只是為了他人而採取行動——

假設這種行為叫做正義，那麼以火憐的狀況，她是把正義當目的。

這是非常淺顯易懂——淺顯易懂的幼稚正義感。純真率直，在任何人眼中都是相同的形象，這就是阿良良木火憐。

然而以月火的狀況——她是把正義當興趣。

一種嗜好。

老實說，很難將其歸類為幼稚——因為世間也有很多大人抱持這種心態。

雖然她們兩人的正義無疑都是虛偽之物，但以性質來說，甚至可以說是處於兩個極端。

虛偽之物，並不是只有一種。

火憐為了目的而不擇手段，月火則是為了手段而不擇目的——但兩人確實是絕佳搭檔。

如果火憐是M——月火就是S。

如果月火是S——火憐就是N。

她們並不是宛如雙胞胎相似。

所以她們能成為絕佳搭檔，只是因為彼此的個性恰好互補。

總是想鬧事的大妹，以及總是找得到鬧事理由的小妹——栂之木二中的火炎姊妹。

紅色的火焰，以及藍色的火焰。

「雖然哥哥應該早就已經知道了，不過……」

此時，即使月火應該不可能解讀我的思緒——但她主動提出這個話題。

「我肯定不像火憐那麼堅信正義。」

「哇……」

這又是令我意外的發言。

雖然看在我眼裡是自明之理——但月火居然對此有所自覺，這個事實足以令我驚嘆。

「我喜歡正義，非常喜歡正義，但是不代表我心中存在著屹立不搖的正義。火憐不是常說『正義之血無法允許』，或是『正義之魂熊熊燃燒』這種話嗎？」

「沒錯。」

那個傢伙可以面不改色，講出這種害臊的臺詞。

「但是我並沒有這種感覺。火憐心中存在著正義，但我沒有。我所相信，我所秉持的正義——其實是火憐的正義，以及哥哥的正義。」

「我的？」

啊？

這是什麼意思？

「我名義上是火炎姊妹的參謀，不過火炎姊妹終究是以火憐為中心，我則是從旁輔助的助手。如果火憐沒有堅信正義到這種程度——我肯定不會相信『正義』這種不明確的玩意。」

月火以平淡的語氣如此說著。

「基於這個意義，哥哥的說法是正確的。至少以我的狀況——我的正義是偽物。我之所以自稱正義使者，只是過於被周圍的意見影響。」

「…………」

唔～……

聽她主動講得如此坦然，反而令我無從回應——就我看來，她這番話幾乎就像是看開了一切。

和她平常會講的話截然不同……

原來這個傢伙，在獨處的時候會思考這種事——真的令我意外。

在火炎姊妹意見相左的時候，總會以火憐的意見為優先——原來不只是因為火憐輩分比較高，還包含這樣的理由。

關於妹妹的事情，我無所不知。我原本是這麼認為的。

在我沒能掩飾困惑之情的時候，月火繼續說道：

「如果火憐是為了他人而實行正義，我就是受到他人影響而實行正義。我們的動機與方向，從一開始就有所差異——所以哥哥，我最近越來越常想，火炎姊妹差不多該退隱了——像上次，火憐不就是單獨採取行動嗎？就是哥哥挺身出面阻止的那個傢伙。」

「啊啊，這麼說來……」

那確實是單獨行動。

關於那個事件，我單純解釋為火憐基於個性的一時衝動，不過這麼說來——聽月火這麼一說，確實如此。

或許那也可以解讀為淺顯易懂，明顯的變化徵兆。

讓阿良良木火憐——從火炎姊妹畢業的關鍵。

「……其實也無妨吧？就當成至今妳們的交情好得太過頭了。」

我升上國中之後，對待妹妹們的態度就大幅改變，但不知道是幸還是不幸，火憐即使升上國中，對待月火的態度依然沒變。

雖然我覺得這是因為火憐本來就是直腸子的單純個性——然而即使是這樣的她，也肯定不會永遠像個孩子。

就是這樣。

肯定是這樣！

拜託一定要是這樣！

……慢著，我不小心加入自己的期望而激動起來了，不過總之——

升上高中之後，世界將變得更加遼闊。

那個傢伙確實會改變——和我升上高中就吊車尾不同，肯定是另一種改變。

基於另一種意義的改變。

或許將會有所成長。

那個傢伙的年紀——只有十五歲。

所以擁有無限的成長空間。

「還好啦，我知道這是無可奈何的事情，不過我在想，等到火憐也升上高中之後，也會和哥哥一樣開始欺負我嗎？」

月火嘆了一口氣。

「如果是二對一，我當然就無從招架了，會成為一面倒，成為強勢欺壓，至今好不容易維持的戰力平衡，即將要華麗崩潰了，我每天都得用淚水沾溼枕頭入睡了。」

「不准講得這麼難聽，我會成為值得依靠的哥哥，永遠把妳們兩人照顧好。」

「照顧？什麼意思？比方說刷牙還有摸胸部？」

「哈、哈、哈……」

我這個做哥哥的只能乾笑打馬虎眼。雖然主動親切找我搭話，不過很遺憾，她並沒有忘記今天早上的事情——這也是當然的。

大清早目擊哥哥和姊姊在床上交纏在一起，一般來說都會成為一輩子的心理創傷。

「好，我決定了。」

月火用力握拳，像是要表現內心的決意。

「今天火憐回家之後，我就和她討論吧。認真討論火炎姊妹今後該如何進退。」

「怎麼了，依照狀況可能會解散？」

我像是挖苦般（其實完全就是挖苦）說出這句話，隨即月火宛如正得我意，直指著我答道。

「有可能！因為調性不同！如果火憐想要獨立，我也不會阻止她！我會含淚相送！」

有夠蠢的動作。

……即使依然期待著火憐升上高中之後能成長為大人，但我不禁覺得，月火要成為大人的日子還在未定之天。

聽她剛才那番話，她明明是個聰明的傢伙才對。

「舉辦解散派對的時候，哥哥也要參加哦！我會找很多國中女生過來！」

「沒辦法了，到時我會抽空露個臉的。」

我隨口回答。

但我絕對不是因為「很多國中女生」而答應的。

不過，即使她再怎麼下定決心，至少火憐與月火這對姊妹，沒辦法在今天晚上討論這個話題。

因為火憐長年受到眾人喜愛的馬尾消失了。這項恐怖的突發事件將會襲擊月火。

而且，月火的錐子肯定將會再度襲擊我。

唔～因應這個狀況，我或許得餵忍喝點血以防萬一。

啊、對了。

既然提到火憐馬尾的話題，得趁這時候聊一下月火的髮型。

今天早上，我光是迴避錐子的猛攻就沒有餘力，所以無暇說明這種細節，不過進入八月之後，月火再度換了髮型。

雖然這麼說，但月火和羽川、戰場原或火憐不一樣，換髮型就像是換衣服一樣頻繁，所以如今也沒什麼好驚訝的。

不過，或許是月火不喜歡上一次的鮑伯頭吧，這次她是以比較短的週期，不到一個月就更換了髮型。

八月十四日現在的阿良良木月火，是使用零層次剪法的及肩成熟髮型。雖然剛出浴所以暫時看不太出來，不過頭髮微微向內捲，不知道她到底是怎麼保養的，走廊明明沒什麼光線，頭髮表面卻閃耀著鮮豔的光澤。

總之，如果捨棄哥哥的立場進行客觀評價，她的外表與內在不同，多少有點成熟的氣息。

不過一下子是長直髮，一下子是鮑伯頭，真令人眼花撩亂……這傢伙該不會哪天就燙了一頭玉米鬚吧？

這我就真的要全力阻止了。

無論如何，髮型足以改變女生的個性。雖然剛才說她的外表與內在不同，不過月火改為現在的髮型之後，孩子氣的行為似乎減少了。或許可能只是在我眼中有這種感覺，但還是令我滿懷期望——像今天早上也是，回頭想想，對於月火來說，錐子已經是相當手下留情的選擇了，如果是她留鮑伯頭的那個時候，即使從倉庫拿電鑽過來也不值得訝異。

雖說如此，這也不是什麼大不了的事情。

以上就是關於月火髮型的報告。

順便提一下我的狀況。自從春假之後，我就留頭髮想隱藏忍在我脖子留下的吻痕，而且完全錯失修剪頭髮的機會，所以如今可以歸類為長髮了。

不是鬼太郎，真要說的話比較像是米瑟利。（註22）

不對，沒有米瑟利那麼長。

「所以，愛護妹妹的這位哥哥，你不是要出門嗎？」

「啊、對喔。」

不小心聊太久了。

即使忍的知覺沒有和我同步，我也明白她應該在影子裡快等到不耐煩了。

註22　漫畫作品「來自魔界」的長髮女性。

或許正在一邊玩ＤＳ一邊哭。

哭成淚人兒。

「那就麻煩看家了，我應該很快就會回來。要順便幫忙買什麼東西嗎？」

「不用，路上小心～」

「我會小心的。話說妳也快點回房間吧，妳這樣浴衣亂穿並且待在走廊，我不就沒辦法開門了？」

「啊？」

「我的意思是，妳不要衣衫不整在家裡閒晃，不准一副不成體統的樣子。」

要穿和服無所謂，不過既然要穿，就給我好好穿。

這個外行人。

不只腰帶亂綁，胸部和大腿都被看光了……何況她是幼兒體型，一點魅力都沒有。

看了反而傷眼。

……嗯？

哎呀哎呀？

「月火，妳別動。」

「啊？」

「要脫了。」

我如此宣布之後，朝著月火腰帶打結處伸出手。

「咦？怎麼回事？哥哥，住手！你做什麼啦，呀啊啊啊啊！」

雖然月火試圖抵抗，但她並不是火憐那種武鬥派的妹妹，所以她的抵抗對我來說毫無威脅。

別看我這樣，我可是擁有豐富的實戰經驗。

雖然沒能做得像是時代劇的黑心官員那樣，不過腰帶就這麼帶動月火的身體加速度旋轉解開，然後我盡可能剝下月火的浴衣，以腰帶綁住她的雙手手腕，就這麼把她推倒在走廊，跨坐在她的身上。

如果玄關在這個時候打開，使得這幅光景被別人目睹，就各方面來說都完了。

只是火憐的話還好，要是爸媽在這時候回來就完了，應該說結束了。

本系列作品只到這一行就宣告結束。

將會以最壞的結果收場。令人覺得早知道就乖乖只走劇情主線然後作結。

不過該怎麼說，我的好感度在今天絲毫沒有恢復的跡象。

不只是下跌，而且是跌停板。

已經是直線下降，而且至今尚未探底。

類似這種感覺。

「唔唔？果然如此。」

「什麼？什麼？什麼？發生了什麼事？現在到底是什麼狀況？我為什麼現在會被哥哥脫掉衣服綁起來，還被推倒在地上？」

「沒有啦，月火，之前妳這裡不是有受傷嗎？」

我指著月火胸口的位置。

平常的話會被內衣遮住，不過因為月火剛出浴，所以現在沒有穿胸罩（彈性素材的運動胸罩），使得這個部位裸露在外。

剛才看到她浴衣胸前微微敞開的部位，我就進行了某種推測——而且果然如我所料。

原本存在於那裡的舊傷——消失了。

因為印象深刻，所以我記得。

應該說，這不是忘得了的往事。

何況那已經不叫「往事」了，應該叫做「意外」。

舊傷。

月火還是小學生的時候——雖然不知道是什麼原因，總之她被捲入某種麻煩事，結果她從校舍樓頂往下跳，因而受傷。

當時並不是重重摔到地面，而是墜落地點剛好停著一輛卡車，月火就這樣宛如功夫電影掉在帆布車頂撿回一條命——然而她確實受到了重創。

其中，胸口被帆布車頂的金屬框刺中造成的傷，醫生還打包票斷言「一輩子不會消失」——

唔？

「咦？咦？這麼說來，妳身上完全沒有留下傷痕？」

回過神來仔細一看，消失的不只是當時的傷疤。

因為是火炎姊妹，因為是正義使者，因為不像火憐擁有高超的戰鬥技能，所以月火至今總是大小傷不斷。

不、抱歉，老實說，我和她打架也是害她受傷的主要原因之一——然而這些傷痕也全都消失了。

無影無蹤。

非常美麗——剛出浴，白裡透紅。

玉肌。

晶瑩剔透。

宛如吹彈可破。

「傷痕當然會痊癒囉，因為是人類。」

「唔？啊啊，說得也是。」

話是這麼說沒錯。

是沒錯。

不過，總覺得不對勁。

而且我為什麼至今都沒有察覺這種事？

確實，我並不是隨時會注視妹妹的肌膚（我可不是這種變態）所以無法斷言……不過年輕人都是這樣嗎？

新陳代謝的差異？

唔～……

「話說哥哥，你該放開我了吧？如果只是要確認傷痕還在不在，脫掉衣服就算了，但完全不需要綁住我的手，還推倒我跨坐在我身上吧？」

「這……妳說得對。」

我順勢就這麼做了。

在同一天推倒兩個妹妹，我這個哥哥太扯了。

嗯。

總之，既然傷痕不是增加而是減少消失，就應該是值得慶幸的事情。

再怎麼說，她畢竟是女生。

用不著使用「光榮的傷痕」之類的字眼。

以這種方式說服自己之後（仔細想想，這根本就不是必須質疑到這種程度的事情），我伸手撫摸月火的胸部，然後為她鬆綁。

「為什麼在鬆綁之前要故意摸胸部？」

「沒有啦，不知不覺就摸了。」

畢竟機會難得。

順手牽羊。

簡單以兩個字來形容，就是「手癢」。

「因為莫名吸引我的注意，所以就想摸摸看是什麼感覺。」

「這麼隨便就摸了？」

「嗯。就像這樣，Puyo，Puyo，Puyo，Puyo。」

「不准摸腳！不准發出那種歡樂的音效！」

「Fire！」

「不准連鎖！」

「Ice storm，Di acute，Brain damned，Jugem，Bayoen。」（註23）

「我輸了……」

當然，並沒有干擾氣泡掉在我身上——不過我總覺得，代表著將來災難數量的干擾氣泡（而且是三倍硬度），已經掛在我的頭上蠢蠢欲動了。

註23　遊戲「魔法氣泡」氣泡連鎖消失時，玩家角色喊出的咒文名稱。

不過身為魔法氣泡的老玩家，這輩子只有一次也好，真想親手打出一次七連鎖。

「哥哥，你摸妹妹胸部摸過頭了啦！」

「慢著，要是讀者只看到這句話，會覺得這個哥哥角色有夠誇張……」

好感度將會灰飛煙滅。

「鬼畜」或是「鬼」都不足以形容。

已經是惡鬼羅剎了。

「剛才那句話，我要用來當作書店的宣傳標語！」

「這種宣傳標語，有哪家書店會用？」

「就期待有哪間書店願意挺身而出吧！」

「住嘴，別再煽動了。」

不准擋別人的財路。

「真是的……」月火從走廊起身如此嘀咕，並且慌張把被我剝掉的浴衣穿回去。「要是哥哥做這種事做得太過火，我們真的會向羽川姊姊告密，把哥哥的各種祕密都講出來！」

「這方面務必請妳高抬貴手……」

不然我不知道會被罵得多慘。

不過冷靜來看，我的基準意外明確。

可以確實分辨哪些對象可以摸，哪些對象不可以摸。

「真是的，真是的，真是的，我們姊妹明明各自和男朋友維持清純的關係，為什麼非得和哥哥落得這種複雜的關係？」

「別嘆氣別嘆氣，說不定小憐現在也面臨著類似的狀況。」

與其說是複雜的關係，不如說是百合的關係——而且伸出魔掌的人是我學妹。

從這個角度就不禁令人覺得，火炎姊妹果然在無形之中連結在一起。

不過，男朋友嗎……

這兩個傢伙確實都有男朋友。

「啊～妳的男朋友叫做……蠟燭澤是吧？你們還沒分手？」

「很抱歉，我們感情好得不得了，打得火熱。聽說和火憐交往的瑞鳥，最近似乎有點小抱怨……但他們基本上也進展得很順利。不過，如果哥哥對我們的所作所為被揭穿，我和火憐就都得和男朋友分手了。」

「唔～……」

總覺得挺火大的。

身為哥哥，實在無法容忍妹妹交男朋友。才唸國中就有交往對象，令我頗為吃味。

你們還是分手算了。

不過以我的立場，如果我對妹妹們的所作所為被發現，戰場原很有可能會把我休掉。

想到這裡就覺得，即使戰場原已經改頭換面，但還不能把我的這位女朋友介紹給妹妹們認識。

光是被她們知道羽川翼這號人物的存在，我的處境就相當驚險了。

而且關於這件事，羽川並沒有站在我這邊。

「那麼，我真的要出門了。」

「不准回來～能讓哥哥回來的家並不存在～」

「不，我一定會回來……回到妳心裡！」

就像這樣。

進行這種兄唱妹隨的對話之後，我目送月火走上二樓，總算打開玄關大門前往戶外。

然而，這是最後一次。

這是我最後一次開啟這扇玄關大門——但是在這個時間點，我當然不可能預料到會有這種結果。

007

「酥軟夾心圈？何其驚人，太離譜了吧？居然將蜜糖波堤和蜜糖法蘭奇合體，豈非是最強搭檔！歐菲香！光看就明白肯定美味！啊～吾現在就明白了！用不著吃就明白，不，但吾非吃不可！豆腐甜甜圈，光聽名字就令食指大動！還有宛如寶石井然有序排列於此之瑪芬系列！為何至今要瞞著瑪芬之存在不告訴吾！可惡傢伙，完全無法原諒！不過雖然用不著強調，但是以黃金巧克力為首，至今享用過之各種精選甜甜圈大量展示於此，就已經是壯觀之場面了！有夠扯！汝這位大爺，吾可以將這些全部吃掉嗎？」

「當然不可以。」

為什麼只是來這麼一次，我就得買下足以兌換特大波堤獅布偶的大量甜甜圈？妳自己也要檢討。

初期和中期的角色設定，已經連一丁點都不剩了。

再怎麼說，妳也太快拋棄設定了吧？

既然這樣，乾脆也把那種像是古人的說話方式改掉吧。

明明都已經會說「有夠扯！」這種話了……

不過，名為怪異的存在，即使真實存在卻沒有真實的形體，所以確實容易直接受到周遭環境的影響——黑羽川就是很好的例子。

那隻貓妖第二次現身的時候，和第一次現身時相比，角色個性有著明顯的變化——而且是直接反應出羽川的心境變化。

……那麼，忍之所以變成這種傻妞，我也必須負起部分責任。

原來如此，從客觀的角度來看，原來我是這種個性（應該是和八九寺或羽川相處時的個性）。

「有夠扯」是吧……

就這樣，我——阿良良木曆，以及蘿莉少女暨前吸血鬼——忍野忍，如願以償進入Mister Donut。

在這個區域僅此一間，寶貴的Mister Donut連鎖店。

雖說是連鎖店，但我只看過這間Mister Donut，所以如果有人說全日本只有這間店，這間店就是總店，我應該也會相信吧。

考量到這座城鎮連便利商店和速食店都很少，就覺得Mister Donut會在這裡設立分店簡直是奇蹟。

也因此，這間店的規模並沒有很大（就像是不販售肉包和湯麵的港式飲茶店那麼大），即使如此，對於忍而言，這裡依然是她做夢都會夢到、充滿魅力的極致空間，令她的雙眼閃閃發亮。

不禁覺得她的金髮都比平常耀眼了。

就像是超級賽亞人。

而且不只是頭髮的光輝，如同她剛才那段發言，從她進入店裡的第一聲就可以知道，總之她的情緒非常亢奮。

這或許是忍第一次在小女孩形態，如此坦率表達內心喜悅的情緒。

雖然這麼說，但我可沒有和她一起亢奮起來。

忍是超凡的金髮美少女，因此極為受到眾人的注目。

既然忍開心得不能自已，我就必須連同她的份鎮靜下來。

「唔唔，不能全吃嗎，哎，就知道會是如此——吾也只是不抱期望說說看罷了，汝這位大爺，放心吧，吾甚為知曉人類世界的常識，不會強人所難，能吃到 Mister Donut 已經是萬幸了。換句話說，每種各買一個即可吧？」

「我不知道妳的金錢觀念如何，不過只有這方面拜託妳理解一下，要是真的這樣買，我眨眼之間就會破產了。」

我只靠父母給的零用錢過生活，並沒有打工。

何況這裡太偏僻了，我家附近根本沒地方打工。

「咦？不然意思是？現在到底是何種狀況？吾只能被迫進行殘酷之挑選，在大量陳列至此種程度之甜甜圈裡挑選少數品嘗？」

忍瞬間洩氣，而且臉色鐵青。

拜託別為這種事情就臉色鐵青，我會基於另一種原因忍不住同情妳。

「以後我至少每個月會帶妳來一次……總之今天保守一點，不要貪得無厭，展現妳應有的氣質。妳應該有氣質這種東西吧？我想想，總之就當作考驗妳的眼光兼試吃，從挑選三個開始吧？」

「喂喂，吾之主，用不著如此煩惱，刻意說吾貪得無厭是何種意思？僅是金錢之問題吧？試想，放眼將來，當成投資賣吾這個人情，對汝這位大爺而言亦為好事吧？」

「賣妳人情又能怎麼樣？」

「就說囉，可以幫汝調查女生裙底……」

「女生裙底的情報，我可以自己調查，我不接受這種不正當的解密行為。」

「唔唔，敢情汝這位大爺是男人中的男人？」

「哼，現在才發現？我每天早餐都是法式吐司先生。」

「真是紳士的傢伙！」

「而且都很準時！」（註24）

現在是愚蠢對話時間。

愚蠢的對話進行中。

「啊~真是的，知道了知道了，不然這樣吧，我和妳各選五個，合計十個，然後我們分著吃，這樣就行了吧？」

畢竟現在是百圓均一價的特惠時間。

註24　吐司先生原文為croque monsieur，croque的日文片假名和時鐘(clock)相同。

就花一千圓在妳身上吧。

雖然沒必要賣妳人情，不過就取悅妳一下吧。

為了讓我們今後溝通時更加圓融——雖然應該不會借用到妳的力量，但要是妳妨礙我和八九寺幽會，我還是會感到困擾。

「相對的，不准選瑪芬或是甜派系列，因為這次的百圓均一特惠不包含這兩個系列。」

「唔～……沒辦法，吾就忍一下吧。」

就像這樣，忍心不甘情不願點頭答應了。

妳這個米蟲……好歹道個謝吧？

話說在前頭，這筆錢原本是我買參考書的資金。

如果我沒考上大學都是妳害的。

總之，雖然已經做出這樣的結論，不過等到忍從展示櫃挑選十種甜甜圈（我把自己五個甜甜圈的選擇權讓給她了，何況既然是分著吃，就不用刻意分成我的和忍的），又用掉了三十分鐘的時間。

陪女生購物真辛苦。

而且這個前吸血鬼，不知道是因為不會挑還是缺乏判斷力，花費三十分鐘進行「殘酷的挑選」得出最終結論之後，居然點了三個酥軟夾心圈。

巧克力口味、蘋果口味、藍莓口味。

嚴格來說確實是不同的東西，不過既然難得有機會多挑幾種，應該要有點變化吧？

實際上，我確實可以像這樣以旁觀者清的立場提意見，但是我終究沒有毅力站在收銀臺前面和忍如此拌嘴，她的外表與說話語氣太引人注目了。

從店員的反應來看，似乎是把忍的說話風格解釋為受到某部動畫的影響，但我的神經也沒有大條到能夠附和這種誤解。

真是的。

總之，隨妳高興吧。

因為今後每個月都會來，所以無論會受到何種誤解或理解，都只是遲早的問題。

時間本身不成問題。

點了十個甜甜圈，以及兩杯可以無限續杯的咖啡之後，我和忍來到二樓的用餐席。

隔著餐桌相對而坐。

忍滿臉笑咪咪的表情。

滿滿的幸福。

「這是吾至今藏在心底之祕密。其實吾活到現在這五百年來，好幾次冒出毀滅人類之念頭。不過，汝這位大爺，吾於此時此地堅決發誓，只要 Mister Donut 存在之一天，吾就不會毀滅人類！」

「想做的事情格局這麼大，器量卻這麼小，妳這五百年活得真辛苦。」

但她確實經歷過各式各樣的事情。

五百年。

即使彼此已經建立分也分不開的關係，但是我和忍來往至今甚至不到半年——所以她依然有很多我所不知道的祕密。

我覺得不知道也無妨。

忍——是怪異。

我——是人類。

曾經是怪異，曾經是人類。

「話說回來，忍，我有件事情想問妳。」

確認時機成熟之後（也就是五個甜甜圈從桌上消失的時候），我提出了這個話題。

「今天我去神原家的途中，以及從神原家回來的途中，向我問路的那兩個人——操京都腔的大姊姊，以及表情做作的小妹妹。她們兩人就妳看來——怎麼樣？」

影縫余弦。

斧乃木余接。

我會像這樣購買許多甜甜圈款待忍，其實是別有用意，也就是想要詢問這兩個人的事情。

「嗯……」

看來甜甜圈造成的亢奮狀態終究減輕不少——忍對我咧嘴露出無懼一切的笑容。雖然可能是想要咧嘴冷笑，但她嘴脣周圍滿是天使巧貝的糖霜，使得她的笑容看起來俏皮又可愛。

「汝這位大爺啊，這該如何說起，此等事情根本無須刻意說出口……至少對吾而言是默認事項，然而既然有這個機會，吾就講清楚說明白吧。」

「啊？」

「吾如今就像這樣，封印於汝這位大爺之影子裡——名為封印，無從撼動之束縛，使得吾無須以利牙吸取汝這位大爺之血，就得以隨時向汝這位大爺進行能量吸取。換句話說，是汝這位大爺令吾得以活下去——是汝這位大爺拯救了吾。」

「得以活下去……拯救……」

「而且，即使除去這種背地裡之因素，到頭來以立場而言，吾現在為汝這位大爺之僕從。總之，雖然至今發生各種事情，所以曾經憎恨汝這位大爺——然而一言以蔽之，目前吾頗為欣賞汝這位大爺。」

「欣賞……」

頗為欣賞。

我無意義反覆著忍的這句話。

「與其說欣賞汝這位大爺，應該說汝這位大爺之人生。汝這位大爺不再是怪異，是失去吸血鬼力量之平凡人——雖然不到興趣盎然之程度，但吾也頗感興趣。何況如今還能像這樣享用甜甜圈。」

忍說到這裡，伸手抓起我吃到一半的糖霜多拿滋，送進自己的嘴裡。

不用說，這是間接接吻。

但我可沒有純情到會因為這種事情而害羞。

「然而，吾之主，接下來是重點——即使吾站在汝這位大爺這邊，也不代表吾站在人類這邊。」

「…………」

「當然，吾也不會站在怪異那邊——因為對吾而言，怪異僅為食物，僅為糧食，僅為餐點，僅為伙食。然而即使吾已失去力量——即使失去形體與身影，亦不代表吾成為人類。舉例來說，若發現某人有難，汝這位大爺應該會提供助力，然而吾不會。」

忍宛如選手宣誓般，繼續說道。

「雖然不會毀滅人類——但亦不會拯救人類，此為吾施加於吾自身之原則。」

「……不是吸血鬼的原則，而是妳自己的原則？是妳為了做妳自己而劃下的界線？」

「誠然。因此即使吾知道某處之某人有難，吾亦不會刻意通知汝這位大爺——而且亦不一定會據實回答問題。總之就是如此。上次之火蜂事件，吾之所以會主動提供各種協助，終究只是為了協助汝這位主子，並不是為了協助汝這位大爺之妹妹。」

——忍一邊咀嚼，一邊如此說著。

雖然嘴裡吃的是甜食，表情卻一派嚴肅——看來並不是有所隱瞞或刻意挖苦。

正是如此。

哎，我想也是。

現在阿良良木曆的體內，依然殘留著些許的吸血鬼屬性，所以立場相當複雜。然而現在的忍野忍，大部分的吸血鬼屬性都被剝奪，不只是無影無形，甚至還失去原本的名字。她所處的立場不只是複雜，甚至可以形容為曲折離奇。

忍野忍。

鐵血、熱血、冷血的吸血鬼。

她是歷經內心的百般糾結之後，才終於得出折衷之道——這方面我有著深刻的體會。

傳說中的吸血鬼曾經不再對我開口，總是單方面沉默以對——直到最近終於肯開口和我交談，這段期間長達四個月。

四個月。

和五百年的生命相比，或許只是短暫的時間。

然而對忍而言，這四個月——肯定比五百年來得漫長。

每天都是折磨。

每天都是猶豫。

每天都是絕望。

如果春假期間是我的地獄——那麼對於忍而言，春假結束之後一直都是地獄。

所以，既然是這樣的忍做出的結論——既然是她得出的折衷之道，那我就絕對不會加以干涉。

即使她想打倒太陽。

即使她立志毀滅人類。

我也不會說服她改變主意。

只會無聲無息遞出原本早應失去的渺小生命，請求原諒。

或許同樣的話語重複太多次就會失去分量，即使如此，我依然想要反覆強調。

如果忍野忍只能活到明天，那麼阿良良木曆的生命維持到明天即可——正因為忍野忍願意繼續活下去，我才會像這樣繼續苟延殘喘。

「哎，妳說得對……這確實是我們默認的共識，我也明白這一點，事到如今不需要刻意強調。所以關於那兩個人的事情——以妳的立場，妳不願意積極提供情報？」

「或許連回答這個問題亦是一件難事。若是吾拒絕說明，汝這位大爺至少會知道她們可能擁有某種身分。」

「甚至拒絕接受詢問嗎？唔，這個原則挺嚴格的。」

「……總之，要形容成嚴格也行。」

大概是嘴裡太甜了，忍伸手拿起咖啡。受到自己出身地的影響，忍比起咖啡更偏向紅茶派，不過即使如此，她並不會因而不喝咖啡。

不過，小女孩品嘗咖啡的光景，看起來挺特別的。

「嚴格來說，也對，關於那個表情做作之丫頭，透露一些訊息亦無妨。」

「所以？」

「那不是人類，是怪異。」

忍直截了當如此說著。

雖然話是這麼說，但如果套用她的原則，這應該只處於勉強可容許的範圍吧——她說出這番話時不帶情感，使用不負責任的制式語氣。

「只是表面上化為人類之形體，與吾相同，外表與實際年齡不符——斧乃木余接這個名字，理所當然應該是假名——吾以做作之招牌表情如此說著。」

即使使用制式語氣，也刻意像這樣加入這種玩笑話，或許是忍在個性上的賭氣表現。

或者應該形容為無從收斂的頑固個性。

或是天生的瀟灑脾氣。

無論如何——這就是她的角色風格。

「從斧乃木這個姓氏，大致可以推測丫頭之真面目——但這方面關係到個人隱私，與其說是依照吾之原則，不如說是基於道德良知不方便透露。汝這位大爺也不願意我提及汝私底下之癖好吧？」

「那當然。」

當然至極。

這種事絕對不能被提及。

「不提姓氏——她的名字『余接』令我很在意，因為和影縫小姐的名字『余弦』的來源相同。」

「哈，既然如此，肯定是以名字束縛。」

忍用力聳了聳肩。

聳肩這種動作，應該不需要如此用力，不過她的這個舉動，明顯表達出她無從宣洩的憤慨情緒。

「如同吾受到那個輕佻小子之名牢牢束縛——簡單來說，斧乃木余接等同於影縫余弦之使魔。」

「使魔……」

和忍一樣受到束縛的——怪異。

忍在這裡提到的輕佻小子，指的是對我、羽川、戰場原，甚至對於八九寺、神原與千石而言都算是恩人的——忍野咩咩。

忍野咩咩。

對付怪異的專家——收拾妖怪的權威。

簡單來說，只是個夏威夷衫大叔。

以忍的立場，她對這個人痛恨到骨子裡的程度僅次於我——然而在忍野待在這座城鎮的時候，忍野和忍在那棟廢棄大樓……在叡考塾裡，幾乎是朝夕共處。

所以即使以這種惡毒方式稱呼他，不過除了恨意，忍對他肯定抱持著其他的情感。

旁人無法觀察透徹。

甚至無從觀察。

以姓名束縛嗎……

無論如何，只有一件事可以確認，那就是忍不太願意在對話時提到忍野。

「使魔。」

忍迅速讓話題進入下一個階段。

「使魔這種說法，聽起來近似跑腿之意，或許並非正確之形容方式。嗯……若要依循這個國家之文化，吾想，頂多算是式神吧。」

「式神……？」

使魔……或者是式神……

但她看起來並不像這種存在。

在我眼中——她只像是人類。

不過聽忍這麼說，就覺得她那種面無表情、身分不明，以及難以捉摸等要素——確實足以給人一種超脫常人的印象。

人類指數是零，甚至是負數。

而且最重要的事——我至今應付過許多擁有物理實體的怪異。要是拿斧乃木和這些怪異做比較，確實找得到共通之處。

被貓迷惑的羽川翼。

向猴子許願的神原駿河。

斧乃木明顯和她們有共通之處。

「嗯……」

不過即使再怎麼說，怪異可以如此若無其事，宛如日常光景一樣存在於這個世界嗎？

完全搞不懂。

我確實覺得她不太對勁，覺得她很可疑——所以才會向忍提出這個詢問，但我沒想到那個小妹妹自己居然就是怪異。

……雖說如此，但以客觀的角度來看，也不是那麼離奇的事情。

說到「擁有物理實體」的怪異，現在就有一個傢伙若無其事，宛如日常光景一樣存在於我面前，並且大口享用著甜甜圈。

而且，不用說別人，我也一樣。

就某方面而言，我也是——類似怪異的存在。

「所以是式神嗎……」

從式神這兩個字聯想得到的事物——雖然是非常典型的聯想，不過當然會想到陰陽師。

所以才會使用京都腔。

換句話說，既然斧乃木是怪異，影縫的身分就是——

「難怪她們會叫我鬼畜小哥或是鬼哥哥，原來如此，她們兩人——至少影縫小姐肯定是所謂的專家。」

專家——權威。

歸根究柢，就是忍野咩咩的同行——

「先不提斧乃木，但影縫挺難說的。或許那個傢伙，只是看到汝這位大爺將妹妹當成牛馬般使喚，所以才依她所見給予此等評價。任何人看到那一幕，應該都會將汝這位大爺稱為鬼畜吧。」

忍如此說著。

我難以判斷她是在揶揄我，還是在說真話。

「唔、不小心違反吾之原則了。」

不過看到她講完就咂舌的模樣——她剛才那番話似乎是認真的。沒禮貌的傢伙。

……嗯～但是這樣的話，事情就頗有蹊蹺了。

難道影縫並不是陰陽師？

可是她有說中火憐曾經遭受大胡蜂怪異襲擊的事情，所以應該不是一竅不通的外行人——不，或許她只是說火憐「宛如大胡蜂凶猛」，只是當作形容詞來使用。

畢竟以火憐的說法，影縫的戰鬥能力，似乎與車子不相上下——反過來說，即使影縫也看出火憐擁有非比尋常的戰鬥能力，也完全無須訝異。

何況光是看到她背著哥哥走路，就知道她並非等閒之輩了。

或許只是以「大胡蜂」稱讚她的本事。

然而……

「吾堅決拒絕提供普通人類之情報，吾僅會透露關於怪異之情報，若要吾提供人類之情報，此人至少亦得是怪異專家。」

我太大意了，忍肯定是看到我臉上露出渴求的表情，所以才會在我開口之前先行制止。

「吾總不能被當成便利之工具使喚——光是招待吾享用甜甜圈，吾亦不會洩漏口風，吾並非如此隨便之女性。吾並非汝這位大爺之使魔或式神，僅為汝這位大爺之僕從，若是汝無論如何都想知道，就使用強制命令權吧。」

「……我並不是無論如何都想知道。」

我沒有想過把妳當成便利的工具使喚。

也沒想過要賣妳人情。

總之，她說得對。

我的如意算盤打得太響亮太任性了——難怪她會預先做出這種聲明。

讓我碰釘子還好，至少沒有拿木樁刺進我的心臟。

「是嗎，那就好。」

忍再度將咖啡端到嘴邊。

我也不經意地學她拿起咖啡杯送到嘴邊。

隨即忍宛如不懷好意，眼尖地計算我將深黑液體含在口中的時機。

「那麼，汝這位大爺，如果汝無論如何都想知道——就向坐在那裡之那名男性打聽如何？」

她如此說著。

「？」

我轉身向後。

並且噴出咖啡。

在店裡一角，有個人只買了許多瑪芬和甜派，並且配上雙倍濃縮咖啡享用——這個人是誰？

他正是忍野咩咩的同行——以及騙徒。

貝木泥舟。

008

從國中升上高中時遇見某隻螃蟹的戰場原黑儀，直到忍野咩咩解決她身體問題的這兩年來，曾經被五名騙徒詐騙——雖然就某種程度而言是她本人自願被騙，不過總而言之，五名騙徒之中的第一個騙徒，就是貝木泥舟。

以他為始，以他為終。

第一個人，也是最後一人。

人稱捉鬼大師。

這就是貝木泥舟。

就像是剛參加葬禮回來，身穿宛如喪服的漆黑西裝，打上一條深色領帶，正值壯年——外型看起來極為不祥的男性。

這名不祥男性，在前幾天成為火炎姊妹執行正義的對象。

他被定義為惡徒。

這裡就不說明細節了，總之他以當地國中生為中心，散播一種使用怪異進行的「詛咒」，耗費數個月的時間，按部就班執行這項頗有規模的詐騙行為——能夠在受害程度擴大之前成功阻止，或許該說是一種僥倖。

但我們這邊也沒能毫髮無傷。

不只是火憐被蜂螫——善後工作也搞得人仰馬翻，稱不上是一切順利收場。

即使如此，戰場原黑儀勇於面對往事造成的心理創傷，與貝木泥舟當面對決之後——這個事件至少已經告一段落了。

戰場原徹底排毒。

貝木泥舟允諾再也不會出現在我們面前，並且離開這座城鎮——本應如此。

本應如此。

「你為什麼會在這裡？」

「無聊，你以為我會遵守約定？那你就太愚蠢了。你應該在這次的事情得到一個教訓——約定是為了被打破而存在的東西。」

貝木吃著藍莓瑪芬——以不祥的語氣如此說著。

這傢伙，連吃個甜點都一副不祥的模樣。

絲毫沒有重建形象。

連一丁點可愛的氣息都沒有。

記得在當時，我確實有過「我阿良良木曆再也不可以見到貝木泥舟」或是「下次遇見的時候，即使演變成廝殺場面也不奇怪」這種帥氣的想法……為什麼要以這種巧遇的形式，在鎮上的 Mister Donut 遇到這個傢伙？

開什麼玩笑。

完全搞砸了。

然而雖說如此，我（和忍）沒有徵詢他的許可，就移動位置和他相對而坐，但他完全不為所動，絲毫沒有做出驚訝的反應並繼續用餐——從這一點來看，這傢伙果然不容小覷。

即使身為虛偽的騙徒——卻無比真實。

「……如果是平常的我，肯定會說出剛才那番話吧。」

就在我思考著要從哪個角度，向毫不悔改看開承認的貝木提出抱怨，正要開口說些什麼的時候，貝木剛好就在這個討厭的時間點——像是在戲弄我般乾脆推翻前言。

「放心吧，這次是極為稀奇的狀況，總之我打算遵守之前和戰場原做出的約定——我認為這麼做能保障我的利益，認為這麼做能保障我的金錢，所以我不打算第二次前來這座城鎮。」

「不，可是你現在就……」

「因為不打算第二次前來，所以這是第一次前來。」

「…………」

他是騙徒！

貨真價實的騙徒！

何況要是這麼說，你至今不只來過一次，至少已經來這座城鎮三次了吧？

還有，無論這傢伙是偽物還是真物，其實他各方面的所作所為，都像是小人物的作風。

感覺他是以低沉的聲音，掩飾這種小人物的感覺。

「……先不提是不是在騙我，不過貝木先生，既然之前虛張聲勢到那種程度，就像是贏了就跑一樣消失在我們面前，為什麼現在會在這裡吃甜甜圈？」

「我想到身上有一張只有這間分店能用的折價券——我是為了用掉折價券而回來的。」

「這……這也是謊言？」

「你這麼說就令我遺憾了，我不曾騙人與撒謊。」

騙徒光明正大如此斷言。

雖然我自認已經非常清楚……但這個傢伙真的太離譜了。

有夠扯。

同時也可以說他很有膽量。

與其說很有膽量——不如說他臉皮超厚，膽大妄為也要有個限度。

他明明知道要是被火憐或戰場原遇見，這次絕對會吃不完兜著走——但他完全沒有縮頭縮腦，不逃也不躲，甚至沒採取什麼預防措施，大搖大擺出現在這種地方。

其實，我當然也不認為這傢伙真的會嚴守承諾——沒有用白紙黑字寫下的約定，不叫做約定。

然而即使如此，對於戰場原黑儀來說，只要貝木泥舟願意口頭承諾就夠了。

有這個事實就已足夠。

……不過，先不提火憐，重點在於戰場原。她好不容易改頭換面成為很不錯的女孩，要是在這時候第三次遇見貝木，或許會造成恐怖的反彈。

如今要是她恢復為原本的毒舌，我可沒辦法應付。

「折價券的事情是真的，而且不只這個原因。」

貝木沒有使用轉折連接詞就如此斷言，並且端起杯子品嘗雙倍濃縮咖啡——慢著，Mister Donut 沒有販售這種飲料吧？

是特製的？

為什麼連喝的飲料都是黑漆漆？

雖然我經常聽到「散發不祥的氣息」這種形容方式，不過以他的狀況，令我感覺是「口吐不祥的氣息」。

就像是吸入氧氣吐出黑煙。

他自己就是不祥的存在。

「是要處理一些雜事，一些無聊的雜事。阿良良木，這不是你需要在意的事情，我在不久的將來就會離開——」

「但我希望你立刻離開。」

「別這樣催促我，我也一樣不想再見到你們，因為你們害我嚴重虧損——幸虧你妹妹在各處奔走善後，所以我不用花錢就讓事情落幕，這是我不幸中的大幸。」

「…………」

「你們把我視為瘟神，我也把你們視為瘟神。」

貝木如此說著，並且再度將瑪芬送入口中。

但我要再度強調，這樣完全不適合你。

表裡充斥著不祥氣息的貝木，並不會給人喜歡甜食的印象。

……不過回想起來，首先拿 Mister Donut 給忍吃的人不是別人，正是忍野咩咩——雖然只是我的猜測，不過對付怪異的專家，難道都必須大量攝取糖分？

「其實我折價券還沒用完——不過既然已經被你們目擊，看來還是別用比較好，我就轉賣給別人吧。要是時間拖太久，你把戰場原帶來這裡就掃興了。」

「我就帶她來吧？」

「就知道你會這麼說。不過……」

貝木繼續說著。而且將視線投向我身旁，看著對於我和貝木的對話毫無興趣，只顧著享用甜甜圈的忍。

「阿良良木，你也是不太能小看的角色。雖然我是惡徒，但你也是惡徒，居然在如此美好的盛夏晴天，露出一副得意洋洋的模樣，帶著這種金髮蘿莉少女到處跑。」

「…………」

不准說她是蘿莉少女。

我並沒有露出得意洋洋的模樣。

不要把我和你相提並論。

和貝木對決的時候，忍並沒有提供任何協助（當時的忍應該在我的影子裡熟睡），所以這次是忍第一次現身和貝木見面——不過，唔～……

即使是人類，但貝木和忍野一樣是專家。

與忍野不同的專家。

以這種狀況——尤其是這種與怪異無關的狀況來說，不知道忍的原則適用到何種程度。

「小妹妹，打個商量吧，願不願意讓我拍幾張照片？每拍一張就給妳五百圓——我要用這些照片賺個五十萬。」

騙徒正在和吸血鬼進行下流的交涉。

真是不能大意。

話說回來，咦？

貝木沒有察覺忍的真面目嗎？

啊、不過貝木終究只是詐騙領域的專家……其實是與忍野不同的類型。

是的。

貝木——不認同怪異的存在。

怪異只是他用來詐騙的工具。

這個世界上沒有圍獵火蜂。

——也沒有吸血鬼。

「哼，另請高明吧。吾不打算廉價出賣自己。」

「我可以請妳吃一個瑪芬。」

「喂，汝這位大爺，這傢伙做人挺不錯的。」

「不准輕易被騙！」

這傢伙肯定連五百圓也不會付。

連他正在享用的這些瑪芬，我也懷疑他是否有乖乖付錢。

以最壞的狀況，他甚至有可能連折價券都造假。

「不過，我也沒有閒情逸致干涉別人的嗜好。只要積蓄得以增加，關於你這種特異的嗜好，我可以幫你向戰場原保密。」

「……你的威脅方式，真的就像是臨時起意。」

恐嚇的手法爐火純青。

不過，我和忍約會只是小事，即使被打小報告，也不會對我造成任何困擾（比起八九寺的事情被打小報告好一點）。

「真的，我每次看到你都覺得很訝異，世界上居然存在著你這樣的人——何況你不知道戰場原的聯絡方式吧？」

畢竟他的手機，已經被戰場原毀掉了。

而且戰場原搬到民倉莊，是遭受貝木詐騙之後的事情——不對，既然他是騙徒，要弄到手機號碼應該輕而易舉吧？

但他應該不會做出這種事。

對於貝木泥舟而言，戰場原黑儀已經是一文不值的女人——貝木已經完全忘記自己曾經來這裡詐騙國中生，也忘記他至今詐騙的家庭中，某個家庭的女兒就住在這裡。

或許連這件事都是假的。

不過，至少有一件事情可以確定——貝木再也不會主動接近戰場原了。

就是這麼回事。

只會是這麼回事。

無論如何，即使除去金錢這個要素……不，別說除去，即使加上金錢這個要素，既然戰場原已經沒錢，而且成為他所說的「平凡女孩」——就絕對不會引起貝木的興趣。

這是一種救贖。

「……唉。」

不過老實說，這次是我和忍的第一次約會，雖然我不滿忍打斷我的唸書計畫，但我其實也對此抱持某種程度的期待和喜悅……然而光是遇見貝木，這種心情就完全消失了。

心情沉到谷底。

這傢伙簡直是座敷童子的相反版本。

不祥也該有個限度才對。

我只要見到八九寺就會感受到幸福，他則是和八九寺完全相反——搞不懂今天是怎麼回事，心情被弄得忽上忽下。

宛如雲霄飛車。

「你那是什麼眼神？為什麼你這小孩要對大人用這種眼神？」

「沒有啦，只是覺得你真的很像烏鴉？」

「烏鴉啊……那就是在稱讚我了。」貝木如此說著。「那是一種強健的鳥，而且是聰明的鳥。」

「嗯……真要這麼說也沒錯。」

雖然漆黑的外表給人不好的印象，但要是只以外表判斷，對烏鴉也不太禮貌。何況在某些地方，烏鴉相傳是能夠帶來幸運的鳥。

「不過牠們會亂翻垃圾，把環境弄得亂七八糟……」

「烏鴉之所以會翻找垃圾，是因為人類製造垃圾。如果將眼光放遠到地球的規模，以垃圾把環境弄得亂七八糟的應該是人類。」

「……看來你很討厭環保之類的字眼。」

「說到亂七八糟，我之前看過烏鴉吃鴿子，那是一幅非常壯烈的場面，羽毛飛散得滿地都是。」

「我完全不想去想像……」

絲毫沒有相談甚歡的感覺……

和這個傢伙聊天，連一點樂趣都沒有。

不只是烏鴉——鳥是一種強健又強韌的生物。這種事我當然知道。

所以別說閒聊，早知道剛才看到貝木的時候就應該無視他——然而關於這方面，忍說得沒錯。

因為我無論如何都想知道。

我想要打聽消息——即使預先知道心情會受到影響，但我還是把座位換到這裡。

不過，我想要保護戰場原的這份想法，當然是第一優先。

「影縫余弦和斧乃木余接，你知道這兩個名字吧？」

之所以沒有過於拐彎抹角試探，是因為我不想冒失而被貝木逮到敲詐的機會。

不知道的話就說不知道，不想說就別說，但我可不希望他岔開話題，說出「想知道就付錢」這種話。

我不想和騙徒扯到金錢的事情。

然而我這個小孩的膚淺智慧，當然比不過大人的狡猾智慧。

「想知道？我就告訴你吧。所以給我乖乖付錢。」

貝木光明正大挺胸說著。

好誇張的三段論證。

真是的，想當個守財奴也該有個限度吧——不過與其說是守財奴，他更像是搶錢一族。

他是一個敢斷言金錢比自己生命重要的人。

如同火炎姊妹秉持著正義的信念，他秉持著資本主義的理念。

正義這種東西——他可以面不改色踐踏在地。

「阿良良木，我們能像這樣巧遇也是某種緣分，即使你沒有折價券，我也不是不能打個折扣給你。」

「巧遇是嗎……」

真討厭的巧遇。

然而我沒道理不好好運用這次的巧遇。

確實如此。

「……啊～知道了啦。」

要是落到議論的局面就麻煩了。

在出現這種念頭的時候，就已經落入騙徒的圈套了——雖然我明白這個道理，也知道自己已經成為他眼中的肥羊，但我可不是任憑宰割。

我覺得在這種時候，必須讓他認為我不足為懼，讓他瞧不起我。

不能讓他保持警戒。

騙徒的猜忌與戒心可不是開玩笑的。

「相對的，你不可以說謊。聽好了，這個金髮蘿莉少女擁有一項驚人的技能，她可以看穿任何謊言。」

「這才叫做謊言吧？居然企圖欺騙騙徒，好大的膽子，我就認同你的這份膽量吧。」

貝木說得一副瞧不起我的樣子。

是沒錯，他就像是說謊專家，當然能看穿這種程度的謊言——不過這是為了讓他瞧不起我而刻意這麼說的——在我暗自得意的時候，貝木繼續說道：

「那個小妹妹怎麼看都是外國人，而且似乎不太精通日文，我不認為她擁有這種程度的技能。」

……如果這番話是在開玩笑，那麼貝木泥舟的個性或許挺獨特的。

不，這也是這傢伙的手法。

貝木就像這樣使用各種手法，詐騙許多可憐的國中生——或許他也和我一樣，想要讓我覺得他不足為懼。

再怎麼小心謹慎都不為過。

這個不祥的男性——是連戰場原黑儀都上當受騙的騙徒。

回想起來，曾經被貝木騙過的戰場原，為了避免我和貝木有來往——為了避免我和貝木有所牽扯，甚至不惜做出恐怖的惡行，把我這個男朋友綁架監禁。

要是戰場原得知我出乎預料和貝木同桌對談，或許她光是如此就無法保持鎮靜了。

唉……

多一個不能被女朋友得知的祕密了。

……不過，和貝木對峙真的好傷神。

毫無樂趣可言。

精神指數持續降低。

「所以，想知道這兩個人的情報──我要付多少？」

我說著取出錢包。十個甜甜圈加上兩杯咖啡，已經讓我失血將近一千五百圓──依親只靠著零用錢生活的我，不能過度浪費。

等到戰場原從老家回來，我還想和她約會。

不過既然是付錢給成年人，再怎麼樣總不能只給零錢。

付個兩千圓差不多吧……

就在我打開錢包拿出兩張千圓鈔票，並且依然在猶豫的時候……

「拿來。」

貝木如此說著，以極為自然的動作搶走我的錢包。

什麼叫做「拿來」？

由於真的是自然而然流暢到誇張的動作（整體看起來，甚至能以美麗來形容），我甚至來不及反射性抓緊錢包避免被搶，維持著錢包離手的姿勢——與其說是騙徒，更像是小偷的技巧。

坐在我旁邊的忍，甚至把這一幕看成我毫無抵抗交出錢包吧，她正以「吾之主是蠢貨嗎？」這種眼神看著我。

「哼，好吧，阿良良木，就當作祝福你和戰場原這對年輕情侶前程似錦，我就收下這點小錢不計較了。」

即使沒有看穿謊言的技能也知道，貝木毫無誠意睜眼說出這種瞎話，然後將我的錢包收進宛如喪服的西裝內側。

……這傢伙，居然把我整個錢包都拿走了。

他才應該稱為鬼畜或鬼吧？

絕對沒有烏鴉那麼簡單。

不對，是那樣嗎？是那個意思嗎？以這種狀況，我應該感謝他留兩千圓給我比較好嗎？

不過這可不是「其實錢包裡只剩下零錢」這種佳話耶？那個錢包裡，放著我珍藏的一萬圓鈔票耶？

「原來如此，只要這麼做，吾亦可享用更多甜甜圈了。」

忍深感興趣頻頻點頭，並且如此說著。

忍是容易受到周遭環境影響的怪異，而且至今也隨時受到人類世界的負面影響。她周遭環境的人們，真的只會給她不良的影響。

真希望她能忍耐。

忍耐無法忍耐的事物，才是真正的忍耐。

「不過對我來說，沒有任何的錢叫做小錢。嘲笑一圓的人會因為一圓而哭泣，這句話其實是我發明的。」

貝木終於說起這種稱不上謊言的大話了。

不只是氣息不祥，說起話來也是亂七八糟，他平常究竟怎麼過活的……我完全無法想像他私底下不是騙徒時的生活。

還是說，他全天二十四小時，全年三百六十五天——一直維持著騙徒的身分？

以真物的身分生活。

以偽物的身分生活。

……無論如何，到了這種地步，我還是趕快把我想問的事情問清楚比較好——不然他恐怕還會貪得無厭對我加收費用，就像是瞭望臺的望遠鏡得額外投幣那樣。

「告訴我吧。關於影縫余弦和斧乃木余接的事情。」

「哼，我當然會告訴你——既然我已經收錢，這就是正當的交易。不過阿良良木，既然你會問我這種問題，你心裡應該已經有底了吧？」

貝木面不改色如此說著。

明明不是面無表情，卻完全無法解讀貝木的表情——而且即使能夠解讀，我也覺得肯定是錯誤答案。這應該就是真正的撲克臉了。

這也是我之前聽羽川說的事情。

所謂的撲克臉，如今完全被當成面無表情，也就是想法沒有顯露在臉上的通俗形容詞，但是這似乎不是原本的含義。臉上露出和內心情感完全不同的情感——這才是撲克臉原本意指的狀態。

確實，既然這個形容詞源自撲克這樣的遊戲，就應該是這個意義才對。光是面無表情當然無法欺騙對手。

無法欺騙。

也無法造假。

不是隱藏表情，是塑造表情。

進一步來說——

不是隱藏情感，是塑造情感。

就是這麼回事。

將這種論點擴大解釋，直到不久之前都堅持面無表情戴著冰冷面具的戰場原黑儀，只算是二流的騙徒。

她沒能隱藏表情，也無法將情感造假。

……如果她辦得到，我這種人就不會看穿真正的她了。

那個傢伙意外笨拙。

「這兩個傢伙都是專家。和我一樣是捉鬼大師。」

不像是在對我講什麼重要的事情，宛如在說他和我一樣喜歡某種食物——貝木以這種輕鬆的語氣說出這句話。

「只不過……」

而且，他如此補充說道。

「相對於我這個假貨——這兩個傢伙都是真貨。如果我是騙徒，她們就是陰陽師。」

「…………」

陰陽師。這三個字令我轉頭看向忍。

但忍似乎對貝木這番話毫無興趣，只顧著享用甜甜圈。

這個冷淡的傢伙。

「……剛才順口就把她們相提並論了，但是嚴格來說，只有影縫是陰陽師，斧乃木終究只是式神——真是的。總之她們是愛好妖怪或幽靈這種超自然現象，令人頭痛的雙人組。還不如用血型算命混飯吃算了。」

貝木如此咒罵。

雖然他看起來不像他這番話那麼生氣——但或許只是看起來如此。

「……你們認識？」

「為什麼會這麼想？」

「沒有啦，是因為你的說法……那個，算是不經意就這麼想吧？聽起來很像是這麼回事。」

「我只是聽過她們的名字，因為影縫在這個業界挺有名的……甚至被稱為『怪異剋星』，只是因為她在這個圈子裡眾所皆知，並不是真的有見過她。而且那種真貨，也不可能會在意我這種假貨……不過即使去除這一點，我原本就不屬於這個圈子。」

貝木否定了我的想法。

嗯……

剛才說我是「不經意就這麼想」，不過貝木在提到影縫和斧乃木的時候，不是使用「那兩個傢伙」，而是使用「這兩個傢伙」，這一點令我有些在意……不過這畢竟只是措詞的問題。

措詞和文字遊戲，兩者似是而非。

也可能只是說錯。

如同兄妹之間有兄妹語言，專家之間或許也有專家共通的語言。

「既然這麼說，那麼阿良良木，我反倒想問你一個問題——但我當然不會付錢就是了。」

「…………」

請吧。

想問什麼請儘管問。

「你為什麼會知道那個雙人組？對於活得光明正大的人來說，想和這兩個傢伙有所牽扯，比和我有所牽扯還要困難。」

「也不是有所牽扯……她們只是找我問過路。」

「換句話說，你不是基於某種機緣得知她們的名字，而是曾經當面見過嗎？這就更加令我難以置信了——你該不會是在騙我吧？」

「只有你沒資格懷疑我。」

「是不是認錯人了？還是有人冒名——」

「其中一個人站在郵筒上面向我問路，另一個人號稱表情做作，卻面無表情向我問路。」

「哼，是真貨。」

貝木點了點頭。

剛才的證詞，就足以證明她們是真貨嗎……

「仔細想想，今天有夠奇怪，居然一天就碰到三個這方面的權威——所謂的巧合真恐怖。」

因為現在是中元期間？

這就真的是超自然的觀點了。

而且更恐怖的是，今天到現在才過了一半——以這種狀況來推斷，我下午可能會遭遇更多專家。

該不會是忍野咩咩回來的伏筆吧？

該不會是那個夏威夷衫大叔再度登場的前兆吧？

這樣的話，唔～……

總之，很難說！

「巧合？」

此時——貝木重複了我所說的這兩個字。

「阿良良木，我剛才也說過類似的詞——說我能像這樣和你巧遇也是某種緣分，不過一般來說，所謂的巧合不是那麼簡單的玩意——所謂的巧合，大致上都是源自於某種惡意。」

「……惡意？」

「對。不是緣分，是惡意。」

對於正義的——惡意。

不知為何——貝木泥舟以意義深遠的眼神，注視著他沒有看出是吸血鬼，只當成普通金髮蘿莉少女的忍，並且繼續說道：

「影縫余弦與斧乃木余接，貪得無厭的現代陰陽師——阿良良木，雖然一樣是專家，但她們擅長的領域極為狹隘。那對搭檔專精的領域，是不死之身的怪異。」

009

不過即使如此，這也不是什麼大不了的事情——何況世界上不可能有不死生物，頂多就是水熊蟲吧——我從騙徒貝木泥舟那裡得到的情報，就像這樣以掃興的形式作結。

他所提供的情報，搞不懂是否派得上用場——至少，如果有人問我值不值得付那麼多錢，我個人保持質疑的態度。

專攻不死生物。

就像是專門對付吸血鬼的德拉曼茲路基——或者是專門以冒牌怪異詐騙的貝木泥舟。

搞不太懂。

唔～……

以這種意義來說，我們認識的那個專家忍野咩咩，雖然會在各方面裝瘋賣傻，但他擅長的領域真的廣泛得誇張。

那個傢伙到底是何方神聖？

總之，既然話已經說完，就沒有理由同桌而坐——我和貝木可不是能夠天南地北暢談的交情，即使除去這個要素，面對貝木這種氣氛沉悶又不祥的人，別說是閒聊，即使是爭論也很難聊得開。

我沒辦法和這傢伙進行搞笑情節。

我起身端起托盤要回到原位的時候，在最後關頭回想起一件事。

「對了。」

我向貝木開口。

「貝木先生，錢包和錢我就不計較了，不過我想討回一個東西。」

「嗯？想討回一個東西？什麼東西？難道錢包裡有信用卡？」

「怎麼可能有信用卡，我是高中生耶？……是照片，錢包裡有一張照片。」

「是嗎……」

貝木從上衣內側取出我的（不，已經不是我的）錢包打開，取出一張照片——看到照片拍攝的對象，貝木不禁蹙眉。

但我不知道這是不是撲克臉。

「……戰場原。那個女孩剪頭髮了？」

「嗯……是的。」

我放在錢包裡的照片，是戰場原的照片。

這是最近拍的肖像照——用我上個月底在神原房間挖掘到的數位相機拍下的照片。

我把這張照片列印出來了。

或許是拍照的人技術高超吧，由於這張照片拍得太好了，所以我當成金榜題名的護身符放在錢包裡——活在現代的高中男生，或許已經不會做這種有點復古的行徑，不過即使如此，我也不想認命把戰場原的照片送給貝木。

何況我不希望這張照片離身。

對我來說，再珍貴的情報，都不值得我以這張照片收購。

「哼……笑咪咪露出這種鬆懈的表情，人類一旦變呆，就會永無止盡呆下去——我曾經看過她光芒四射的模樣，現在的她就我來看判若兩人。沒有昔日的風采，毫無當年的影子。」

還以為貝木會要求我拿出僅剩的兩千圓做為代價——不過很意外地，他非常乾脆把照片還給我了。

真的是一副毫無興趣的態度。

宛如認定這張照片一文不值。

毫不猶豫就交還到我的手中。

「——我對此感到遺憾至極，只能以失望來形容。變得開朗的戰場原黑儀，到底還有什麼價值？要選擇永遠沒發覺己身的價值，還是選擇永遠沒發覺己身毫無價值，這是人類一輩子要背負的課題——不過即使如此，孩子終究必須成長，像我這種已經走到盡頭的人，在這種時候就不要多做評論了。」

已經走到盡頭的人。

貝木泥舟如此評定自己。

確實——以貝木這個年紀的人來看，我和戰場原只是剛開始成長的孩子。

而且，進一步來說，我不經意察覺到——貝木泥舟與戰場原黑儀，並不只是單純詐騙與被詐騙的關係。

不然對於戰場原來說——和貝木的重逢與對決，不可能成為如此明確的一種了斷。

不可能成為排毒的引子。

然而即使再怎麼明察秋毫，我也不應該深究戀人的這段往事——因為用不著貝木教導我也知道，孩子不應該回首從前，應該邁向未來。

不是結束，而是開始。

那麼，我現在應該先思考眼前的未來——也就是關於那兩人的事情。

影縫與斧乃木。

影縫余弦與斧乃木余接。

經由剛才的情報可以知道，她們是正如預料的雙人組……是兩人一組的搭檔。

而且也因而得知——她們是正如預料的專家。

她們將我稱為鬼畜和鬼，果然不是因為看到我過分對待火憐和八九寺的樣子，而是因為我體內殘留著少許吸血鬼的性質才如此稱呼。

換句話說，我今後依然可以繼續大剌剌做出那種行徑。

這是令我振奮的消息。

然而即使得到想要的情報，似乎也不代表這件事至此告一段落——甚至令我不禁覺得更加進展開來。

這件事牽扯到的範圍越來越大了。

專攻不死怪異的捉鬼大師。

不死之身，不死生物。

吸血鬼。

貝木曾經斷言，世間沒有這樣的存在。

廣義來說，他如此斷言絕對是正確的，但嚴格來說，現在這座城鎮上，就存在著非得冠上這種稱號的人——而且是兩人。

不用說，正是忍野忍與阿良良木曆。

「不死生物所在之處，必有專剋不死生物之殺手——在神話或傳說之中，出現過許多不死怪物或不死之神，然而這些怪異即使擁有不死之身，卻大多會遭到殺害。」

如果不死生物確實存在——不死生物的殺手也確實存在。

那兩個傢伙就屬於這一類。

忍如此說著。

我們共乘一輛腳踏車。

這是我不想和火憐進行的共乘行為。

我個人很希望忍在我移動的時候躲進影子裡，不過吃得飽飽的她，任性說出「既然機會難得，吾想看看白天之世界」這種話，而且我沒有任何手段能制止她的這份任性。

雖然有，但我不忍心行使。

忍的外表年齡大約八歲。

然而如果堅稱她只有六歲，看起來也挺像是只有六歲——雖然實際已經五百歲了。

所以兩人共乘（表面看來）沒有違法。

不過，前提是忍乖乖坐在後方。

「嗯，這樣似乎較為方便聊天。」

忍整個人坐在前面的菜籃裡。

屁股塞進菜籃，雙腳放在龍頭上，和騎車的我面對面。

看來她似乎不清楚腳踏車是什麼東西。

無知到這種程度實在恐怖——她居然會想到這種我們凡人未曾想過的荒唐騎車法。

就命名為反ＥＴ騎乘法吧。（註25）

……話說回來，忍只是活了五百年，並不是被封印了五百年，如果不熟悉日本文化就算了，但她至今應該有機會認識腳踏車這種交通工具才對。

或許和吸血鬼身分無關，她本來就是不經世事的傢伙。

雖然騎車時不太好騎（為了讓影子落在菜籃上，我必須維持前傾姿勢騎車），但也不是沒辦法踩到踏板，所以我決定就這樣踏上歸途。

真要騎還是騎得動。

「專門對付不死怪異的陰陽師嗎——真是的，那她們的目標，果然就是我和妳吧？」

其實無論是我或是忍，現在已經稱不上不死之身了——然而不死之身的因子，不死之身的碎片，確實殘留在身體的各個角落。

即使是只足以加速療傷速度的渣滓。

註25　源自電影「ＥＴ（外星人）」，但劇中的ＥＴ是面向前方。

既然殘留著，就可以視為不死的性質。

……回想起來，騙徒貝木泥舟會在這座城鎮進行大規模詐騙計畫的原因，正是因為傳說中的吸血鬼（也就是忍的前身）曾經降臨此地，使得這裡很容易從事超自然現象相關的工作（對貝木而言就是詐騙行為）——貝木曾經說過這種話。

即使我們並非貝木的目標，但是廣義來說，等於是我們將貝木引來此處。

至少貝木來到這座城鎮的原因，絕對不是因為這裡是當年騙過的戰場原所居住的城鎮——不是這種惆悵感性的理由。

「哼哼，吾與汝這位大爺成為目標是嗎？然而吾之主，那可不一定哦——」

腳踏車菜籃裡的忍傲慢挺起上半身。

將雙手枕在頭後。

然而即使妳在這種地方擺出這種姿勢耍威風，對妳的將來也毫無助益就是了。

不過這傢伙真的好嬌小。

似乎可以收進口袋帶著走。

「——吾至今吃過之不死怪異難以估算，吾亦為出色之不死殺手……何況若是基於此種說法，別說不死之身，怪異本身即非生物。」

「啊～也是啦，既然不算活著，就沒有死不死的問題——」

這也說得太坦白了。

「——既然這樣，所有怪異都像是不死之身嗎……忍野好像也講過這種話。可是先不討論定義的問題，忍，既然妳說對方的目標不一定是我們，意思是除了我們之外，有可能存在著其他的吸血鬼嗎？」

「不一定是吸血鬼——即使存在也不值得訝異。不，值得訝異——」

嗯……

聽她這麼一說，要是除去「不死」這樣的條件，即使只觀察我身邊的人，就有好幾人受到怪異附身。

比方說，神原駿河的右手寄宿著猴子。

比方說，羽川翼的精神寄宿著貓。

「既然這樣，除了我認識的人，還有其他人體內寄宿著怪異，這並不是什麼不自然的事情——不對不對，這樣很不自然吧？同一座城鎮會有這麼多怪異嗎？」

「光是這個國家，就相傳存在著八百萬之神吧？各都道府縣約十七萬，一座城鎮沒有十來個神反而奇怪。」

「居然把怪異和神混為一談——」

這樣沒問題嗎？

在這個國家，真的是把怪異視為神明看待。這也是忍野曾經說過的話。

將不明就裡的現象解釋為神之奇蹟，將不明就裡的物體解釋為神之形體。

他曾經如此說過。

「雖然貝木不相信吸血鬼，但因為妳這種金牌等級的怪異來到這裡，似乎激發附近的怪異開始活躍，後來我前往神社處理穢物聚集的問題——而且就是在當時和千石重逢。」

不過雖說如此，以現實角度來推斷——影縫和斧乃木，應該是針對我們而來的。她們是在尋找可能存在於某處的不死怪異，並且湊巧找我問路——這種狀況的可能性很低。

如果抱持這種想法，那就太自私了。

雖然「希望事情正如預料」是人生不可或缺的心態，不過以這種狀況來說，樂觀的思考沒什麼助益可言。

即使是她們向我問路的這件事——從一開始就很難完全解釋為巧合。

巧合。

所謂的巧合，大致上都是源自於某種惡意——明明是個壞傢伙卻講出這種好話，貝木泥舟，真有你的。

不愧是經歷各種修羅場的老將，會講出這種意義深遠的話。

身處修羅場卻沒有化為修羅，堅持踏上騙徒之路的人——以及專家。

是專家，也是權威——至於影縫也一樣是專家，是權威。

是陰陽師。

是怪異剋星。

……嗯？

不過，記得忍聽到「陰陽師」這個詞的時候，好像不知為何面有難色——不，大概只是依照忍的原則含糊其詞吧？

「汝這位大爺，怎麼了？想心事？」

「想心事……嗯，算是吧，在想一些頭痛的事情。」

總之，問了應該也沒用。

追問忍也不會有結果。

現在這種事情不重要，應該專心思考今後要採取什麼行動。

「影縫和斧乃木……從她們要以那棟廢棄大樓為據點來看，很像是忍野的同行……或許早點解決這個問題比較好。不對，甚至應該下定決心，今天之內就解決這個問題——」

「喔，怎麼啦？又要打群架？吾熱血沸騰摩拳擦掌了。」

忍咧嘴露出打趣的笑容。

看到她這副表情，令我忍不住想故意摔個車或撞個電線桿，但要是現在做出這種事，我和忍都會吃不完兜著走，所以還是算了。

真是了不起的不死搭檔。

甚至沒膽子騎腳踏車出意外。

「不是打架，是溝通，我要用溝通來解決。」

依照火憐的說法，影縫的實力似乎和火憐的師父相當——至於斧乃木，她本身就是怪異了。

我不會有意願挑戰她們。

何況我又不是戰鬥民族。

也不會因為去鬼門關前面繞過一遍，就使得實力出現爆發性的成長。（註26）

「以忍野的說法就是交涉——只要讓她們知道妳我完全無害，她們就不會收拾我們了。」

「收拾嗎……但她們未必是前來收拾的。」

「不然她們是來做什麼的？」

「誰知道？吾只是把汝這位大爺之話語打岔，藉此尋求一些樂子——質疑汝之話語即為吾之工作。呵呵，總之安心吧，畢竟再怎麼說，吾和汝這位大爺一體同心生死與共，有必要時依然會提供助力。」

「真是謝謝妳了。」

註26　漫畫作品「七龍珠」的戰鬥民族—賽亞人的特質。

我不會抱持太大的期待就是了。

不過即使在戰力上無法成為後盾，忍確實是在背後推動我的助力——和她一體同心生死與共的事實，會令我即使身處絕境也奮勇抵抗。

雖然是在上個月底才和忍和解——不過仔細想想，從我第一次遇見忍之後，我們就一直是一體同心生死與共了。

這種事情，我直到最近都沒有察覺。

而且——沒想過要察覺。

「……不過還真熱，太陽果然討厭，應該依照汝這位大爺之建議躲進影子才對，身體快被晒成灰燼了。帽子絲毫沒有派上用場，即使已經不是吸血鬼，吾亦快要融化了。」

「哈，我想也是。因為現在的溫度，甚至能讓柏油路面融化。」

「所謂地球暖化之現象？哼——地球從以前開始，不就已經忽冷忽熱了嗎？」

「沒錯。」

「沒必要隨著一兩百度的氣溫變化令心情起伏。」

「要是氣溫變化幅度高達兩百度，心情也沒得起伏了。」

既然這樣……

等等到家之後，就直接前往廢棄大樓一趟吧。

不只是希望早點解決這個問題，依照交涉準則，我希望務必能先發制人。

雖然最近有研究指出，將棋先攻的一方似乎會比較不利，但我並不是要去找她們對決，也不是要找她們對弈。

是去溝通。

假設影縫和斧乃木這對搭檔，不是為了阿良良木曆和忍野忍而來到這座城鎮——既然她們是專家，就不可能只是為了度假而來。

肯定是要處理某些與怪異有關的事情。

所以我必須苦口婆心，為她們說明鎮上各種不可思議的事情——以最壞的結果來說，也可能連累到神原或羽川。

雖然我剛才有想過，寄宿於她們身上的怪異不算是不死之身……但是無法保證她們不會受到波及，無法保證那兩個專家不會順便收拾她們。

雖然講起來有點像是笑話，不過我總覺得她們有可能遇到這種事。畢竟神原駿河的運氣差到不行，羽川翼則是容易受到事件波及的人。

因此，今天的唸書進度完全停擺。

就當作是養肝日吧。

無所謂，這種事——我早就有所覺悟了。

春假。

決定和鐵血、熱血、冷血的吸血鬼共度一生，決定直到死亡都要共同活下去的時候——決定直到重生都要共同長眠的時候，我就已經覺悟背負這項理所當然的義務……更正，背負這項理所當然的權利了。

這種事情，甚至稱不上是麻煩事。

不是什麼賭命的戰場，不是什麼對決的場面。

這種程度的事情對我來說——對我們來說，甚至不足以當作事件看待。

不會影響到我們的將來，也不會面臨任何選擇。

要是因為這種小事就驚慌失措，就沒臉見忍野了。

「總之，既然已經這麼決定，其實也不用先回家一趟，直接去廢棄大樓就行了——」

白天的睡意果然很強烈吧，菜籃裡的忍已經舒服打起盹了，我則是移動目光瞄向她並且心想——其實直接去廢棄大樓也行。

不過老實說，在離開Mister Donut的時候，我用了貝木好心留給我的兩張千圓鈔票其中一張，為火憐和月火買了甜甜圈當土產（忍在旁邊一直喊「吾呢？吾沒有嗎？」有夠吵，怎麼可能還會有妳的份），所以我還是決定先把甜甜圈拿回家再過去。

其實這盒甜甜圈，也可以送給影縫和斧乃木當作伴手禮，不過我難免覺得這樣像是借花獻佛不夠誠意，而且即使同為怪異，斧乃木也不一定像忍一樣愛吃甜甜圈，說不定她雖然看起來面無表情，其實卻超愛吃辣。

要是造成反效果就不好玩了。感覺不要貿然行事比較好。

唯一要做的只有一件事——先發制人。

雖然我回途一直思考著這樣的事情，但我並不打算抱持著緊張的情緒處理這件事。然而我很快就知道——這其實是非常悠閒，非常和平，宛如烏龜爬行一樣溫吞的想法。

很快就知道了。

我騎著腳踏車返家一看。

抵達家門一看。

造成問題的雙人組——影縫和斧乃木就在門邊，而且正要按下門鈴。

「啊、是您——」

影縫發現我了。

面無表情的斧乃木，就像是在模仿她的動作看向我。

順帶一提，被她們注視的我，處於把金髮蘿莉少女當成貨物放在腳踏車菜籃的丟臉狀態。

超乎常理的光景。

「……兩位好。」

我低頭致意。

不過，像這樣看到兩人站在一起，就覺得她們確實是成雙成對的搭檔——形容成破鍋配爛蓋實在很難聽，但影縫和斧乃木就像是相鄰的拼圖碎片，形成完美的互補。

人類與怪異。

陰陽師與式神。

「——鬼畜小哥，繼妹妹之後是幼女嗎？簡直是任君挑選，應該說任君蹂躪了。哈，真是幸福的傢伙。」

說出這番話的影縫，雙腳照例沒有站在地面。

她俐落蹲在圍牆的門上——看起來很像是正要翻牆潛入我家的小偷。

不對。

不是看起來很像。

她本來就是身分不明的可疑人物。

「姊姊，那不是幼女，是吸血鬼，真要說的話，應該歸類為老太婆——我以做作的招牌表情如此說著。」

斧乃木就這麼把手指抵在門鈴，面無表情如此說著。

忍敏感地對老太婆這三個字起反應，不高興地張開眼睛。

與其說不高興，不如說生氣。

我差點忘了，雖然我知道她不滿於現在的蘿莉少女外型（她摸著自己的平坦胸部惆悵嘆氣的悲傷光景，我曾經在深夜目擊到好幾次），不過她也討厭被別人稱為老太婆。

明明活了五百年，這傢伙卻沒什麼度量。

「哼——新來之丫頭，口氣……」

口氣居然這麼大，哈哈哈——她應該是想在講出這句話的時候，展現從容的態度以輕盈的身手俐落著地，不過腳踏車的菜籃，並沒有設計成坐進去也能自行輕鬆離開的構造（應該說原本就不是用來讓人坐的地方），所以忍在這時候陷入了苦戰。

明明我出手幫忙就行了，但她堅決不願意接受我的援手，最後她將整輛腳踏車翻倒在地，才脫離反ＥＴ狀態。

毫無威嚴。

有夠糗。

「所以鬼畜小哥，您的守備範圍真的就是從搖籃到墳墓都包含在內嗎——感覺連爬出墳墓的殭屍也通吃了。記得姦屍是貴族會有的嗜好？哈哈，不錯不錯——」

「…………」

阿良良木家的外門，絕對沒有神原所住日式宅邸那樣氣派，反而只像是細細的金屬柵欄——但影縫絲毫沒有失去平衡，以腳趾穩穩蹲在上面。

仔細想想，這已經不是身手俐落的程度了。

我沒有看過馬戲團表演，所以這個知識只是道聽途說，我也只能依照印象大致說明——在表演走鋼索這種需要平衡感的節目時，演員反而必須積極左右搖晃身體，才能夠保持平衡。

雖然乍看之下是非常危險的行為，但是毫不搖晃維持靜止似乎更加危險——颱風來臨時，柔韌的竹子反而比堅硬的杉樹不容易折斷，大概就類似這個道理吧。

至於影縫，則是完全違反這樣的理論。

簡直像是只有她周圍的時問靜止，或者是腳邊鋪了一塊看不見的玻璃——文風不動。

這種等級，已經無法以高超來形容了。

平衡感達到這種程度，即使要在平衡球上面倒立，對她來說肯定也是易如反掌。

感覺她——甚至能在水面行走。

如果是火憐，或許可以進一步感受到某些東西——但是我這樣的外行人，甚至無法理解影縫余弦真正的厲害之處。

只能以不可思議來解釋。

不可思議——光怪陸離。

「該怎麼說……」

我不由得輕聲說出這句話。

如果忍說得沒錯（她的證詞比貝木可信太多了），斧乃木是人類以外的存在，無論真面目為何，原本肯定是某種怪異——即使如此，她看起來還是比影縫正經許多。

這就是陰陽師和式神給人的感覺？

不像我和忍的關係那麼複雜離奇，正統的階級關係和主從關係——明確而清楚的命令系統。

這麼說來，斧乃木剛才將影縫稱呼為「姊姊」——不過即使如此，她們應該也不是親姊妹吧？

就像是她稱呼我「鬼哥哥」的感覺？

「喔喔，對了對了，首先我得道謝才行——鬼畜小哥，您幫了大忙，依照您講的路線走，我就順利抵達叡考塾了。那麼難找的地方，要是沒人教應該不可能找得到——不只如此，您真的也告訴余接怎麼走去那裡。」

影縫如此說著。

開朗的語氣，和藹的語氣。

沒有透露絲毫的敵意與惡意。

「知道嗎？容易被人問路的人，本身就擁有導師的特質，擁有引導他人的氣場。但我不喜歡氣場這種含糊的話語就是了。」

影縫說完之後，臉上就綻放笑容。

令人心情愉悅的笑容。

這是一張——令人心情愉悅的笑容。

如果我不知道她是專門對付不死怪異的專家——我肯定會把她當成一位平易近人的大姊姊。

而且這個情報來自於全世界最沒信用的不祥男子，令我實在無法堅定自己的定位。

「像是走遍各地的我，打從出生至今從來沒人向我問路——是因為我身上沒有氣場？」

「……所以姊姊才沒有走在道路上。姊姊的前面沒有路，姊姊的後方也沒有路——我以做作的招牌表情如此說著。」

斧乃木的這番話，怎麼聽都不像是在搭腔，我聽得一頭霧水。

這是姊妹語言？

還是行話？

該說不知道怎麼反應嗎——

我第一次遇見如此難以搭話的對象。

看起來平易近人沒有隔閡——然而這兩人卻只處於兩人世界。

就像是被陌生人招待參加家庭聚會一樣，令我無所適從——而且現實上，這裡明明是我家門口。

「那個……不好意思，我想要把一些事情問清楚……」

然而即使如此，我也不能一直保持沉默。

要是被對方的節奏帶著走，交涉就無法成立。

交涉。

我必須和這兩個人——進行交涉。

確實，我的如意算盤落空，很遺憾被對方搶得先機——然而只要沒有被對方的氣勢蓋過，現在挽救也還來得及。

最近的研究指出——後攻比較有利。

等到摔下來被腳踏車壓住的忍，費盡千辛萬苦好不容易鑽出來之後——我下定決心開口詢問。

「妳們兩位來到這座城鎮，是為了收拾我和這個傢伙吧——因為我們是世間不應存在的不死怪異與其眷屬。」

至於誰是誰的眷屬，為了避免話題變得過於複雜，所以我沒有說明。

「妳們——是來殺我們的吧？妳們接連找我問路也不是巧合——而是在觀察狀況。」

「…………」

「…………」

我單刀直入，毫無計畫就任憑想法脫口而出，臨場發揮提出這些問題——要是她們不肯聽我說話就無法進行交涉，所以我不管三七二十一，不管這麼做是吉是凶，以這一連串的問話當作問候，不過說穿了就只是亂來一通。

然而聽到我這番話——影縫和斧乃木，同一時間詫異地歪過腦袋。

影縫甚至像是感到困擾，露出可以歸類在失笑或苦笑的笑容。

「鬼畜小哥，雖然不知道是什麼狀況，但您似乎有所誤會。」

她如此說著。

誤會？

咦？難道我真的被貝木騙了？就這樣呆呆地被他騙光零用錢？

很有可能！

如果是這樣，如今我在她們的眼中，完全是個腦筋有問題的傢伙——光是被問路就說什麼「妳們肯定要來殺我」，妄想症再嚴重也該有個限度。

不妙，我陷入另一種危機了。

該怎麼脫離這種困境？

再這樣下去，我的交涉對象就要改成醫生了。

在我忽然慌張起來的時候……

「總之，您的推測並非完全落空——不過您這是自我意識過剩了。」

影縫像是不耐煩般繼續說道。

「鐵血、熱血、冷血的吸血鬼——號稱怪異殺手的怪異之王，姬絲秀忒·雅賽蘿拉莉昂·刃下心。關於她的所有問題，已經被視同解決了。擁有怪異屬性的她，已經被屠殺殆盡永不復生——她的眷屬也一樣，怪異屬性已經處於存在卻不存在的狀況。真要說的話，就像是相互宣稱對方擁有不在場證明——無論是什麼樣的專家，都不會干涉你們兩人的存在了，這是理所當然的。這個業界可沒有閒到能夠撥出人手，處理你們這種只留下些許後遺症的普通人。」

「…………！」

原本鬆懈下來的精神猛然繃緊。

影縫知道忍前身的真名——

如今只有我和羽川知道這個真名，而且如今應該再也沒有人會說出這個真名才對。

專家。

捉鬼大師——個中翹楚。

專門應付不死之身的怪異剋星——

「不過真要說的話，這也是多虧忍野發揮他多管閒事的本領，這可是他的拿手絕活——」

影縫就像是自言自語般，如此輕聲述說——忍野？

剛才她說——忍野？

從這番話的內容來看，我不認為她是在說忍——既然如此，那她所說的忍野究竟是誰？

這種事情，不用想也知道。

是我們的恩人——輕佻、輕浮、輕薄的夏威夷衫大叔。

影縫余弦——居然認識忍野咩咩？

「喂，汝這位大爺。」

忍從腳踏車底下爬出來之後沒有起身，即使並不是要和影縫對抗，卻刻意在我的影子範圍裡，維持著坐在地面的姿勢——從旁插話呼喚著我。

「現在並非被這種無聊事情影響情緒之場合吧——不准思考無謂之事，汝這位大爺現在應該有其他必須思索之事。」

「咦……？」

我的身體知覺與精神感覺，會直接傳達給忍——所以我的內心動搖，忍可以宛如觸碰般輕易察覺。

不用說，我的內心確實有所動搖。

然而以目前來說，必須接受忍的提醒加以思考的事情並不存在——不對。

並非不存在。

試著思考必要的事情吧。

即使對方不是騙徒，甚至也不是陰陽師，也不應該如此唯命是從，把對方的話語照單全收。

即使貝木所說的都是謊言，即使除去忍曾經告訴我的情報——最初覺得這兩人，覺得眼前的兩人組很可疑的想法，不就是來自我的直覺嗎？可疑。

我直截了當感覺到——她們異於常人。

我的這種看法，至今還沒有任何人加以否定。

含糊其詞或是故弄玄虛的說話方式，是專家的拿手絕活。這是我早已體認到的事情。

是的。

沒錯。

如果並非針對阿良良木曆或忍野忍而來——影縫和斧乃木，為什麼會在這裡？

為什麼會在阿良良木家前面？

為什麼會蹲在門上？

為什麼會按門鈴——？

就在這個時候。

在我恢復緊張感，無法掩飾警戒心，連忙要擺出架勢的時候——

「啊～吵死了！吵死了吵死了吵死了！到底要按門鈴按多久啦！不知道我就是故意裝作沒人在家嗎！」

就像這樣。

隨著尖銳得宛如撕裂絲綢，歇斯底里的吶喊聲——位於外門後方，我家的玄關大門整個打開了。

用不著把頭轉往那個方向。

用不著看，用不著說。

衝出家門的人，就是栂之木二中之火炎姊妹的參謀．阿良良木月火——那個笨妹妹，居然以衣衫不整的浴衣打扮，沒穿拖鞋就跑到戶外。

不，即使如此，我還是應該認定她姑且擁有某種程度的良知。

月火剛開始肯定認為「像這樣穿著睡衣終究不方便見人」，而且也肯定認為「家人全部不在家，要是有客人來訪卻招待不周也不太好」——所以至今無論斧乃木怎麼按門鈴，她都當作沒有聽到。

假裝家裡沒人。

只不過斧乃木並不是只有按門鈴，而且是連按。即使不是歇斯底里的月火看家而是我看家，我應該也會氣得衝出來吧，這比按了門鈴就跑走的惡作劇惡質多了。

這孩子居然面不改色做出這種事。

真愛惡作劇。

不過，如果只是衝出來就算了，卻刻意以右手握著錐子才出來，不愧是月火的作風——錐子的形象被妳弄得越來越差了。

錐子是一種方便的工具。

我不能認同妳的做法。

「這裡是大草原上居住著正義的小小家庭，是火炎姊妹的家，敢對這裡進行這種恐怖攻擊，簡直膽大包天——唔唔？」

朝著奇妙方向激動起來的情緒，以及手中散發凶光的錐子——月火忽然就收起來了。宛如是瞬間就玩膩一樣。

肯定是因為眼前的光景，超越了她能理解的範疇。

親哥哥，阿良良木曆。

這沒問題，到這裡沒問題。

然而比方說，宛如與親哥哥形影不離，蹲在地面的金髮蘿莉少女。

然而比方說，穩穩蹲在大門細長門板上的神祕女性。

然而比方說，至今依然不斷按著門鈴的神祕女孩。

這三個人——都遠遠超過月火能夠理解的範疇。

不對，以這種狀況來說，唯一處於理解範疇的我，卻和超過理解範疇的三個人在一起，使得月火更加難以理解現場的狀況。

總是能夠隨時變得歇斯底里，而且還能自由自在收回歇斯底里的情緒。擁有這種罕見特技，擁有這種情緒控制技能的月火，後退一步將視線拉遠。

「那個——」

她一邊開口一邊思考。

「記得那個金髮女生，是上次和哥哥一起洗澡的女生……」

不准想起這種多餘的事情。

給我當成幻覺處理掉。

無論如何——現狀實在不樂觀。何況關於超自然現象或是怪異的各種事件，我至今都瞞著火憐和月火沒有透露——即使火憐遭受火蜂襲擊，我依然隱瞞著關於這個領域的事情。

總有一天，我非得說出自己身體的狀況，讓她們知道名為忍的怪異就住在我的影子裡——但我覺得現在還沒到這個時候。

因為我自己也還沒把心情完全整理好——而且最重要的是，要告訴她們還太早了。

我如此認為。

所以，我至少要避免她們以這種宛如意外的方式，得知這個世界的存在。至少要避免月火比火憐先知道——

至少要避免現在這種結果。

忍難得好心為我重新做好心理建設——我卻因為月火的出現而再度動搖，剛才的警戒心和應戰態勢都被打亂了。

兩人組之一，斧乃木余接——抓準了這個空檔。

「『Unlimited Rulebook，例外較多之規則』——我以做作的招牌表情如此說著。」

「相較於影縫，斧乃木看起來正經許多」這種話，到底是誰說的？

完全是認知不足。

完全是低估實力。

即使月火已經出現，依然繼續按著門鈴的斧乃木食指——在這個時候爆炸了。

不，不是爆炸。

只是宛如爆炸般——增加了體積。

我認識一名叫做德拉曼茲路基的人——他是我在春假遇見的狩獵吸血鬼專家，自己是吸血鬼卻在狩獵吸血鬼，是獵殺同類的怪異。

德拉曼茲路基將吸血鬼特有的變身能力發揮得淋漓盡致，將雙臂醜陋扭曲變形，化為美麗的焰形巨劍揮舞——這兩把劍留在我身上的痛楚，至今我依然能夠鮮明回憶。

而且，這段回憶如今——產生了我不願接受的閃逝效果。

不過德拉曼茲路基是將雙臂化為劍，斧乃木是將手指化為鈍器。

令我聯想起——巨大的鎚子。

宛如雷神之鎚的巨大鎚子。

斧乃木的食指擴大化、肥大化、巨大化——將我家門柱當成保麗龍輕易破壞。

我不只是內心動搖，而且也太大意了。

現在是太陽依然高掛的大白天——不可能會在這種住宅區的正中央上演戰鬥場面。我無法否定自己抱持著這種極為合理的觀念。

明明是錯的。

是天大的誤解。

怪異活躍的時間確實是在夜晚——然而無論是在大太陽底下或是在白天，隨時隨地都存在著怪異。

而且，不存在於那裡。

忍野明明不知道告訴我多少次了！

「唔——」

然而，接下來發生的事情，才是我真正的天大誤解——別說身體的應戰方向，我內心提防的點就是錯的。

斧乃木唐突變出來的鎚子，我認定是用來攻擊我或是忍的武器——但我錯了。大錯特錯。

鎚子——『例外較多之規則』——將我家門柱當成保麗龍輕易破壞。

然後就這樣，

然後就這樣，

然後就這樣，

破壞了阿良良木月火的上半身。

「…………！」

就這樣維持著擴大化、肥大化、巨大化的模樣——將後方的玄關門，連同月火腰部以上的部位——整個當成保麗龍輕易破壞。

「小……小月——！」

我無法掌握現狀，無法確認眼前的光景。

然而即使無法掌握——我的肉體就這麼任憑衝動開始運作。

我的身體衝向背對著我的斧乃木——黏在我影子上的忍，就這樣順勢被拉扯，一個站不穩就摔倒在柏油路面。

我甚至無暇顧慮忍。

視界染成鮮紅。

世界染成鮮紅。

瘋狂的光芒，瘋狂的赤紅。

這傢伙把阿良良木月火……

把小月……

把全世界我最寶貝的妹妹——！

「——鬼畜小哥，您冷靜一點，別這麼激動。年輕人不曉得這個道理嗎？憤怒是招致自焚的業火——是火哦，熊熊燃燒的火。」

直到伸手要掐斧乃木脖子的光景，我都記得清清楚楚——然而接下來的影像，卻宛如沒有訊號的電視螢幕般中斷，回過神來的時候，我已經折疊好並且放在地上了。

被折疊起來了。

雖然這種形容很奇妙，不過最為貼切。

我的腿、膝蓋、腰、手腕、手肘、肩膀、脖子，宛如手風琴的折疊音箱，宛如超級主婦的收納技術——折疊成一小塊。

至於讓我成為這種模樣的當事人影縫余弦——則是和剛才一模一樣，穩穩蹲在被折疊起來的我背上。

像是打趣地——

露出平易近人的笑容。

「在這種時候，忍野應該會這麼說吧？『真是有精神啊，是不是發生了什麼好事啊？』這樣——」

「唔……！」

所以說，為什麼——

為什麼妳認識忍野——為什麼能引用忍野的說法——而且，還是用在這種場面！

「開什麼玩笑！妳……妳們！把妹妹！把我妹妹……把小月！我不會放過妳們！」

「嗯？怎麼回事——那孩子是您妹妹？」

她頗為意外如此說著，接著像是能夠接受般點了點頭。

「啊、對喔，這麼說來，你的姓氏也是阿良良木——我原本以為只是剛好同姓。」

她說什麼？

難道她們兩人——甚至不知道這裡是我家？

那麼，她們到底為什麼要來到這裡——

「原來如此，所以情報內容有雜訊嗎？這樣的話，這一幕對你來說太衝擊了，抱歉抱歉——」

影縫不以為意——宛如只是杯裡的水不小心灑在桌面，隨口向我道歉。

道歉了。

道歉？

「唔……混帳，光是道歉就能了事嗎！」

「您看看吧。」

我以自己的意志，讓身體宛如以石膏固定般堅固不動，但影縫就像是扭動嬰兒的手，輕鬆把我抵在地面的頭拉起來——強迫我看向玄關。

逼我看著這幅不忍正視的光景。

毀壞的門柱，崩塌的門。

玄關不成原形，裡頭則是淒慘粉碎之後，阿良良木月僅存的下半身——

「…………咦？」

實際照她所說看過去之後——映入眼簾的光景，令我懷疑起自己的眼睛。

「呃、咦？」

簡單來說，月火——毫髮無傷。

宛如與周圍毀損的狀況成反比——她剛才應該被打碎的上半身，如今依然是和下半身完美接合的狀態。

雖然靠在走廊牆邊昏迷不醒——卻一如往常活得好好的。

甚至令我覺得，剛才的悲劇場面只是我的錯覺——就是如此活得好好的。

完好如初。

不過，月火的上半身，不屬於肉體的配件——包括微微敞開的浴衣和頭上的髮飾，都如同我剛才烙印在腦海的記憶一樣，遭到破壞並且飛散消失。

雖然平安無事——卻只有月火裸露的上半身平安無事。

從以上兩點來看，或許現在的這幅光景才是錯覺。

「——不對。」

我不由得輕聲說著。

不是這樣。

我非常熟悉——宛如地獄般熟悉。

這是我目睹無數次，被迫目睹無數次的光景。

宛如地獄般熟悉的光景。

這不是錯覺——是再生。

是治癒，是恢復。

是——不死。

再怎麼受傷也死不了，再怎麼破壞也死不了，再怎麼殺也死不了，再怎麼死也死不了——蘊含永恆和永續的不死性質。

忍野忍就像這樣，在這五百多年來反覆生還反覆死亡——我也曾經在短短的兩週之內，反覆生還反覆死亡。

曾經不斷反覆經歷著死亡。

所以——淒慘地被打得粉碎的上半身，在眨眼期間鮮明再生的光景，對我來說已經是司空見慣的光景。

看慣而且看膩，死慣而且死膩的光景。

不死性。

不死的性質——

然而，這種由怪異帶來的不死性質，為什麼會出現在我妹妹身上——？

「阿良良木曆先生——鬼哥哥，看來你和不死之身的怪異真的很有緣，真的是身處險境不自知，反倒是我們比你來得驚訝多了。」

回過神來，將食指恢復為原本大小的斧乃木——面無表情向我陳述著事實。

「你的妹妹被不死之怪鳥纏身，打從一開始就是如此。那玩意是你妹妹卻不是你妹妹，是阿良良木月火卻不是阿良良木月火，是人類卻不是人類。位於那裡的玩意是世間罕見的火鳥，是邪惡的鳳凰——我以做作的招牌表情如此說著。」

010

「不死鳥。」

後來，忍野忍照例如此破題。

「換句話說即為——杜鵑之怪異。」

杜鵑。

鵑形目杜鵑科的鳥類。

體長二十八公分，翼長十六公分，尾長十三公分的夏候鳥——背部是灰褐色，腹部是帶有暗褐色斑點的白色。

「『入目皆青葉，山上杜鵑連聲啼，初鰹正逢時』——就是此則俳句裡之杜鵑。雖然她們兩人將其稱為鳳凰，然而並非如此氣派之鳥，不足以令人聯想到鳳凰——引用那個輕佻小子之說法，『在這個國家，說到不死鳥比較容易聯想到孔雀』這樣。」

杜鵑擁有時鳥、不如歸去、蜀魂、子規等許多別名——雖然至今幾乎失去不死鳥的形象，然而昔日被視為往來於黃泉的候鳥。

非常適合中元時節的鳥。

不用說，這是日本人最熟悉的鳥類之一，比方說在奈良時代編纂而成，現存最古老的詩歌總集「萬葉集」，歌詠杜鵑的作品就超過一百五十首——至於象徵的季節當然是夏季。

在日文把螳螂和蟋蟀的名字搞反的一千多年之前，杜鵑的名字就已經普及而且歷久不衰，光是這件事就令人感到驚訝。

最大的特徵在於叫聲——杜鵑的啼聲非常特別，一聽就知道是杜鵑的聲音。現代依然會以「不如歸去」形容杜鵑的叫聲。

其中的鴉鵑甚至會捕食蜥蜴。

「然而不只是別名，杜鵑在各地之別稱，多到令其他鳥類望塵莫及。那個小子就曾經說過不少，吾想想，光是吾記得的就有夕影鳥、夜直鳥、文無鳥——沓手鳥、五露鳥、好聲鳥，還有——死出之田長。」

死出之田長。

死出——脫離死亡之鳥。

「總之，這些別稱當然是其來有自——不用說，『死出』即為『脫離死亡』之意，脫離死亡之田長鳥——即為杜鵑。」

不過，忍表示這些都是聽忍野說的。

實際上正是如此——曾經是吸血鬼的忍，只把怪異當成食物，當成糧食，當成餐點，當成伙食——忍並不是會對食物瞭如指掌的美食家。

雖然健談，卻不是美食家。

所以——這些知識都來自她所說的輕佻小子，也就是忍野咩咩。

在廢棄大樓共度的三個月——忍野將許許多多關於怪異的知識灌輸給忍，這就是其中的鳳毛麟角。

但我不知道忍野灌輸這種（對忍而言完全沒必要的）知識有何用意。

「這種怪異，大致而言沒有顯眼特徵——極為單純，淺顯易懂至極，但因為是乏味之怪異，故難以做為研究對象。然而即使如此，此方面為那兩個傢伙之專攻領域，所以她們自然明白。」

不死鳥。

聖鳥，怪鳥。

鳳凰。

「沒錯，不死鳥之特性僅此一項——不會死。絕對不會死——即為其存在之意義。雖然吾對此頗為不滿，然而老實說，此種不死性質甚至凌駕於吸血鬼。」

甚至凌駕於吸血鬼的——不死性質。

不滅的性質。

宛如一塊擁有生命的物體。

「俗話說『三世鹿一世松，三世松一世鳥』，鳥就是如此被視為長壽之生物。『鶴千年，龜萬年』，能夠活上千年，已經能歸類為怪物了。吾至今僅活過一半而已。」

是的。

不只杜鵑，即使放眼全世界，也經常將翱翔於天空的鳥影射為生命本身——「嬰兒是鵜鶘叼來的」就是最具代表性的例子。

或許是因為鳥類築巢、孵卵、竭盡所能養育雛鳥的樣子，對人類來說是淺顯易懂的寫照——和自己養育後代的過程相互呼應。

比起其他的哺乳類生物，鳥類的養育行為確實和人類相近。

然而——如果這個假設是正確的，那麼杜鵑反而應該排除在這種類型之外。

因為杜鵑經常被舉出的另一個特性，就是托卵行為。

托卵。

除了杜鵑，俗稱「郭公鳥」和「十一鳥」，同屬於杜鵑科的這些鳥類，也同樣擁有這樣的習性。

趁著其他鳥類的成鳥離巢時，將鳥巢裡原本的蛋推落地面，產下自己的蛋取而代之——讓其他的成鳥孵化自己的蛋。

孵出來的雛鳥也不是乖乖接受養育，會把巢裡原本就有的蛋，或是先孵化出來的雛鳥推出巢外——藉以獨占成鳥帶回來的食物。

「鬫鬫子規，獨生鶯巢。吟不似父，啼不肖母。其翔何處？荒野溲疏。來我樹杞，終日鳴兮。饗之惠之，願爾弗去。橘花落處，永留居兮——此為剛才提及之萬葉集收錄之長歌。包括吾在內之吸血鬼尚未誕生於世間之遠古時代，杜鵑就已經擁有此種習性，令人驚奇。養育後代這種事，已經超越吾之理解範疇。」

吸血鬼不是以生殖行為，而是以吸血行為繁衍種族，所以忍確實不會對於鳥類的育兒行為產生共鳴——不過有一點必須追加補充，杜鵑科的鳥類進行托卵行為的原因，至今依然不明。

這種生態不只是吸血鬼無法理解，也超出人類的理解範疇。

與其說是尚未解明這種行為——正確來說是不知道這種行為的用意何在。

委由其他鳥類養育後代，表面上聽起來似乎很有效率，不用花費太多勞力就能繁衍後代——然而一旦被發現就無從補救（雛鳥被發現之後當然就不會受到養育），即使整個過程順利成功，托卵的這窩鳥也將絕後，使得能夠委託養育的對象持續減少——既然是依賴其他種族進行繁衍，自己遲早會跟著毀滅。

聽忍這麼說就覺得確實如此。牠們居然能以效率這麼差的繁衍方式存活到現代。

「不死鳥的怪異，同樣繼承了杜鵑的習性，也就是托卵——不死鳥會對人類這個種族進行托卵行為。」

對人類進行——托卵行為。

對我的母親進行托卵行為。

「以鳳凰，以不死鳥的身分——進入懷孕母親之體內轉生。衰老之鳥飛入熊熊燃燒的火焰，在火焰之中脫胎換骨成為新生命——此為耳熟能詳之不死鳥傳說。」

火焰。

火。

火中重生的——火鳥。

這麼說來，杜鵑也是與月亮有關的一種鳥——

眺望子規吟啼處，殘月高懸夜空中——這是收錄在百人一首裡的著名短歌。

所以叫做月火？

如果真的是這樣——就是荒唐至極的冷笑話了。

一點都不好笑。

「以這種場合而言，不死鳥投身之火，即為人類之母體。因此嚴格來說，不死鳥本次附身之對象，並非汝這位大爺之妹妹，而是汝這位大爺之母親。令堂於十五年前，被怪異寄宿於體內，應該說寄宿於胎內——」

然後在一年之後出生。

脫胎換骨成為——阿良良木月火。

不死鳥。

「如同前陣子之火蜂，不死鳥同樣屬於沒有實體之怪異——然而最大之差別，在於不死鳥可以化身為人類外型。不，應該說非得這麼做——」

忍如此說著。

化身——也就是偽裝。

偽物。

仿冒人類的——怪異。

不是真物，是怪異。

「整體來看，這屬於無害之怪異，不會對人類造成危害——只不過是偽物，只不過是——不死之身。受到再嚴重之傷亦能恢復，得到再嚴重之疾病亦能迅速康復，活至壽終正寢，並且於死後——再度轉生，以此種方式持續活至現代——這就是杜鵑。」

勞斯萊斯絕對不會故障。

我回想起八九寺所說，明明聽過就可以忘記的這個都市傳說——套用這樣的句型，就是「杜鵑絕對不會滅絕」。

不會滅絕、不會受傷、不會生病。

就只是以聖域之怪異——鳳凰的身分，持續轉生。

持續一百年，兩百年——一千年。

讓生命不斷延續——並且來到這一步。

進入我母親的胎內。

火憐是六月出生，月火是四月出生，從生日來看，簡直是剛生下長女就立刻懷胎——不過如果以這種怪異的存在做為前提，這種不自然的現象也變得自然了。

有一個常見的謎題是這樣的：「有兩個女孩子年齡相同，就讀同一所學校的同一班，住在同一個家，而且爸媽也相同。但她們說兩人並不是雙胞胎。如果這兩個女孩沒有說謊，那她們是什麼樣的關係？」這個問題並不是只有「她們是三胞胎」這個答案。

如果姊姊是年初誕生，妹妹是年底誕生，那麼即使兩人是普通的姊妹，也可以符合這個問題的條件。

理論上，和火憐與月火一樣，每年會有一段時間歲數相同的姊妹——確實存在。

基於這個原因，所以火憐與月火經常被誤以為是雙胞胎——不過這畢竟是罕見案例。

如同不存在的怪異。

是罕見案例。

不自然，而且自然。

「一言以蔽之，即使不死卻不是不老——老實說，只要汝這位大爺以此種前提回想，反而有許多事情能得到合理解釋吧？那位妹妹是不是經常發生一些令人訝異之事？」

如果問我有沒有——有。

別說經常，像今天我就有所察覺。

她身上的傷——消失了。

她身上的傷——痊癒了。

從醫生斷言一輩子不會消失的舊傷，到不久之前留下的新傷——全部消失得乾乾淨淨。

即使傷口會癒合——傷痕也不會消失。

本應如此。

不然——就是異常。

「她似乎和吾和汝這位大爺當時之狀況不同，並非維持著固定之不死性質而存在——但也是因此才能偽裝成人類吧。雖然那個小子沒有提到這一點，但吾對於不死擁有獨到之見解，因此講得出一番道理。依照吾之觀察，不死鳥之不死性質，會與受到之刺激成正比。若是如同剛才那樣，受到上半身被粉碎之致命傷，就會宛如吸血鬼瞬間恢復——然而若是不會威脅生命之傷害，將會刻意讓不死性質逐漸發揮。這是怪異為了活在人類世界而習得之智慧——不，是怪異對於環境之適應。」

怪異容易受到周圍環境的影響。

應該就是這麼一回事。

為了避免自己是冒牌人類的事情被拆穿，為了以人類身分活下去，這種過度強烈的不死性質，甚至是一種非得隱藏起來的累贅——只能用在剛才那種緊急狀況。

確實——可以認同。

雖然牽強，卻足以令我認同。

如果從校舍樓頂跳下去，無論底下有卡車的帆布車頂還是有任何玩意，一般來說都會沒命——做出那種誇張的特技動作，卻沒有留下任何後遺症，這根本就是天方夜譚。

居然只留下「光榮的傷痕」就沒事？

又不是功夫電影——何況連這些傷痕，如今也已經完全癒合。

此外還有火炎姊妹的事情。

正義使者的遊戲——如果像火憐那樣擁有誇張的戰鬥技能就算了，但月火置身於這種偏激又危險的活動，至今卻總是能夠全身而退，真要說奇怪的話確實很奇怪。

曾經被綁架，曾經被圍毆。

不可能每次都平安無事。

即使頭銜是參謀，但真正具有攻擊性格的不是火憐，而是月火。

何況——雖然真要舉例就會沒完沒了，不過有一件更屬於日常生活的特異現象。

阿良良木月火。

那個傢伙，頭髮生長的速度太快了。

明明沒有使用假髮，但她的髮型每個月都能夠大幅改變，仔細想想應該就是這個原因——明明不久之前還是鮑伯頭，現在卻是零層次的及肩髮型，頭髮已經比我還要長了。

原本短得蓋不到眼睛的前髮，不可能一個多月就長到及肩。

回想起來，神原因為很色所以頭髮長得快——然而月火的狀況，無法以這種玩笑話帶過。

哈。

一點都不好笑。

異常的成長速度。

再生能力。

剪頭髮當然不會威脅到性命，所以頭髮沒有那麼誇張的再生能力——不過以新陳代謝的意義來說，月火指甲肯定也長得很快。

那個傢伙的新陳代謝系統——太優秀了。

像今天，她也是大白天就在淋浴，而且仔細想想，我確實經常看見月火剪指甲——不過這是有人點醒才覺得不對勁，平常這都只是瑣碎的小事，不會令我抱持任何疑問。

想得到的例子太多了。

存在於心中的頭緒——太多了。

結果，這些異常狀況——或許只是因為我們是一家人，我才刻意沒有去在意。

只要沒有察覺，突兀感就不會是突兀感——再怎麼樣都不是。

偽物就是因為無法和真物區分——才叫做偽物。

酷似真物，就是偽物的存在證明。

由於不是勞斯萊斯這種近代的都市傳說，所以接下來要說的事情，歸類成道聽途說比較適合——自古以來，就流傳著小孩會遭受神隱的傳說。

年幼的孩子，會在某天忽然失蹤——並且在幾天之後若無其事回來。回來的孩子和之前相比並沒有任何改變——也沒有任何異樣。

然而即使沒有任何異樣，卻已經是另一個人了。

和我打趣形容戰場原的改頭換面是「就像是在我不知道的時候和別人對調靈魂」不同——既非變化亦非成長，就只是單純的替換。

其他國家似乎有「可愛的孩子會和妖精掉包」這種說法，應該是來自相同的起源吧。

不死鳥和這些傳聞也有共通之處。

只不過，掉包的時期是在出生之前——僅止於此。

人生遊戲。

我以前經常和千石、月火她們玩這種桌上遊戲，然而目前掛著阿良良木月火這個名字的不死鳥，永遠走在人生遊戲的道路格子裡——沒有起點也沒有終點，永無止盡擲骰移動。

無始無終，無色透明的生命。

決定性的因素，在於月火容易受到影響的性格。

她的正義，受到火憐的強烈影響——雛鳥會模仿成鳥的叫聲，但月火跟隨火憐的程度過於不顧自己，簡直變得不像她本人了。

不像本人——不像人。

不像人，不是人。

「吾再強調一次。」

此時，忍開口了。

「不死鳥是無害之怪異——其存在理由，說穿了就只有不死。只以生存為目的，只以實際存在為目的之怪異——和人類一樣生存，和人類一樣生活，和人類一樣進食，和人類一樣說話，和人類一樣死亡——僅止於此。」

即使如此……

即使如此——依然是怪異吧？

是貨真價實的怪異吧？

模仿人類模仿得再精細，偽裝人類偽裝得再精細——依然毋庸置疑是怪異吧？

忍當然聽不到我內心的反駁，無視於我的反應繼續說道：

「汝這位大爺至今沒能察覺，亦是在所難免。因為連吾亦沒能察覺。」

之所以加上最後那句話，應該是這個高傲驕縱的前吸血鬼小小的辯駁吧。

或許真的是要給我一個解釋。

然而，她用不著這樣向我解釋。

這樣向我解釋——反而會令我過意不去。

身為怪異之王的忍，別說是分辨怪異，甚至無法分辨人類——不對，進一步來說，她或許已經無法分辨人類與怪異的差異了。

她是王。

擁有王者的稱號。

也就是說她——位居頂點。

極端來說，忍野忍能夠辨別的人類，基本上就只有我——真要說的話，阿良良木火憐與阿良良木月火，對忍來說都是相同的存在。

如果兩人就站在忍的面前，忍當然可以依照外型差異來分辨，但是只要離開目光超過數分鐘，忍就會幾乎忘記誰是誰。

她不會把沒興趣的事物放在心上。

不，即使是感興趣的事物也一樣——比方說，一個看不懂英文的日本人，即使打開英文報紙閱讀，不過等到收起報紙之後，他會連單字拼法都忘光。忍就處於這樣的狀況。

所以，忍不需要刻意說出這種話——我不認為忍從以前就認得出月火，不認為忍早已察覺月火的真面目，並且瞞著我直到現在。

因為忍沒有站在人類這邊，也同樣沒有站在怪異那邊。

即使忍再怎麼以傲慢的話語數落我——我也知道忍永遠站在我這邊。

實際上——

要是沒有忍，我不認為自己能夠解決當時的狀況與局面。

當時我完全不知道發生了什麼事，忽然面臨那種莫名其妙的狀況，只令我腦袋混亂無所適從——即使意識依然清醒，被影縫折疊成那樣的我，應該也是一籌莫展。

在我不經思索就激動撲向斧乃木的時候，我就已經犯下嚴重的失敗了——只不過，我完全不認為有人目睹妹妹的上半身被打碎還能保持冷靜。

然而，憑我這副模樣還想和對方交涉或溝通——至少忍野咩咩一定會嗤之以鼻。

不，是捧腹大笑。

在這個時候，按照我原定計畫進行交涉的——是從忍野那裡繼承怪異知識的前吸血鬼。

是的，就是忍野忍。

「住手——禁止汝等繼續猖獗。想必汝等亦不希望繼續在此引發進一步之騷動吧？」

忍對著蹲在我身上的影縫如此說著——而且無視於斧乃木。或許是判斷影縫比同為怪異的斧乃木來得好說話。

「嗯？我並不在意喔？因為我可沒有聰明到會考量時間和場合。」

影縫以嘲弄的語氣如此回應。

「何況即使您想禁止，但現在的您又做得了什麼？吸血鬼——前吸血鬼，失去所有技能的您，完全不會對我造成威脅。」

「或許吧。」

絕對不是或許——現在的忍幾乎手無縛雞之力。

因為封印在我的影子裡，所以只要待在影子裡，多少還可以使用一些技能——但也只是能夠創造DS的程度，完全沒有應付怪異專家的技能。

何況影縫是專門應付不死怪異的陰陽師——如果是全盛時期的忍就算了，但現在的忍不可能是她的對手。

然而，這時候就得看交涉的手腕——

或許應該說靠膽量。

忍絲毫沒有洩漏底細，並且繼續說道：

「然而即使汝是如此，那個丫頭就難說了——她看起來不像是強大之怪異，不像是足以抵抗吾之能量吸取。若是將那個丫頭吸收殆盡，吾應該就足以與汝抗衡——」

這是在虛張聲勢。

斧乃木能夠將玄關連同月火的上半身粉碎，現在的忍不可能有辦法應付這種近乎怪物的蠻力——忍將會和月火一樣，不，以忍的狀況不只上半身，肯定全身都會被打成粉碎。

能夠留下一撮金髮就得謝天謝地。

然而，忍這副傲慢的態度——雙手抱胸得意抬頭的態度，絲毫沒有透露出不安的情緒。

就只是平靜裝出——深不可測的模樣。

……雖然這麼說可能會惹她生氣，不過應該得說是活了五百年的修為吧——不，考量到忍不經世事的程度，比起之前的五百年，和忍野共度三個月的經驗，在這個時候更能派上用場。

光靠虛張聲勢，就足以和怪異、和人類交涉至今——即使處於任何極限狀況，也絕對不會將暴力當作暴力來行使。忍和這樣的忍野咩咩共度了三個月。

「吾並非要阻撓汝等——只是要求汝等暫時撤退。既然只是此等要求，汝等即使接受亦無妨吧？時間對於汝等而言，絕對不會是重要問題。」

然而——

然而，這樣的虛張聲勢……

即使對我行得通，即使對斧乃木行得通……對於和忍野活躍於相同領域的專家影縫余弦，也行得通嗎——？

我對此抱持著一絲，不，抱持著強烈的不安。然而影縫最後的決定是——

「哼。」

她非常乾脆地放開了我的頭。

「好吧——就照您所說暫時撤退，就容我們撤退吧。我再怎麼不會考量時間和場合，也不願意在哥哥面前收拾妹妹——不過雖然這麼說，哈哈，但她並不是鬼畜小哥真正的妹妹耶？」

「……………」

不是真正的妹妹。

虛偽的——妹妹。

「鬼畜小哥應該也需要一點時間，把周遭的事情打理一下——我就向傳說之吸血鬼致敬，留一段時間給兩位了。就當作我被這齣虛張聲勢的跛腳戲所騙，請兩位趕快做好身心準備吧。哼——不過失敗就是失敗，老實說，我原本想趁著掛名父母和掛名親人沒發現之前做個了斷——可惜情報內容有雜訊。」

影縫說完之後——從我的背上跳到斧乃木的肩上。

直到現在，她都沒有踩過地面。

到了她這種程度，與其說是從小養成的習慣，甚至像是某種賭上靈魂的誓言。

不，不提這個，比自己高了將近兩倍的影縫踩在肩膀上，斧乃木卻完全無動於衷，這件事更令我感到驚訝。

絕對不是騎在肩膀上那麼簡單。

我重新體認到，她果然是一種怪異的存在——「例外較多之規則」。

「我們明天再來。在這之前，就把各方面的事情打理好吧——想逃也沒用，話說在前面，我可不像忍野那麼好心——我絕對不會放過盯上的獵物。要是敢阻撓，即使兩位已經被認定無害，我就會無視於這個認定，把你們一起收拾掉。走吧。」

影縫如此說著。

斧乃木就這麼任憑影縫站在肩膀上轉過身去，宛如破壞和再生都沒有發生過，若無其事快步離去。

「為什麼？」

我朝著她們的背影——好不容易說出這句話。

好不容易提出這個問題。

在痛楚、混亂與動搖之中，好不容易——

「為什麼要……盯上小月？」

她說，月火是她盯上的獵物。

月火沒理由被她盯上吧？

獵殺吸血鬼的專家們，曾經盯上忍想取她性命，然而月火並不一樣。

「小月沒有理由……被妳們盯上吧？」

「有。因為那是怪異，是怪物。」

影縫從高處回答我。

「是兒女卻又不是兒女的杜鵑──怪異化為偽物，假扮成人類混入人類家庭欺騙人類──我們將這種行為稱為『邪惡』。」

「…………」

「我們基於正義使者的立場──絕對不能坐視不管。無法原諒這種詐騙行徑。」

留下這番話之後──

影縫余弦與斧乃木余接。

人類與怪異。

這對陰陽師搭檔，從我家門前離去。

011

「我回來囉～！哎呀～今天真是快樂，即使在我驚濤駭浪的美妙人生裡，也是值得紀念的一天，我一輩子再也不會感受到這種驚喜了，從今天開始，任何事情都不會令我感到驚訝……咦、唔喔喔喔！天啊，嚇死我了！我家玄關消失得乾乾淨淨？這是怎麼回事！」

傍晚五點左右。

火憐比預料得還早回家，並且在看到家門口慘狀的時候，展現出超乎期待的反應。

「我拿出來的這把鑰匙無處可插了，哥哥！這把鑰匙只能用來割膠帶了！」

「哎……」

這傢伙真是笨到灑脫的境界。

她的大腦該不會跟蜂窩一樣都是洞吧？

人類為什麼能夠蠢到這種程度？她應該可以成為探索這個問題的最佳範例。

「我原本以為妳會更晚回來。爸爸媽媽今天工作得比較晚，妳其實不用嚴守門禁時間也無妨的。」

「啊～不行不行，神原老師就在面前，我果然會緊張，要是繼續共處下去，我的腦袋搞不好會沸騰，所以我早早就告辭了。剛才我真的是胡言亂語，講話顛三倒四結結巴巴的。」

「我還真想見識一下。」

「不過哥哥，神原老師人超好的，該說是好人？完人？還是偉人？總之超帥氣！」

「總之，我也非常認同那傢伙簡直帥氣過頭了——而且也很想效法她那種光明積極的個性。」

「不過有件事令我感到不可思議。神原老師偶爾會用力捏自己的臉頰，比方說我把臉湊過去的時候，或是想要進行肌膚接觸的時候。那是在振奮精神嗎？」

「……………」

那是在克制自己。

是在勇猛對抗自己內心的邪念——與其說邪念，以那個傢伙的等級來說，或許形容成邪神比較正確。

「我們還在公園一起打街頭籃球。不過神原老師雖然打起籃球所向披靡，猜拳卻弱得亂七八糟，弱得無話可說。不必動用我發明的猜拳必勝法，我就幾乎全勝了。」

「沒錯沒錯，只要是比運氣的對決項目，那個傢伙就超弱的。」

已經不是運氣不好的程度，而是倒楣了。

明明付出心血與努力卻得不到回報——正因如此，她才會落得向猴子許願的結果。

無論如何，沒把神原的特殊癖好告訴火憐，似乎是正確的決定——何況要是不小心告訴她，這個單純的女孩，可能會把貞操獻給心儀的神原老師。

總之無論如何，神原似乎很照顧火憐——我不禁輕撫胸口鬆了口氣。

下次再向她道謝吧。

看來明天的打掃工作，要比之前更加用心才行。

「慢著，這不重要！哥哥，這是怎樣？發生了什麼事？砲擊？難道是組織的追兵扛大砲來轟炸？」

「…………」

組織的追兵？

這傢伙的思考迴路真歡樂。

到底是什麼東西看多了才會變成這樣？

應該不是動畫或電影吧？

「喂喂喂，火憐，怎麼可以在聊神原的時候冒出『這不重要』這種字眼？要是神原聽到肯定很失望的。」

「啊、對喔，說得也是，比起我們家的玄關，神原老師的話題當然重要多了。那麼哥哥聽我說吧，除了籃球之外，我們還在攀登架玩追逐戰——慢著，為什麼啦！自家半毀才是重要案件吧！」

小憐自導自演如此吐槽。

妳要吐自己的槽倒是無妨，但是妳和神原在攀登架玩追逐戰，真是一幅超乎想像的光景……我有點想知道詳情。

「嗯，算是吧。」

我點了點頭。

從那之後——從影縫和斧乃木離開之後，畢竟被破壞的是自己家，所以我就這麼一直坐在玄關門口。

好幾次有街坊鄰居擔心前來問候，不過這方面我適當編個理由含糊帶過——沒有人目擊當時的破壞現場，可以說是一種意外的幸運。

意外的幸運。

這種話用在這種場合實在過於貼切——不過其實只是和之前的獵殺吸血鬼三人組一樣，影縫是做好萬全準備，打造出不會有人目擊的狀況，才進行這種凶惡的行徑。

即使不會考量時間和場合——

也肯定會遵照行規。

只不過對於她們來說，這種行徑雖然粗暴，卻不叫做凶惡。

即使將民宅破壞到這種程度也一樣。

她們——高舉著正義的旗幟。

無論如何，即使這裡是連小偷都沒有的鄉下地方，終究不能如此大膽讓門戶大開，所以我一直像這樣，宛如忠犬八公坐在門口，引頸期盼阿良良木火憐早日回來。

何況——我必須思考某些事情。

即使表面上說引頸期盼——但我其實沒有太多時間。

「這到底是怎麼回事？」

「其實是組織的追兵來過了。」

「果然嗎！那些混帳傢伙！對家人下手何其卑鄙！」

「原來妳心裡有底嗎……」

「令我反胃，胃酸都要跑出來了！不，由我來跑！我要朝著太陽狂奔！」

我妹妹似乎以這種歡樂的思考迴路，過著歡樂的人生。

快讓自己的個性變得圓融吧。

或者快去死吧。

然後和忍一起去打倒太陽吧。

「唔唔唔唔？何其卑鄙這四個字，聽起來好像『奇天烈大百科』可羅的臺詞！害我莫名想吃可樂餅！」

「……妳已經切換到另一個話題了？」

「好，今晚就決定吃關東煮了！」

「而且結論完全無關……」

記憶力跟鳥一樣差。

只有妳這傢伙有辦法達到這種程度。

「慢著！我終究想不到有什麼組織想對我家不利！」

「我想也是。」

「哥哥！認真回答我啦！」

火憐怒髮衝冠如此說著，不過既然妳希望我認真回答，我覺得妳也應該認真問我才對。

因為妳情緒過度浮躁，我根本沒辦法和妳好好講話。

「那個……沒有啦，其實我也不太清楚。我唸書到一個段落的時候出門買Mister Donut，回來之後就變成這樣了。」

總之，無論如何——我原本就不打算認真回答。

「……我想，大概是大貨車肇事逃逸吧？」

「啊～肇事逃逸嗎，那麼這次的肇事逃逸撞得還真猛，確實有可能發生這種事。」

我的這個謊，火憐似乎完全採信了。

她對我太信任了。雖然現實上確實只能以這種方式來解釋，不過她如此輕易採信我的說法，難免有種落空的感覺。

雖然我不排斥對妹妹說謊，但內心終究冒出些許的罪惡感。

「小憐，妳真是超聰明超可愛。」

「咦？是嗎？沒那回事啦～！」

火憐如此說著，並且扭動身體展現出害羞的模樣。

好，罪惡感消失了。

不過只是以謊言蓋掉謊言罷了。

「喔～是喔～所以哥哥才會在這裡看門嗎？辛苦了～！不過這樣的話，哥哥今天完全沒有唸到書吧？」

「是啊。」

這是真的。

當然沒辦法唸書……不，即使如此，若是將眼光放遠，以人生的角度來說——我今天學習了許多事情。

「好，哥哥，換我來吧，接下來輪到我了。在爸爸媽媽回來之前，我就擔任看守地獄的三頭犬吧，或者是地獄的瘋狗刑事司令！」

「妳到底多麼喜歡特搜戰隊？」

「荒謬至極。」

「是在說妳吧？」

「不不不，我是真的想加入火舞戰隊哦！不過以倒立習慣來說，我應該是緣刑事就是了。」

「既然這樣，妳偶爾也靈機一動想個好點子吧。」（註27）

真是的。

這段對話到底是要傳達給哪一個世代的讀者？

註27　本段都是關於特攝作品「特搜戰隊」的內容。「荒謬至極」是破曉刑事的口頭禪，「火舞戰隊」是宇宙警察組織的單位，緣刑事沉思時會倒立以尋求靈感。

傳達得到嗎？

「所以哥哥就回房間稍微看點書吧——聽說鬆懈一天就要三天才補得回來！不過這是練肌肉的狀況。」

「不准聊肌肉的話題。」

「但是鍛鍊之後，真的要好好休息才行，這叫做超恢復原則。」

「別再繼續聊肌肉的話題了。」

聰明一點吧，小憐。

蠢到這種程度，妳今後要怎麼出社會？

妳該不會認為腦袋只是用來施展頭鎚的道具吧？

「嗯？咦，話說月火呢？哥哥，你是和月火一起去Mister Donut吧？」

「不是。」

我搖了搖頭。

我把放在旁邊、買回來當土產的甜甜圈盒遞給火憐——並且再度以謊言覆蓋謊言。

這是謊言千層派。

「小月當時好像在二樓，直到我回家，都是小月一個人看家。不過因為有目擊經過，她似乎受到很大的精神打擊——現在正在二樓休息。」

「啊～月火雖然是那種個性，不過內心挺纖細敏感的。」

火憐抬頭看向上方，露出擔心的表情——但她當然不可能透視天花板。

「雖然我也想問她事情，但她看起來睡得很熟，所以暫時別叫醒她吧。」

「收到～」

「那我進去了。」

我久違地起身。

雖然火憐比我預計回來得早——不過這樣對我來說也有好處，我可以將預定計畫提前進行。

「小憐。」

我正準備踏上樓梯時，我轉頭呼喚她。

火憐已經坐在我剛才所坐的位置了。

「嗯？哥哥，什麼事？」

她轉過來看著我。

「我問妳，妳願意為我而死嗎？」

「願意啊，所以怎樣？」

…………

雖然是正如預料的回答，但她毫不思索就回答的模樣真帥氣……

妳果然和神原平分秋色。

如果妳不是我妹，我真的會愛上妳。

前提在於——妳不是我妹。

「那麼，妳願意為小月而死嗎？」

「願意，我會含笑為她死。」

火憐說完之後，真的笑了。

宛如下一秒人頭落地也無怨無悔，如此燦爛的笑容。

「月火是我的妹妹——所以理所當然吧？」

「……對，理所當然。」

我點頭同意火憐這番話。

「我也願意為了妳們而死，願意為妳們死無數次——我會像是不死的吸血鬼，為妳們死到再也不能死。」

我留下這番話之後，再度踩著樓梯走到二樓——雖然走到二樓，卻不是回到自己的房間，而是直接前往妹妹們的房間——也就是月火所在的地方。

我刻意沒敲門就打開房門。

月火在雙層床的上層——絲毫沒有發出呼吸聲，安詳沉睡。

這傢伙的睡相好到誇張。

我躡手躡腳踩上梯子，眺望她的睡臉。

她安詳熟睡。

宛如死亡般熟睡。

即使如此——她也沒有死。

阿良良木月火，是活著的。

「…………」

被斧乃木打碎上半身的月火，宛如凡事都沒發生過，恢復得完好如初——但後來她就一直昏迷不醒。

驚弓之鳥。

我終究不忍心上半身赤裸的月火躺在門口任憑路人看光光，所以我剛才背起昏迷的她，費盡千辛萬苦把她送回房間。

不過比起背她進房，幫她換掉身上破破爛爛的衣服更加費力。

我至今沒幫昏迷的人換過衣服，不過這項工作頗有難度——幸好雖說是衣服，但因為是和服的浴衣，所以比普通衣服好穿。

但我不小心幫她穿成了右襟壓左襟，以狀況來說有點諷刺。（註28）

真是的。

這個麻煩的傢伙。

註28　和服正式穿法是左襟壓右襟，反過來穿多半代表往生者。

麻煩的——妹妹。

「不死之身。不是吸血鬼——而是鳳凰嗎？」

我扶著雙層床的圍欄靠在床邊，注視著月火的睡臉。

像這樣觀察，就覺得她是貨真價實的人類。

實在不像是偽物。

「不好笑——這種大爆笑的題材一點都不好笑。明明我至今老是把妳們叫做偽物……」

然而，這是現實。

我確實目睹了月火超乎常理的恢復能力——正如其名的超恢復。

殺也殺不死——不死的性質。

我當然也有不死之身的經驗——雖然只是短短兩個星期，但我曾經成為殺也殺不死的體質。

反過來說，如果沒有這種經驗，至今我應該也不會相信月火是怪異，不會相信這種天方夜譚。

會以錯覺來解釋這個現象。

吸血鬼。

不死鳥。

——然而即使如此，我的不死和月火的不死，依然有著顯著的差異。

我的不死是後天造成的——月火的不死則是先天形成的。

阿良良木月火，打從出生就擁有不死性質。

雖然絕對不是意味著以怪異的級數來說較為遜色——但是忍曾經說過，如果只以不死性質這個觀點，不死鳥遠遠凌駕於吸血鬼之上。

在不死的領域位居頂點。

確實，如果是殺害吸血鬼的方法，稍微想一下就可以想到很多——例如陽光、木樁、大蒜或十字架等等。

相較之下，如果要舉出不死鳥的弱點，一時之間真的想不出來——忍坐在腳踏車菜籃所說的那番話確實中肯，而且我從來沒聽說過討伐不死鳥的神話故事。

或許只是我孤陋寡聞就是了。

我覺得，應該就是我孤陋寡聞。

因為既然已經遭受襲擊，就代表那對陰陽師搭檔——應該有辦法除掉阿良良木月火這隻不死鳥。

讓我家玄關變得非常通風的「例外較多之規則」，只是用來試探與觀望的招式——肯定只是測試月火不死性質的簡單問候。

所以那個玩意還有後續，這才是令人感到恐怖的事情。

她們是對付不死怪異的專家。

所以應該有方法——殺掉不死鳥。

「……事情進展得過於突然，我完全跟不上。今天早上我才騎在小憐肩膀上和她玩耶？現在卻……真是的，我甚至不知道該煩惱什麼事。」

我以指尖輕觸月火的下巴，如此輕聲說著。

我現在的聲音，聽起來應該情何以堪吧。

實際上，確實是情何以堪。

甚至不知道該煩惱什麼事——但這種說法太蠢了。

這代表我有事情該煩惱。

內心根本不需要糾葛。

不死鳥。

杜鵑。

一種怪鳥——怪異。

然而換個角度來說，不死鳥單純只是一種怪異——僅止於此，這個怪異並沒有積極行動的意向，怪異無論位於哪個地方，都只是一種現象。

即使實際存在——也只是現象。

單一現象。

意志與意識，為阿良良木月火本身所有──她直到骨子裡，都認為自己是人類。

這是當然的。如果沒有如此認定，以偽物來說就不夠完美了。

因此，阿良良木月火沒有察覺自己是怪異。

如同原本的阿良良木月火一樣誕生。

如同原本的阿良良木月火一樣成長。

如同原本的阿良良木月火一樣生活。

如同原本的阿良良木月火一樣死去。

如同原本的阿良良木月火一樣──是偽物。

「……唉。」

然而，這與真物有什麼差別？

從頭到腳，從裡到外都一樣，卻是偽物──簡單來說就像是人造鑽石？即使原子構造和真正的鑽石一模一樣，價值卻有著天壤之別──

我聽過一種「恐怖谷理論」。這當然也是羽川告訴我的。

記得是在美術課聽到的──如果把人物肖像畫畫得太像模特兒，給人的排斥感似乎會大於藝術性。

比方說，人體模型會帶來恐懼。

比方說，過度擬真的機器人會帶來恐怖。

將不是人類的物體仿造成人類的外型時，越是做得唯妙唯肖，越是做成精巧的偽物，越容易引發觀賞者出於本能的抗拒反應——以這種理論畫出來的函數曲線，就叫做「恐怖谷」。

真是的，世間理論琳琅滿目。

羽川說她不是無所不知，只是剛好知道而已，但我甚至不知道她知道這種理論。

我連自己妹妹的事情——都不知道。

受到忍的襲擊，主動踏入地獄，並且成為吸血鬼的時候——我打從心底希望能恢復成人類。

曾經為此賭上生命。

曾經為此獻上生命。

結果我只能恢復為不上不下、優柔寡斷，殘留著吸血鬼渣滓的類人類——然而以月火的狀況，她甚至從一開始就無從恢復為人類。

因為阿良良木月火原本就被歸類為怪異，阿良良木月火從一開始就是類人類。

「飛入火焰的不死鳥——並不是我，而是妳，小月。」

托卵。

虛假的親人——虛偽的妹妹。

甚至完全意識不到，就只是存在於那裡。光是如此，就代表月火一直欺騙我和火憐至今——

「……哼！」

我親吻熟睡月火的脣。

「你做什麼啊！」

一吻就醒。

簡直像是童話裡的睡美人——不過她在下一秒就使盡全力把王子（也就是我）推下雙層床，這部分就和童話不同了。

月火猛然起身，欲哭無淚地用力擦拭自己的嘴脣。

「太……太不敢相信了！這、這是假的！初吻！我原本要獻給蠟燭澤的初吻！」

「喔喔……妳的反應和小憐一模一樣。」

「一模一樣……難道！難道難道！難道你也對火憐做過一樣的事！」

月火如此大喊，並且從床上探出上半身，淚眼汪汪瞪向被推下去的我。

眼角下垂的雙眼含滿淚水，看起來好誇張。

「我、我一直覺得火憐和瑞鳥最近怪怪的，沒想到背後有這種原因！」

「這種事情不重要吧？現在妳應該驚訝於妳們兩人的反應一模一樣。」

「這種事情才真的不重要吧！哪有哥哥用這種手段妨礙妹妹談戀愛！說什麼反應一模一樣——我們是姊妹，這是理所當然的事情吧！」

「……妳說得對。」

理所當然。

因為妳們——是姊妹。

「哈哈——啊哈哈！」

情緒按捺不住。

「有什麼好笑的！」

我忍不住放聲大笑……月火則是在下一秒如此逼問。

「奪走兩個妹妹的初吻，居然還笑成這個樣子，這樣還是人嗎！倉鼠都比你有點節操！這不是意外吧？很明顯是故意的吧？火憐也是在睡覺的時候被你偷襲成功吧！」

「啊、這妳就誤會了。雖然妳的狀況是在熟睡時偷襲，不過以小憐的狀況，我是趁她重病時偷襲。」

「爛透了！住在附近的各位！這裡住了一個差勁透頂的傢伙！這裡有個會對家人進行性虐待的罪犯！」

「別這麼說啦，我會好好向蠟燭澤和瑞鳥解釋。」

「啊啊，太好了，聽到這番話我就放心了，因為哥哥會好好解釋——肯定要分手了啦！」

「哈哈哈哈！」

「我不是問你有什麼好笑的嗎！我們失戀有這麼好笑嗎！是這麼愉快的事情嗎！」

「沒有啦，我只是在想，我就算和妳親嘴也毫無感覺。」

「啊？」

「不會臉紅心跳，也不會高興。」

只要知道這一點，我就滿足了。

剛才被她推得一屁股坐在地上的我緩緩起身。

「妳果然是我的妹妹。」

「……啊？」

月火露出訝異的表情。

看來她完全聽不懂我在說什麼——剛才在玄關門口發生的騷動，似乎從她的記憶消失了。

當時整個腦袋被打碎，所以我原本就覺得會是如此。總之，這樣最好。

妳就忘記吧。

關於金髮蘿莉少女的事情當然要忘記——至於那種危險的兩人組，妳也完全不用記得。

也不用知道自己的真面目。

無論是偽物，是真物。

妳都是我的妹妹。

一點都不會令我覺得妳是異類。

「小月，妳知道嗎？我啊，曾經有一段時間不是妳的哥哥。」

「……？什麼意思？」

「我也曾經有一段時間不是小憐的哥哥。我出生之後的前三年是獨生子，接下來的那一年，我成為火憐的哥哥，合計等了四年之後，才終於成為妳的哥哥。」

「這麼說是沒錯啦——」

月火一副摸不著頭緒的樣子。

這是當然的。

再怎麼樣，這都不是睡眠被打斷時該說的話題——要求她剛清醒就好好回話，才叫做強人所難。

即使如此，我依然不以為意繼續說下去。

因為我只是要把我想講的話講出來。

「不過小月，阿良良木月火打從出生以來——就一直是我的妹妹，是我和小憐的妹妹，至今從來不例外。」

「…………」

「用不著計算我們親過幾次嘴，兄妹就是這麼回事吧？真要說的話，在我們還小的時候，妳和小憐不知道承諾過要嫁給我多少次。不過這樣會犯下重婚罪就是了。」

「講這種話好像笨蛋。以為現在提起這種往事就能打馬虎眼嗎？」

聽到我如此作結，月火似乎不喜歡我提到這段往事，把臉頰鼓得圓圓的。

「——金火大。」

接著她移開目光，像是嘀咕般如此說著。

這句話——記得是「僅僅有點火大」的意思。

但我不知道真相如何。

「哈哈哈！」

我就像這樣再度笑了幾聲，吩咐月火再躺著睡一下——

然後離開妹妹的房間。

以月火的角度來說，她或許連自己傍晚就在睡覺的原因都不知道，不過大概是從我不容分說的語氣感受到無法形容的壓力，所以老實點了點頭。

我再度來到玄關門口。

在我前往二樓的時候，火憐的心態似乎有些變化，她已經不是坐在門口，而是真的宛如門神，直挺挺站在那裡。

太隨興了。

門柱到玄關被破壞得乾乾淨淨，而且現在又有一個怪人看門，已經令人搞不懂這個家是怎麼回事了。
我家到底怎麼了？
「喂~小憐，我要出去一下。」
「唔，即使是兄長大人，也不能通過這道門！」
「妳的角色定位越來越奇怪了……」
「如果想要打倒這裡，就先通過我吧！」
「可以通過妳？」
具體來說是要怎麼做？
我該怎麼做才能通過妳？
妳用詞相反了。
要是打倒這裡，這個家就不是半毀而是全毀了。
「啊、抱歉抱歉，這時候應該表演哥哥上次教我的段子才對吧？」
火憐就像是剛剛想到一樣，利用玄關階梯的落差，頭頂地面擺出難度頗高的拱橋姿勢。
「想通過這裡得先打倒我！」
「啊哈哈哈哈哈！」
唔、抱歉。

這個段子完全戳中我的笑點，所以我反射性就放聲大笑。

「喝！」

我伸手去摸她以拱橋姿勢凸顯的胸部。

這位哥哥，你摸妹妹的胸部摸得太過火了。

「咕啊！」

妹妹一副受到重創的模樣。

她就像是觸電一樣，在門口脫鞋處翻個筋斗滾倒在地，然後一個翻身就站了起來，露出無懼一切的笑容。

「哼，你打倒我了，了不起！第一關通過！」

「這齣戲還要繼續演……？」

「不過第二關的門將，可沒有我這麼好對付……沒錯！震驚吧，他就是我們的哥哥！」

「我並沒有哥哥。我只有兩個妹妹。」

我推開火憐穿鞋。

「哥哥，你很不配合耶，這時候要說『怎、怎麼可能！兄長大人應該在五年前為了保護我而死了！』才對。我可是有乖乖聽哥哥的吩咐守門呢！」

「我沒有要妳用少年漫畫的風格守門，只有要妳注意有沒有人出入。」

「出入是嗎……咦？出入？你說出入？還沒入要怎麼出？應該要先入才能出吧！」

「…………」

她情緒亢奮起來就好煩，但我不知道答案，所以我當作沒聽到。

如果是羽川就肯定能解答。

「挪個空間讓我出去。」

「哼哼，要讓你出去未嘗不可，不過等你回來的時候，你進得來嗎？」

「妳必須讓我進去。」

妳脖子上的玩意，到底是腦袋還是西瓜？

「話說，哥哥是要出門去哪裡？你不用唸書了嗎？哈囉～準考生小弟～？」

「為什麼要用高姿態的語氣……那個，我是要去買本參考書。」

「這樣啊，路上小心。」

火憐再度完全採信我的謊言。

難怪這個傢伙會被貝木騙……這已經不是把我當成哥哥信賴的程度了。

或許只是我想太多……但這個傢伙對我的忠誠度，可能比神原還要高。

是這樣的話就可怕了。

「小憐。」

「啥事？」

「繼續之前的話題。妳覺得正義是什麼？」

「正義是正確的事情。也沒有其他答案吧？」

「也對。那麼，正義的敵人是什麼？」

「嗯？一般來說就是邪惡吧？就像上次的不祥傢伙。」

「嗯，是啊。」

是的。

火憐的率直答案，令我點了點頭。

「不過，貝木那種顯而易見的惡徒，反而是少數派。貫徹邪惡到這種極致的傢伙並不多見。大部分的人，都無法讓自己成為毫無美學和正當性的惡徒，所以會樹立自己的正義。」

貝木泥舟是例外中的例外。

是偽物中的偽物。

那個傢伙即使自己有一套理論，也絕對不會宣稱自己的正當性——是的，他絕對不會感到愧疚，而是自負為惡徒。

無論火憐和戰場原對他怎麼說——他也從來沒說過「被騙的人也有錯」這種話。

「所以大致來說——正義的敵人，是別的正義。」

「…………」

「戰爭就是最好的例子。火炎姊妹的正義，就某些人看來只會是正義的敵人——只要主張自己的正確性，就不知道我們何時會基於何種理由與正義為敵。」

世界並不是以如此淺顯易懂的二元結構所組成——世界比想像中還要複雜，還要奇異。

像是在春假。

在黃金週。

都令我徹底體認到這個道理。

即使是現在也正在體認。

這是一輩子的學問。

「小憐，卑鄙這兩個字，很難找得到使用的時機——妳討厭卑鄙的人，我也不打算肯定這種人，不過追根究柢來說，強者看在弱者眼裡很卑鄙，弱者看在強者眼裡也很卑鄙吧？強即是弱，正義看在邪惡眼裡也是一種卑鄙，所以真正不卑鄙的——只有邪惡。」

強可以成為武器，弱也可以成為武器。

正義這種玩意，要當作凶器綽綽有餘。

只有邪惡。

只有與正義完全相對的邪惡——會光明正大，赤手空拳戰鬥。

「妳說的沒錯，必勝法是一種卑鄙的技巧，無論是猜拳必勝法還是哪種必勝法都一樣——只有打從一開始就註定敗北的邪惡與卑鄙無緣。」

如果正義必勝，那麼邪惡必敗。

邪惡風光獲勝的例子不存在。

所以——

「抱歉，哥哥，我聽不太懂。」

火憐噘嘴如此說著。

看來她沒能理解——這種話題對她來說，終究是太早了。

然而，如果妳追求著正義——這就是矗立在妳的前方，妳總有一天會遇到的阻礙。而且這一天已經不遠了。

我細細咀嚼這個道理——以淺顯易懂的方式如此說著。

「人類只要走在人生的道路上，就一定會和某些人為敵。就是這麼回事。」

「……既然這樣的話……」

看來她這次聽懂我在說什麼了——然而即使如此，火憐依然困惑地向我提出詢問。

「在這種時候，應該要怎麼做？」

「嗯？」

「就是被正義視為敵人的時候。明明沒有做任何壞事，甚至自認自己才是正確的一方，卻還是被正義視為敵人。在這種時候要怎麼做？」

「——等妳能夠回答這個問題，妳就會真正成為正義使者了。但我不知道答案。」

我聳了聳肩。

回顧這段對話，就覺得並不是什麼值得稱許的討論——實際上，或許只是我為了宣洩情緒而提出這個問題。

羽川也曾經當面對我說過。

那是黃金週時的事情。

——阿良良木。

——阿良良木，即使你有辦法成為明星，也沒辦法成為英雄。

這番話很嚴苛。

卻是正確的。

羽川說的話——總是正確的。

我不是正義使者。

不是站在人類這一邊，也不是站在怪異那一邊。

是站在妳們這一邊。

我是隨處可見，平凡的哥哥。

「那我出門了，好好守住這裡，不准讓任何人進去啊。」

「交給我吧！我是絕對服從哥哥命令的火憐！」

火憐打直背脊挺起胸口。

「如果我憎恨邪惡的心，是哥哥培育出來的，那我熱愛正義的心，也是哥哥培育出來的！」

「……別把這種討厭的責任推給我。」

我只能回以一個苦笑。

妳並沒有受到我的影響。

妳沒有——小月也沒有。

「啊～……對了，等等小月可能會起床，但是別讓小月出門，要完全禁足，即使用寢技也要逼她繼續睡。」

「收到，沒問題！」

明明是要求她壓制妹妹的恐怖命令，為什麼她會說沒問題……別說什麼絕對服從，這傢伙有可能順勢做出任何事情。

真可怕。

我斜眼看著火憐，朝著腳踏車的立架一踢，跨坐在坐墊上踩起踏板——龍頭當然朝著與書店完全相反的方向。

我前往的地方，是那棟熟悉的廢棄補習班大樓——我到今天才知道，這間倒閉補習班的名字叫做叡考塾。

忍野咩咩曾經用來當作根據地的地方。

如今——則是陰陽師。

專門應付不死怪異的怪異剋星。

影縫和斧乃木的據點。

「汝這位大爺，要去了？」

回過神來——在我回過神之前，忍不知不覺就已經以反ＥＴ狀態，坐在我的腳踏車菜籃裡了。

我等待火憐返家的時候，太陽就已經西沉——換句話說，現在是月亮高掛天空盡展光芒，怪異活躍的時間。

是忍的時間。

無論白天有沒有就寢，到了晚上都會完全清醒，可說是她並非生物而是怪物的證明——即使日夜顛倒，也不代表她晚上會睏。

因此，她的雙眼，她的金色雙眸輝煌燦爛，充滿活力。

即使不是活著的生物——依然充滿活力。

「對，要去了。」

「去何處？做何事？」

「去她們那裡，戰鬥。」

「為了什麼？」

「為了妹妹。」

「汝這位大爺能因而得到什麼？」

「什麼都得不到，就只是失去一點時間罷了。」

無論是要改編成動畫還是真人影集，我都不會認真以對——這只是我一如往常的隨興之舉。

既然心中的情緒理不清——那就連續寫兩次，以7除盡吧。

「這樣啊。」

忍點了點頭。

看似滿足點了點頭。

「既然汝這位大爺選擇戰鬥，那就沒辦法了——畢竟要是汝這位大爺死了，吾亦會一同上路，為了自保，吾亦非得並肩作戰不可。」

「……妳願意幫我？」

「話說在前面，吾打從心底不願意，別誤會了——吾個人對此極為抗拒，汝這位大爺之極小妹妹，會面臨何種下場皆與吾無關，吾只是為求自保，逼不得已協助汝這位利己之大爺。」

「妳的傲嬌好煩。」

我說完之後——不禁大笑。

「哈——妳不是想死嗎？記得妳原本是一心尋死的吸血鬼吧？」

「哼，那種初期之角色設定，吾早已遺忘了——吾也不是中期沉默寡言之角色，吾現在是隨處可見，喜歡甜甜圈之吉祥物角色。」

忍以不像是自虐的語氣如此說著。

聽起來反而是樂觀以對——充滿諷刺的玩笑話。

「叫做月火嗎？」

「啊？」

「汝這位大爺極小妹妹之名字。」

「對……什麼嘛，妳居然記得她的名字？真難得看到妳記得住人類的名字。」

「還不是因為汝這位大爺剛才放聲連呼太多次——但即使記得名字，亦不代表吾能夠辨別就是了——哼，何況這名字很不錯。」

「名字很不錯？是嗎？」

「吾欣賞月這個字。雖然太陽是吾之敵人——但吾受到月亮各方面之恩惠，因此藉此報恩亦非惡事。這就是吾之藉口。」

忍說完之後——在腳踏車菜籃挺直身體向後仰。

地面剛好有落差，害我差點失去平衡。

「……這樣啊，謝謝。」

「無須多禮。」

「那麼，改天再買甜甜圈給妳吃吧。即使沒辦法包下整間店，但如果只是裝滿托盤的份，我的財力應該能夠負荷。」

「不需要。吾只是為了自己而這麼做——因此不會要求回報。但如果是好意，吾就接受吧。」

忍說完之後——宛如故意做給我看，咧嘴露出邪惡的微笑。

淒滄的——微笑。

宛如正義敵人的微笑。

「還有，汝這位大爺，其中也包含了私怨。」

「嗯？私怨？」

「對。吾身為傳說之吸血鬼，卻被那個丫頭稱呼為人生盡頭之高齡老者——因此得令她體認到級數之差異才行。」

012

鐵血、熱血、冷血的吸血鬼，號稱怪異殺手的怪異之王——忍，因為某些原因被我奪走存在，被忍野咩咩奪走姓名，也幾乎完全失去戰鬥技能——不過老實說，她要取回這些技能輕而易舉。

只要有那個心，她隨時可以取回。

簡單來說，只要吸我的血就行了。

光是如此，忍就可以恢復為原本的吸血鬼形態——擺脫她厭惡的幼女外型。可以再度成為最強無敵的吸血鬼稱霸天下。

然而無須多說，在這種狀況，我當然也會化為吸血鬼，這是必然的副產物，是不可或缺的副產物——前提是忍沒有吸盡我的血，沒有殺盡我的生命。

反過來說——如今的我，曾經由影子直接提供能量給她，所以餵血的頻率不用過於頻繁——但如果我拒絕餵血給忍，忍將會輕易死去。輕易得令人不敢相信她曾經是不死之怪異。

這種結果的副作用，就是我體內將完全不會殘留任何後遺症，真正恢復為百分百的人類——這是忍野總是拿來消遣我，絕無例外的可能性。

忍恢復為吸血鬼。

我恢復為人類。

兩者處於一種悲傷的極端。

然而現在的我，不願意從這兩種結果選擇其一——作用或副作用，作用或反作用，都不是我所期望的東西。雖然忍的自殺念頭沒有同情的餘地，不過至少以現階段來說，她似乎能夠明白我的意思。

因此。

這時候讓忍吸食的血量，必須維持在不多不少的程度。

和之前應付神原的猴子時一樣——或者是再把時間往前推，和之前應付羽川的障貓時一樣。

忍化為不上不下的怪物。

阿良良木曆也化為不上不下的怪物。

必須進行調整，進行微調。

既然不是要交涉，也不是要溝通，那就必須慎重做好戰鬥準備，才能避免玄關門口的那一戰重演——如果同樣的光景重演，最後的結果肯定會惆悵得無法以因果論解釋。

我不想在同一天就被折疊好幾次——忍的虛張聲勢應該也不會再管用了。不，即使是第一次，也只像是基於同情票而取勝。

何況對方是專門應付不死怪異的陰陽師。

再怎麼準備也不嫌多——或者可以說，再怎麼準備也不用擔心白費。

我和忍反覆輪流咬對方的頸子，讓彼此的血液來回無數次——藉以將彼此調整到最佳的平衡狀態。

就這樣，我們做好萬全準備，挾著萬分氣勢，排除萬難——為了對抗影縫余弦與斧乃木余接，進入廢棄的補習班大樓。

「這叫做不速之客吧——如果是忍野，應該會說『喲，你好慢，我都等得不耐煩了』這種話，但我可不會這麼歡迎別人來訪哦。」

廢棄大樓的四樓。

忍野用來睡覺，使用頻率最高的教室——四樓的三間教室之中，從樓梯看過去最左邊的教室。

拼湊書桌再以膠帶固定而成的簡易床鋪，依然維持原樣。

這裡也是前幾天，改頭換面之前的恐怖戰場原，用來將我綁架監禁的教室。

雖然說我們是不速之客，但影縫和斧乃木，就像是早就預料到我們的來訪——在我打開教室大門的時候，她們已經面對著我了。

她的戒律，似乎只有限定不能踩踏真正的地表——建築物裡的地板，並沒有包含在戒律範圍，所以影縫的鞋底穩穩貼著教室地板——油氈布大半剝離的地面。

看到她雙腳正常著地的立姿——我稍微能理解火憐那番話的意思了。

這個人的立姿不自然。

甚至光是看就令人不自在。

她的身體軸線——筆直到恐怖的程度。

絲毫沒有弧度。

假設她就這樣站著，然後我就這麼騎著腳踏車撞上去——我覺得只有腳踏車會被撞開，影縫則是絲毫不為所動。

已經不能以平衡感很好來形容——她是「固定」在那裡。

……不只是姿勢，因為我體內的吸血鬼指數提高——所以只要稍微接近影縫，就可以明白她的實力。

然而一旦察覺到，就覺得應該要更早察覺才對。

這個人，這位看似平易近人的大姊姊——居然會散發出如此懾人的殺氣。

德拉曼茲路基。

艾比所特。

奇洛金卡達。

即使與獵殺吸血鬼的三人組相比也毫不遜色，卓越非凡的殺氣——

「其實忍野……」

我隱藏著內心的慌張——表面上裝出大無畏的態度，回應影縫的這番話。

「其實忍野——從來沒有釋放過這樣的殺氣。」

「嗯？哈哈哈，我想也是——忍野就是這樣，他就是這種人。不過啊，鬼畜小哥——我們只算是彼此彼此。兩位既然已經先備戰到這種程度，應該不認為我們會盛情款待吧？」

影縫說完之後，發出開心的笑聲。

或許是因為聊到共通的熟人吧，她看起來像是打從心底感到開心。

「尤其是那位吸血鬼——前刃下心小妹，您的樣貌也變得太多了。」

影縫如此說著，指向我身旁的忍——一點也沒錯。

吸食我的血直到極限的忍野忍，已經不是八歲幼女的外型——已經稱不上是金髮蘿莉少女了。

雖說如此，但也沒有恢復為成人版本的完美形態，不能讓她恢復到那種形態——真要說的話，她現在是和我同年紀，大約十八歲的外型。

忍曾經說過，她即使記得人類的名字，也無法分辨人類的外型，但是我之前被火憐狠狠修理一頓時的印象（她在影子裡和我的身體知覺同步，所以應該不是印象，而是傷害），似乎明顯反應在忍野忍的精神上，所以她的髮型和今天早上之前的火憐一樣是馬尾。

衣服也有點像是運動服。

不過因為曾經是貴族，所以忍這身運動服格外華麗，有種知名品牌的高級感。

腳上的運動鞋也一樣。

忍野忍以金色的雙眼，靜靜注視著影縫她們。

靜靜地。

瞪著她們。

「真是英姿煥發──和我年輕時不分上下呢，前刃下心小妹，雖然還看不出您的實力，但是感覺您執意要先做好表面工夫。這樣的外表究竟是獅子的鬃毛，孔雀的尾巴──還是螳螂的鐮刀？」

「哼，螳螂鐮刀應該是指那邊之丫頭才對。忠告說在前面，在現在之吾面前，可不要過於大言不慚了──陰陽師。至今只有在應付那隻沒教養之貓的時候，有將技能與力量恢復到此種程度。老實說，吾現在情緒相當亢奮──處於興奮與飢餓之漩渦當中，即使失手殺了汝等亦不關吾事。」

忍得意洋洋如此說著。

她的聲音也不像幼女形態那麼稚嫩，而且說得更流利了──我久違地再度體認到，外型對於吸血鬼而言，真的不構成任何意義。

「吾不能殺害汝等──因此不准給吾理由，不准給吾動機。何況吾亦不願意──背叛這個傢伙。」

忍如此說著，並且以拇指指著我。

指著她不願意背叛的對象——也就是我。

她是基於這種意義指著我。

「拜託汝等，別令吾發揮本事；拜託汝等，別令吾發揮本性；拜託汝等，別令吾發揮本能——如此一來，只要吸點血做為教訓，吾就會放過汝等。」

「……不能殺？」

對忍這番話做出反應的——比我做出更明顯反應的，卻是斧乃木。

「只抱持著這種程度的覺悟就來到這裡？是的話就好笑了。姊姊，我說得沒錯吧？明明我們已經殺氣騰騰了——我以做作的招牌表情如此說著。」

她還是老樣子，並沒有露出做作的招牌表情。

宛如無風的水面，面無表情。

不過正如斧乃木這番話所說，看來她確實對忍的說法感到強烈不滿。

「好了好了，別這麼說，余接——只是他們兩位完全搞不懂狀況罷了。」

影縫以這種方式居中調停，就是最好的證據。

「是的，兩位什麼都不知道——不知道我們多麼殘酷，多麼無情，也完全不知道我們是多麼脫離常軌，不合常理的存在。」

「…………」

我知道。

這種程度的事情，我當然知道。

妳們——真的是二話不說，連一句話都不問，就向阿良良木月火，以及阿良良木月火居住的家發動攻擊。

會做出這種事情的傢伙，究竟擁有多少人性——我當然知道。

妳們究竟擁有何種怪異性質，我當然知道。

妳們，標榜著正義。

而且——僅止於此。

「所以？要怎麼做？」

影縫如此問我——就像是接下來大家要玩撲克牌，預先確認是否要採用某些特殊規則似的，以這種輕鬆的語氣如此詢問。

「基本上，要打架的話我們樂意奉陪——畢竟這樣簡潔易懂，而且我贊成暴力。幸好彼此都是人類加怪異的搭檔——就由我和您打，前刃下心小妹則是和余接打，以這種方式搭配如何？」

「…………」

「嗯？不滿意？不然由我應付前刃下心小妹，您則是和余接交手也行——畢竟把您那位偽物妹妹打碎的打手是余接。」

「——不，第一種配對比較好。」

我如此點頭示意。

這樣正合我意。

如何提出這個要求，一直是我最煩惱的問題——但她就像是看穿我的心思，做出了這樣的提議。

是要展現從容不迫的態度？

還是要藉此放水？

無論如何，這邊沒有道理不答應——不可能不答應。

「好，那麼丫頭——吾等就到樓下吧，二樓有一間適合吾等交戰之房間——就在那裡盡情交戰吧，吾要讓汝體認到歷練之差異。」

不愧是瞭如指掌的廢棄大樓——忍如此邀約斧乃木。

我大致可以預料到，忍所說的教室，應該是我用來和神原的猴子對峙的那間教室——如果是那裡，確實可以承受怪異交戰的衝擊。

「……好啊，我知道了。不然要是妳使用奸詐的手法，把我當成人質逼姊姊收手，我也會很不高興的。不過別誤會哦，就算實力提升到這種程度，妳依然比不上我。雖然還要一個多月才是敬老日，但是既然妳拖著一把老骨頭，也要讓我體認到歷練的差異，我就把握這個難得的機會奉陪吧，老太婆——我以做作的招牌表情如此說著。」

斧乃木的這段回應，令我聽到忍那裡傳來血管爆裂的聲音，不過關於這一點是忍的疏失，誰叫她要刻意用「歷練的差異」這種字眼挨罵。

「哈……資料與文獻都未記載詳細情報，極東之冷門妖怪，吾將令妳再也擺不出做作之表情。」

慢著，我不是說了嗎？斧乃木只是嘴裡這麼說，但她從來沒有擺過做作的招牌表情——總之忍惡狠狠說完這番話之後，就朝著教室門口走去。

得到我的血液做為電池的忍，已經不會受到阿良良木曆的影子束縛——雖然還是不能相隔太遠，不過既然是相同座標的二樓與四樓，就算是位於相當可以容許的範圍之內。

關於這方面，就想像成機動戰艦撫子號和機動兵器艾斯特巴利斯的關係吧。

「那麼姊姊，我去一趟老人看護中心了——我以做作的招牌表情如此說著。」

聽到斧乃木這番話，影縫回答：

「嗯，交給妳囉。」

「交給我？」

斧乃木歪過腦袋繼續說道：

「姊姊，別講得好像很相信我啦——我以做作的招牌表情如此說著。」

斧乃木只說到這裡，就忽然像是對我感興趣似的轉身對我說道：

「鬼哥哥，問你喲。」

「什麼事？」

「你覺得這個世界怎麼樣？」

她問完之後，沒有給我時間回答——

「鬼哥哥，我覺得這種充滿偽物的世界還是毀滅算了——我以做作的招牌表情如此說著。」

——就做出這個結論。

沒有擺出做作的招牌表情就如此說著。

非常強硬，以堅定到離譜的語氣斷言之後，斧乃木終於跟著忍離開——兩隻怪異，就這麼離開了這間教室。

「…………」

那兩隻怪異接下來展開的廝殺，肯定超乎人類的想像吧——恢復到那種程度的忍，實力當然是無須置疑，但斧乃木的實力是未知數。

至少她破壞我家玄關、破壞月火身體時的能耐——比起我至今見過的任何怪異都不遜色。

這樣的話，究竟……

「您還有時間東張西望？」

此時。

就在我看向斧乃木關上的那扇門，移開目光的短暫期間——影縫就逼近到我前面，距離近得連呼吸的氣息都能拂過鼻尖。

「咦……」

「戰鬥已經開始了。從您和我呱呱墜地的那一刻開始——」

我甚至來不及移回視線。

下一瞬間，影縫就猛踩我的膝蓋——如字面所述，重重踩了下去。

不，抱歉抱歉。

「猛踩」並不足以形容這一幕。

這樣聽起來，就像是我只受到膝蓋破裂或骨折的傷害而已。

誑語，低估，混淆視聽。

正確來說，是影縫以右腳踝筆直往我膝蓋踢下去——光是這一腳，就足以將我膝蓋以下的部位，連同牛仔褲一起宛如被電子手術刀切斷。

就像是折斷枝枒那麼簡單。

或者就像是——拔掉昆蟲的腳那麼簡單。

「呃……！」

比起痛楚，驚訝的情緒先行湧現。

驚愕更勝於劇痛。

剛才容許她逼近，純粹是我粗心大意——過度分心而遭受一記攻擊做為代價，可以說是在所難免。

然而，這一記攻擊居然有此種破壞力？

人類踢人類的膝蓋，應該不會造成這種結果吧——何況我現在的身體強化到極限耶？

包括骨，包括肉。

真要說的話，連皮膚都宛如以厚厚的橡皮包覆——

「以為我會攻擊吸血鬼的弱點？以為我會進攻呼吸系統？以為我會對內臟下手？以為我會拿十字架或聖水出來？猜測我會用水槍射聖水？」

影縫如此說著——使用與剛才攻擊的右腳處於對角線的左拳，以迅雷不及掩耳的速度打向我的下顎。

依照火憐的說法，影縫的拳頭威力，足以讓車子啟動安全氣囊——不過火憐對影縫的這種評價，有好幾個地方必須修正。

那個傢伙的評價意外天真。

別說是安全氣囊。

如果是普通轎車，挨了這種拳頭將會直接報廢。

宛如在極近距離被大聯盟投手投出的高速球打中，我的下顎就這麼碎裂消失——下顎遭受重擊，會撼動腦袋引發腦震盪，但是這一拳可沒有這麼簡單。

大腦反而完全沒有晃動，只有下顎骨整個被打掉。

「很抱歉，我是日本第一個武鬥派陰陽師——像是複雜的術式或是艱深的知識，這種麻煩的玩意我都不想管，怪異這種莫名其妙的玩意，只會令我戰意不斷高漲，就像這樣！」

接下來是掌打。

預備至今的右手使出的掌打——以極具破壞力的威力，從離譜的角度，筆直命中我的右肩。

我整條右手臂被拆掉，只留下肩關節——肱骨解剖頸之前的部分。

明明沒有抓住，明明沒有扭動。

只以手掌打過來的力道——就足以拆掉手臂。

即使是名留歷史的大橫綱使出的推手，也沒有這種威力。

單純的威力——以及威力的凝聚。

力量與技巧。

兩者相輔相成的結果——就是強大的破壞。

影縫余弦的毀滅手法。

在阿良良木家門口，我曾經被當成摺紙折疊起來。我一直在思索她當時到底使用何種方式，令我的身體乖乖服從——但是這種想法完全是錯的，她只不過是以蠻力把我壓下去，單純就像是硬逼著我進行柔軟體操。

只不過是蠻力。

只不過是蠻力的這種力量，如今毫不留情大顯神威。

然而，並非怪異的普通人，真的能對怪異造成這種程度的打擊嗎——不對，用不著在這裡說三道四了，這個人根本就不是什麼陰陽師！

是把戰鬥以外的技能完全剔除的人類！

難怪忍會講得那麼含糊。

能夠用在她身上的形容詞——完全沒有！

「呃……咕、唔、嗚啊！」

我不由得向後退——以僅存的右腳盡力往後跳，和影縫拉開距離。

影縫故意沒有追上來。

雖然並不是不能追，但她並沒有得意忘形乘勝追擊，從這一點就能體認到她果然是行家。應付業餘的對手，行家甚至用不著得意忘形。

所以絕對不會過於魯莽，不會展現出囂張跋扈的模樣。

而是維持戲謔的態度，平淡注視著必然的結果——

「呵……呵呵……」

然而，幫了大忙——影縫的破壞力達到如此恐怖的等級，老實說反而幫了大忙。痛過頭，反而不會痛。無法接受超乎現實的現象。

遠遠凌駕於痛覺領域的創傷，使得腦神經拒絕接受——就在這段期間，我蘊含著吸血鬼不死性質的身體，開始自動再生。

切斷的左腳。

粉碎的下顎。

拆掉的右手臂。

恢復為原本的狀態——復原成為完整的系統。

身體再生的速度，當然不像我是吸血鬼的時候那樣轉眼就能完成，即使如此，只要花費把五十音的第一行背完的時間，我就可以讓全身恢復原狀。

我和忍不一樣，破掉的衣服不在恢復的範圍之內（我沒有創造物質的技能，因此衣服是普通的衣服），所以現在的造型有點龐克風。

不過自己身體被對方恣意蹂躪造成的精神傷害，並沒有隨著肉體痊癒。

「呼……呼、呼……」

平復情緒，冷靜下來吧——沸騰起來吧。

這種超乎預料的狀況正如預料，並不是無法承受。

想到明天之後就可以盡情摸妹妹們的胸部，這種程度的代價算不了什麼。

總之，這麼一來——我的精神重新振作起來了。

「哈哈……您知道嗎？」

相對的，影縫神色愉悅。

即使正在戰鬥，她平易近人的態度依然完全沒變——不對。

影縫曾經斷言，她的戰鬥從出生就一直持續至今。所以仔細想想，她的態度完全沒變，也是理所當然的事情。

可不是隨時身處戰場這種等級。

在她站在郵筒上找我問路的時候，她就已經置身於戰鬥之中了。

「您知道嗎，為什麼我專門應付不死怪異？」影縫大幅咧開嘴，低俗地舔著嘴脣。

「——因為就不會有下手過重的問題了。」

「…………！」

這句話——用來令我重新振作的精神折服，綽綽有餘。

這個人是怎麼回事？

雖然世界無奇不有——但我沒想過居然有人能強到這種程度。

我當然是為了戰鬥而來到這裡——但我只有預測這是一場異能對異能的戰鬥。

火憐曾經對影縫的實力打包票。雖然我並不是懷疑她的判斷——但是既然我讓身體有一半以上恢復為吸血鬼，我認為至少可以和她打個旗鼓相當。

然而——剛才的肉搏戰是怎麼回事？

剛才的蠻力是怎麼回事？

這個操京都腔的陰陽師，只靠蠻力——就足以征服怪異。

「呼、呼、呼、呼——」

我拚命壓抑劇烈跳動的心臟，努力調整呼吸，並且思考。

不對，回想吧，回想起來吧。

這是——對了。

這個房間的前房客，輕佻的夏威夷衫大叔——忍野咩咩，如果他真的有那個心，也做得到剛才那種荒唐的事情。

那個傢伙，只是沒有這麼做而已。

要做的話——確實做得到。

即使是全盛時期的忍，也對忍野另眼相看——無論是螃蟹、蝸牛、猴子或是蛇，忍野肯定能以更加簡單的方式收拾。真正令忍野感到棘手的怪異，就只有羽川那個時候的貓。

這就是忍野。

「影縫小姐……您和忍野——是什麼樣的關係？」

我並不是想拖延時間。

我這種外行人要和專家交戰，反而要靠速戰速決才有勝算——然而無論如何，只有這件事我依然得問清楚不可。

不然——我無法盡情戰鬥，會成為我內心的芥蒂。

「您認識那個夏威夷衫大叔……認識忍野咩咩嗎？」

「啊？」我唐突提出的問題，使得影縫歪過腦袋。「什麼嘛，忍野還在穿夏威夷衫？原本以為那只是在塑造形象，不過執著到這種程度，或許是基於某種堅強的信念吧？」

「…………」

「哎，並不是什麼值得一提的事情——我們就只是老朋友。我、忍野和貝木是大學同學。」

咦？

忍野就算了——貝木？

貝木？

她說貝木？

「貝木是指……貝木泥舟？」

「對對對，貝木。我們同科系又同社團，再加上另一位學姊，我們四人經常一起玩將棋。」

「將棋——」

這麼說來，貝木那個傢伙……跟我和戰場原對峙的時候，曾經離題談到關於將棋的話題。貝木提到將棋的時候，我總覺得不像是他的作風——

「貝木他啊，並不是一心求勝的類型，下棋總是著重於利益，非常喜歡排駒柱。」

「…………」

那個傢伙，為什麼在各方面都不祥到無謂的程度？

已經不是千日手的程度了。

「忍野則是愛玩詰將棋，而且他個性很差，都會編一些雙玉問題整我。雖然不到微宇宙的程度，但他居然能編出將近千手詰的排局。」（註29）

註29　以下為本段將棋術語說明：

「駒柱」：棋子排成縱列一直線的狀況，據稱為不祥之兆。

「千日手」：完全相同的盤面在一盤棋局出現四次，該局將無效而且攻守互換。

「詰將棋」：解題形式的將棋排局，相當於中國象棋的連將殺局，分為攻守兩方，只有守方持有玉將（王將），攻方必須每著皆為王手（將軍），直至將死守方。「五手詰」代表必須在五步內將死守方，以此類推。

「雙玉」：攻守雙方皆持有玉將的詰將棋，「雙玉問題」即為雙玉類型的排局。

「微宇宙」：橋本孝治設計的詰將棋排局，原長一五一七手詰，後來改良為一五二五手詰。

「聽起來就覺得他交不到朋友……」

那個傢伙，從學生時代就是那副德行？

真是夠了。

「所以說，這個社團是將棋研究會？」

「不，是超自然研究會。不過只有忍野和學姊認真經營社團，而且我們玩將棋玩過頭，忘記要培養新血，結果我們離開之後就解散了——雖說是離開，但忍野和貝木是輟學，只有我順利畢業。」

「這樣啊……」

只有看起來最有可能畢業的人有畢業。

哎，總之先不提這件事……她不只認識忍野，而且和貝木也是舊識？

這麼一來，忍野和貝木肯定——也是舊識。

不只感到意外，另一方面也覺得果然如此——之前詢問貝木關於影縫和斧乃木的事情時，貝木回答的那番話，如今回想起來果然不太自然。

也就是說，那個騙徒不只是搜刮我這個高中生的錢，也沒有告訴我正確的情報。

還說什麼「令他難以置信」，說什麼「是不是認錯人」，說什麼「對於活得光明正大的人來說，想和這兩個傢伙有所牽扯，比和我有所牽扯還要困難」……

少給我胡扯了。

要是早知道你們認識，我就能打聽到更多事情了。

「而且，我之所以會知道您妹妹是我們的獵物，就是貝木親切告訴我的。」

「貝木——————！」

原來從頭到尾都是你幹的好事！

全都是你害的！

那個不祥傢伙，真的是無可救藥的惡徒！

「但他照例收我一大筆錢就是了。原本想說肯定是謠言，不抱期待來到這裡一看，才知道貝木偶爾也會講真話，令我嚇了一跳。」

「向影縫小姐收錢又向我收錢，貝木泥舟，你生意真是興隆啊！改天我送竹子給你！」（註30）

我就覺得以巧合來說也太巧了！

不過，他竟敢說出「一般來說，所謂的巧合不是那麼簡單的玩意——所謂的巧合，大致上都是源自於某種惡意」這種話！

這很明顯源自於你的惡意吧！

居然睜眼說瞎話，還講得頭頭是道！

到了這種程度，連我和忍去 Mister Donut 巧遇貝木的這種巧合，都覺得像是預先

註30　在日本關西的財神節祭典，福竹是生意興隆的象徵。

布局——出自惡意的布局。

貝木雖然是騙徒卻也是專家，或許他已經抓準我們到店裡的時間，模仿忍野的做法，一邊吃著瑪芬一邊等待機會來臨——何況仔細想想，他會在戰場原返鄉的中元時期再度來到這座城鎮，這時機也太剛剛好了。

「可惡……這種狀況，我無法相信——這是真的嗎，混帳……」

難怪當時高一的戰場原會輸給他。以他這種本領——火憐與月火這對火炎姊妹搭檔，當然不會是他的對手。

完全被他擺了一道。

包括影縫和斧乃木在內，所有人都被貝木玩弄於股掌之間吧——他的手法過於高明，甚至無法令人起反感。

抱歉，我不應該以小人物來形容。

貝木泥舟，你是生化危機等級的大人物。

難怪戰場原不希望我和他有所牽扯——而且戰場原即使吃過一次苦頭，卻依然勇猛再度對抗貝木，我再度對她這份精神力感到敬佩。

「而且貝木也是余接姓氏的由來——我是藉由貝木幫余接決定姓氏的。斧乃木的木就是貝木的木。」

「意思是——以姓名束縛？」

「沒錯。我和忍野不一樣，沒勇氣以自己的姓名束縛怪異。」

斧乃木。

原來不是阿良良木的口誤。

這種橫向連結真討厭——既然這樣，忍野忍和斧乃木余接在樓下進行的那場戰鬥，就變成非常拐彎抹角，存在著扭曲恩怨的戰鬥了。

「不過——貝木應該只認識我和小憐，當事人小月應該沒有當面見過貝木——」

「因為貝木優秀到令人反感的程度，他擅長看透事物的另一面——所以只要看透三兄妹的其中兩人，就可以看透第三人的真面目。我直到今天都沒有想過，忍野認定無害的吸血鬼，居然會與貝木所說的不死鳥有關。貝木和我不一樣，確實知道您的妹妹是您妹妹吧？」

「嗯——應該吧。」

沒錯。

貝木並不像影縫，把我和火憐當成同姓不同家庭的人——他確實知道火憐是我妹。雖然我不認為他能夠斷然確定我們是三兄妹——不過即使真是如此，也沒有什麼好訝異的。

「而且貝木沒有告訴我這件事，這就是他的高明之處——與其說是保密，不如說他積極讓我誤以為你們只是同姓，刻意在情報裡加入雜訊。他肯定是想藉此向兩邊收錢。」

我也同意這個看法。

阿良良木是相當罕見的姓氏，一般來說，沒把我和火憐當成一家人才奇怪——無論如何都必須先行惡意布局。

並不是巧合。

「……您應該也知道，貝木擅長的是虛偽的怪異，所以不死鳥是我的專攻領域，同時也是貝木的專攻領域——哈哈哈！」

明明被舊友欺騙，影縫卻開懷大笑。

「——不過說到誰最優秀，那就是非忍野莫屬了。總是有女生環繞在身邊，比任何人都輕佻，真的是一個亂來的小鬼。雖然沒有人看過他認真學習的樣子，卻被稱為社團成立以來的天才，似乎連貝木都拿忍野沒辦法——」

「…………」

忍野好厲害。

我對他刮目相看了。

優不優秀或者是不是天才都無所謂，不過能讓貝木拿他沒辦法，令我打從心底尊敬忍野。

……不過，原來當年的他，總是有女生環繞在身邊。

搞不懂他的形象。

雖然我不想對他年輕時的事蹟說嘴，但我認為男生應該盡量誠懇對待女生。這個令人頭痛的傢伙。

「——呵呵，我只有勉強和貝木保持聯絡，卻一直見不到忍野，所以我也是基於懷念老朋友的意味，才會先來到這棟大樓。」

「所以，貝木在這座城鎮布局詐騙的時候，也有察覺到忍野的存在吧——」

只是刻意避免有所牽扯。

不，或許在我不知道的時候，兩人已經有所牽扯了。

或許曾經以舊友的身分見過面。

神原母方家系的臥煙家，似乎也和這方面有關——忍野知道這件事，而且貝木和我第一次相遇的地方，也是神原家門口。

此外，忍野曾經開玩笑說過，他要預防這座城鎮上演妖怪大戰爭——而且忍野離開這座城鎮的時間，就是千石被貝木的咒術騙局受害的不久之後。

既然這樣，他們兩人之間——或許發生過某些事情。

即使真的發生過事情，我當然也無從得知——忍野從來沒有向我說過，貝木也一樣。

雖然中午在 Mister Donut 遇見貝木至今不到半天，但貝木泥舟如今應該已經離開這座城鎮了，因為對我進行的報復性（不對，他絲毫沒有這種報仇心態，單純只是「能賺就賺」罷了）詐騙行為已經成立。

真是的。

只能形容為──賠了夫人又折兵。

「總之，據說這裡是靈氣聚集之處──確實沒錯，感覺得到這裡是忍野會喜歡住的地方。」

影縫轉頭向後，看著以書桌拼湊而成的簡易床鋪，接著說道：

「而且──您也是。能在戰鬥的時候暢談這種往事，這種脫線的程度，讓我覺得您確實像是曾經受到忍野搭救的人。」

「……受到搭救，是嗎……」

「『我不會救你，你只能自己救自己』──忍野大概會說這種話吧？──不過，鬼畜小哥。」

影縫宛如在這時候切換意識，靜靜將目光移到我身上。

「即使是能看透一切的忍野，我也不認為他有發現鬼畜小哥的妹妹是偽物──不過您有想過嗎？如果忍野知道這件事，這時候的忍野會對您怎麼說？」

「忍野他……」

停留在這座城鎮的三個月。

忍野從來沒有接觸過火炎姊妹。

而且到頭來，我甚至不確定有沒有和忍野講過妹妹的事情——不對，應該沒說過吧？

即使忍野再怎麼能夠看透一切（「看透一切的忍野」大概是他學生時代的稱號），也不可能連我沒說過的事情都看透。

貝木能夠看透月火的真面目，雖然有部分原因在於曾經和我接觸，不過最主要的原因，應該還是在於曾經和火憐接觸。

因為阿良良木姊妹是兩人一組的——火炎姊妹。

既然詐騙對象是國中生，肯定會自然而然聽到「正義使者」的傳聞。

然而，假設忍野咩咩停留在這座城鎮的時候，就已經知道阿良良木月火的事情——那個傢伙到底會有什麼反應？

會對我說些什麼？

忍野咩咩的手法。

總是維持中立，只致力於維持平衡，甚至不惜扮演雙重間諜。如果是那個輕佻的夏威夷衫大叔——

「……不清楚。」

聽到影縫如此詢問之後，我自問自答——並且擺出架式。

聊天時間結束了。

想問的事情都問完了——而且當然沒有插入搞笑情節的餘地。

毫無掛念進入戰鬥情節吧。

「忍野會怎麼說都無妨，如果意見對立，忍野就會是我的敵人。」

我已經不打算標榜正義了。

然而不只是敢和正義為敵，我敢和任何事物為敵。

真要說的話，我從春假的最後一天開始——就總是和自己為敵。

在那之後的每一天。

無論是與任何人交談。

我都未曾原諒過自己——！

「影縫小姐，我站在我妹妹這邊。」

「您妹妹是偽物，不是您真正的妹妹。」

影縫——看到我擺出架式也毫不在意，宛如挑釁般張開雙手。

「而且不是別的，偏偏是不死鳥。這是怪異，是怪鳥。阿良良木和阿羅羅木發音一樣，配上杜鵑又是另一件讓人捧腹大笑的事情——這十幾年來，您一直被變身類型的妖怪欺騙了。」（註31）

註31 「阿羅羅木」是短歌雜誌，「杜鵑」是俳句雜誌，皆為日本文壇的代表性刊物。

「……那又怎樣？」

「確實是我這邊沒有妥善處理——應該說，因為貝木隱瞞兩位的兄妹關係，間接導致您得知不死鳥的真面目，這是我這邊的嚴重失敗與失態——不過，回答我一個問題。」

影縫以像是試探的捉弄語氣，向我投以詢問。

「您至今認定是真物的妹妹，其實是偽物。即使您得知這個事實，您也可以和至今一樣寵愛這個妹妹嗎？」

「可以。反而會比至今還要寵愛。」

我毫不猶豫，和火憐一樣立刻回答。

我先是放低重心——接著擺出田徑起跑姿勢，張開雙手十指猛然撲向影縫。

並且大喊：

「沒有血緣關係的妹妹——只會更萌吧！」

我使盡全身的力氣，絞盡全部的靈魂放聲大喊。

並且毫不猶豫揮動雙手，從兩側往中央狠狠抓下去——絲毫沒有餘力思考力道拿捏的問題。

放空內心的破壞。

以破壞剋破壞——我自認這是更勝於破壞的破壞。

從早安到晚安。

我打算提供這種全天候的破壞。然而──

「……總之，我明白了。」

面對我的雙臂──影縫沒有閃躲逃避，而是從正面抓住我的手腕，接住我的攻擊。

強行接住。

強行擋住。

強行攔住。

我甚至覺得這股反作用力，差點讓我的手肘報廢──天啊，不會吧？

不只是攻擊──連防禦都超乎常理？

哪有這種光憑蠻力的防禦方式？

即使只有五成，但這是最強怪異的臂力，是吸血鬼的臂力──是怪異殺手之眷屬的臂力耶？

居然以雙手就擋下我的雙手？

而且是邊聊邊擋，沒有咬緊牙關？

「我明白您的意見──明白您的想法了。我站在正義使者的立場，必須要加以尊重才行。」

影縫如此說著──並且更加緊握我的手腕。好恐怖的握力，簡直像是被虎頭鉗緊緊夾住，我的手腕似乎會在一瞬間被當成軟糖扯爛。

「無須對不懂道理的人講道理——我放棄說服您了，我果然和忍野或貝木不一樣——只能以拳頭對話。」

「…………！」

「不過——不過即使您願意繼續寵愛，那又如何！」

緊接著，影縫維持原本的姿勢抬腿往上踢——雖然我勉強移動上半身閃避攻擊，然而還是有一部分的臉被削掉。

由於躲得不夠俐落，本應強烈得感覺不到痛楚的傷害，反而降低為感受得到真實痛楚的傷害——至於影縫當然沒有停止攻擊，抬起來的腿就這麼往下劈。

雖然和之前火憐的攻擊軌道完全相同，但無論是速度與威力，甚至是上下運動的切換方式，都與火憐的下劈踢腿截然不同。

我想要讓身體更加向後仰，然而雙手被穩穩抓住，所以完全無法如意。

肩膀連同鎖骨被挖掉了一塊。

雖然剛才被削掉的臉，在這個時候已經大致恢復——但我的臉在這時候，被影縫的腦袋打中。

是頭鎚。

戰鬥方式也很完美，是幹架的打法。

這種循序漸進的攻擊方式太完美了。

「即使您不在意！其他家人又如何！」

影縫終於放開我的雙手手腕——宛如潰堤，一鼓作氣發動攻勢。

犀利如鐮刀的掃腿，使得我身體瞬間浮在空中，接著她展現宛如煙火的連環招式，無數的拳頭打在我的身體——我感覺自己像是變成了太鼓。

眼冒金星。

音效甚至像是化為文字，顯示在這一幅光景上。

「您可以不在意——您有底子，您自己曾經化為怪異，因而抱持著自卑感——您曾經也是不死之身，所以或許可以接受這個不死怪異，接受這個虛偽的妹妹——您可以不在意！然而除了您以外——至今與怪異毫無關係的其他家人又如何？」

「………………！」

「比方說，叫做小憐是吧？您的另一位妹妹，要是知道自己的妹妹是怪異，也能和您說出相同的話嗎？令堂又如何！要是知道自己懷胎十月產下的孩子是怪物，也能和您說出相同的話嗎？令尊又是如何！」

宛如將狼牙鱔骨頭切碎的料理程序。

感覺得到每一條肋骨，連同周圍的肉一起被打得粉碎。不，更像是整個人被塞進果汁機，把所有部位打碎攪拌成泥狀的感覺。

我的身體依然浮在空中，影縫的連續攻擊尚未停止。

雖然這麼說，但如果這是格鬥遊戲，我的血條應該早就扣光——影縫那邊的畫面，肯定已經顯示「YOU WIN」的文字了。

「而且最重要的，她本人呢？那個偽妹妹本人知道自己是怪異之後——還能過著和至今一樣的生活嗎？還能和至今一樣當您的妹妹嗎？」

妹妹。

阿良良木月火。

真物——偽物。

「現在她還沒有自覺所以無妨——不過等她明白這個真相，她本人不就會受傷了？不死之身的怪物，不可能完全適應周遭的環境——最清楚這一點的就是您吧！」

「…………！」

「還是說，她要以人外之軀成為正義使者？記得叫做火炎姊妹是吧？然而不死之身的怪物對人類而言，是多麼傲慢又殘酷的存在——最清楚這一點的就是您吧！」

我很清楚。

我——熟知忍野忍的前身。

熟知她的一切。

如果不死之身的怪人以正義為志向，到時候將會是多麼反常又火熱燃燒的正義——

我很清楚。

「必須在演變成這種結果之前解決，這就是我們的工作。抱薪哪能救火！星星之火足以燎原——杜鵑不啼就要殺——對吧！剛才說的那番話，只是您自己的意見和心情吧！別以為所有人都與您一樣寬容！您要抱持著何種價值觀或正義感是您的事情——但是不准把這種理想加諸在別人身上！」

影縫應該沒有如同語氣這麼憤怒——只不過是要加強招式裡蘊藏的想法，才會以這麼大的聲音說話。

然而可以確定的是，我剛才那番話，有某個地方刺激到影縫的情緒——究竟是哪裡說錯了？

以下只是我的想像。

雖然影縫嘴裡這麼說，實際上卻帶著身為怪異的斧乃木到處跑——這樣的她，或許本身就存在著矛盾。

斧乃木是使魔，是式神。

同時，她們也是姊妹——兩人一組的搭檔。

沒有血緣關係的妹妹。

「昇～龍～拳！」

昇龍拳？

做為連續技的致命一擊，影縫微微往上跳，朝我的心臟使出上鉤拳——雙腳沒有著地的我，當然就這麼心臟被打碎並順勢往上飛，全身狠狠撞上天花板。

幾乎在天花板留下我的全身輪廓。

我甚至以為會撞穿天花板。

「咕……唔、唔……」

唔唔唔唔。

我的身體就這麼暫時黏在天花板上——最後遵循萬有引力的法則落地。

我當然不可能俐落著地，而是仰躺著重重摔下去。

雙面火烤的感覺。

就像是被熱騰騰的麵包夾在中間。

「別安心——還沒結束！」

用不著這麼說，我當然也不可能在這時候就安心，然而影縫並沒有給我擔心的空檔，就跨坐在仰躺的我身上——也就是所謂的騎乘壓制。

「差不多開始擔心余接那邊的狀況了——就過去看看吧！」

過去看？

我一時之間聽不懂影縫這番話的含意，但我很快就理解了。

以身體理解。

體會。

在意志理解之前，身體就體會了。

說完這句話的下一瞬間，影縫就開始痛毆我——以破壞性的拳頭，進行破壞性的痛毆。

連同我所躺的地面一起毆打。

她的拳頭理所當然貫通我的身體……應該說貫通我的骨我的肉，說穿了就是直接毆打著地面。

並且——真的就像是工業重機一樣，破壞著地面。

得在這時候講動畫話題，我真的感到過意不去，不過像是「魯邦三世」那位第十三代石川五右衛門，不就經常以斬鐵劍在地板上畫出一個漂亮的圓形，然後前往下一層樓嗎？

現在就是這種狀況。

然而形狀並不漂亮，而且也不是圓形——就只是雜亂無章、蠻橫不講理又豪放不羈，像是電鑽一樣任憑地板碎片噴向四周，打出一個像是狗啃的洞。

影縫余弦打穿廢棄大樓的地板。

接連打穿四樓地板、三樓地板。

這棟廢棄大樓——變得更加無法使用了。

話說回來，如果是這種程度的大樓，影縫應該可以赤手空拳拆掉。不需要找拆除業者，就能將這裡夷為平地。

她身為人類，卻早已超越人類的極限。

這真的是戰鬥藝術——以所有破壞為目的，和火憐所學那種集合各家精華的空手道相比，是基於另一種意義，基於貨真價實意義的赤手空拳——！

我的身體，已經完全變成武道家劈瓦片的時候，鋪在層層瓦片上面吸收衝擊力道的乾毛巾——確實感受到血肉和地板混合在一起。

沒有時間復原。不只如此，感覺像是這一波破壞成形之前，就已經進行下一波破壞——現在的我，肯定已經變成草莓奶昔的模樣了。

這種荒唐的電梯下降到最後，影縫終於停手，將我扣在地面之後離開我——到目前為止打在我身上的拳頭大約五百拳（因為沒事做，所以我從剛才就在數次數打發時間）。

二樓到了。

這裡是二樓的戰鬥現場——

「就覺得上半身從剛才就有種頻頻受到毆打之感覺，原來是汝這位大爺所造成。吾之主，怎麼變成這副德行？別扯吾之後腿，腿被扯太長終究不太方便。」

金髮金眼的吸血鬼。

回過神來一看，忍野忍正以極度鄙視的眼神俯視我。

從剛才的臺詞推斷，影縫肯定是故意這麼做的——我和她墜落抵達的二樓教室，正是兩名怪異——忍和斧乃木的決戰現場。

這條路線，是理論上的最短距離。

我們四人再度會合了。

……不過忍即使離開我的影子，依然繼續和我的知覺同步，看來忍的吸血鬼特性，真的是喪失到非同小可的程度。

其實該畏懼的應該是忍野的手法，不過在和斧乃木認真對決的時候，還得被迫承受來自於我的知覺，應該對忍造成不少的負擔吧。

然而，她不愧是——怪異殺手。

「哈哈哈，怎麼啦，剛才明明發下豪語，不過余接，妳根本就是完全陷入苦戰吧？」

如同影縫的這番嘲諷。

陰暗的教室裡，和我與忍位於另一邊角落的斧乃木，如果不是處於現在的場景，簡直淒慘得令人難以正視。

雖然我也沒資格說別人，但斧乃木從衣服到頭髮，全身上下傷痕累累破爛不堪。

看得出來直到剛才為止，她都徹底受到忍的虐待。

因為忍毫髮無傷。

沒有任何一根金髮凌亂，運動服甚至沒有沾到灰塵。

這可不是恢復力的差別。

單純就是實力的差別。

雖然話是這麼說，但也不代表斧乃木是戰力差勁的怪異，親身體驗影縫實力的我可以保證——影縫的搭檔絕非泛泛之輩。

既然我不在這間教室，忍肯定無法使用那把怪異殺手之劍……我重新認知到忍野忍這個前吸血鬼，是一個多麼所向披靡的怪物。

……以及虐待狂。

這種狀況，怎麼看都像是妳在欺凌斧乃木吧……那個面無表情的斧乃木竟然淚眼汪汪了。

妳居然不趕快打完過來幫我。

我剛才被打得多慘，妳應該也感受得到吧？

我不知道斧乃木叫妳老太婆，究竟有令妳多麼生氣……不過既然外型模仿火憐，妳也要稍微帶點超M性質吧？真是的。

何況場面這麼嚴肅，不准做這種有趣的事情。

「姊姊，接下來正要開始反敗為勝，請妳不要多管閒事——我以做作的招牌表情如此說著。」

斧乃木朝著接近過來的影縫逞強說著。

不對，妳現在是淚眼汪汪的表情。

絕對不是做作的表情。

「這樣啊，不過還是把表現的機會，讓給我這個姊姊吧——前刃下心小妹，接下來就由我和您進行決戰吧。」

影縫笑著輕拍斧乃木，然後像是要保護她一樣站在她前方，和忍正面對峙。

「來吧，前刃下心小妹，開戰吧。」

毫無——畏懼之意。

面對傳說之吸血鬼，毫無退縮之意。

應付不死怪異的專家。

通稱怪異剋星的——影縫余弦。

「哈。」

相對的，忍也輕聲發笑。

「哈！」

反覆笑著——宛如讓笑聲迴盪於室內。

「哈！「哈哈！「哈哈哈！「哈哈哈哈！「哈哈哈哈哈！「哈哈哈哈哈哈！「哈哈哈哈哈哈哈！」

怪異以怪異應有的模樣——放聲大笑。

哈哈大笑。

對於陰陽師影縫余弦的邀戰，忍野忍露出虎牙，暴虐地、貪慾地、客觀地、好戰地，笑、笑、笑、笑、笑——

「不，吾不戰。」

她說完舉起雙手，擺出高喊萬歲的姿勢。

出乎意料的這個反應，使得影縫和斧乃木露出意外的表情，然而忍絲毫不在意她們的視線，將依然倒在地上，但還是勉強已經恢復為人形的我拉起來。

「剛才將那個丫頭欺負過頭，吾之主似乎不太敢領教，吾不願做出更多令他反感之行徑。」

忍如此說著。

「何況，汝剛才說決戰？人類，少在那裡胡言亂語——吾之主尚未輸給汝這種貨色。汝這位大爺，吾說得沒錯吧？」

「……沒錯。」

我如此回答。

回應她的這種無理要求——回應她的這聲激勵，我抓著忍的肩膀站了起來。不用說，十八歲版本的忍比我還高，因此她的肩膀位置也很高，但我努力站起來了。

「我還沒輸——我還沒向您屈服。您的拳頭和話語，我完全無法認同。」

「……我不是說過嗎？」

影縫——露出一副掃興的樣子。

在四樓說過的話語——如今她在二樓重複一遍。

「您要抱持著何種價值觀或正義感是您的事情——但是不准把這種理想加諸在別人身上。」

「……並不是別人。」

雖然外表已經完整恢復，但要是沒有忍扶著就沒辦法站直，體內宛如受到龍捲風肆虐，內臟與骨肉殘缺不全。即使如此——還無法以自己的意識使喚身體的我，依然努力逞強向影縫抗議。

我剛才也是這麼想的。

他人？

這兩個字，只有這兩個字——我不能當作沒聽到。

「……並不是別人，是家人。」

「…………」

「我要把理想加諸在家人身上。」

何況，不只如此。

我靠在忍身上，斷斷續續繼續說下去。總覺得我的手已經不小心摸到忍的胸部，但是如今的我，連這種不可抗力的狀況都完全不在意。

比方說戰場原黑儀，在自己遭遇災難時，她刻意沒有拒絕而是甘願承受，並且對家人隱瞞真相。

即使父親再怎麼關心，戰場原也沒有向父親打開心房——而是將這個災難當成自己的責任，硬吞下去。

即使受到五名騙徒詐騙，也沒能撼動她的這份決心。

比方說神原駿河，怪異至今依然寄宿於她的左手臂——雖然極端來說並沒有造成危害，但是無法保證將來永遠無害的這條手臂，她的家人完全不知道詳情。那位和善而且廚藝高超的奶奶，要是知道那條手臂的事情，肯定會成為神原的助力，但神原刻意沒有講明這件事——我認為這是她關懷奶奶的方式。

其實她應該很想講明，應該很想找人商量——對家人有所隱瞞，應該是很難受的事情。

然而，神原以堅定的意志繼續隱瞞。

不是為了自己，是為了家人。

對於這樣的她們，對於這一對聖殿組合，我打從心底敬佩。

「影縫小姐，不可能有哥哥會洩漏妹妹不可告人的祕密。我不會刻意揭發這種事情。」

「…………」

如果模仿八九寺真宵的說法——這是繼續保密的勇氣。

「因為是家人，所以會說謊、會欺騙；會造成困擾、會帶來麻煩；會欠下恩情，也可能會無法回報恩情。不過，我覺得這樣無妨。」

這樣無妨。

我認為，這樣就是所謂的一家人。

「影縫小姐——正義使者小姐。」

雖然我很想擺個漂亮的姿勢，做個帥氣的動作說出這番話，但我的身體還沒辦法動——我只能靠在忍的身上，像是細語般繼續說下去。

「如果身為偽物就是邪惡，我將承擔這份邪惡。如果虛偽就是邪惡，我將甘願成為惡徒。」

如果我的判斷是偽善。

如果我的決定是偽善。

如果我對阿良良木月火的情感是偽善，阿良良木曆將會樂於成為惡徒，成為眾人唾棄的偽君子——

我不是忍野咩咩。

也不是貝木泥舟。

也不是影縫余弦。

當然更不是火炎姊妹或聖殿組合。

阿良良木曆是——阿良良木曆。

「我不需要好感度，我甘願當一個爛到底的人。」

我——以做作的招牌表情如此說著。

「哥哥。」

只要那個傢伙願意這樣叫我。

對我來說——一切就無妨了。

此時，身體終於恢復到足以應付傷害的程度——實際上，如果我沒有提升不死性質，至今的這段過程中，我應該已經被影縫殺害將近一千次了。

絕對不是誇大其詞或過度形容。

每一招打在身上都是必殺招式，毋庸置疑。

沒有任何假動作、虛招或牽制攻擊——每一招都能造成重創的戰鬥風格。連防禦和拆招都能造成對方重創，實在是令人不敢領教。

對於吸血鬼來說，這種對手原本明明是最容易應付的類型——影縫卻只像是吸血鬼的天敵。

我以初生小鹿的搖晃腳步，勉強放開忍的身體——再過五秒，我就可以完全復原。

然而即使是這短短的五秒，我也不知道會被影縫殺害多少次——

「……性惡論嗎？」

獨自站立的我，即將接受更進一步的追擊，做為第二回合的開始——並非如此。

影縫只是夾雜著嘆息，輕聲如此說著。

影縫直到剛才所散發的平易近人氣氛，如今似乎稍微消失——我對此感到訝異。

我的話語，再度冒失刺激了影縫的情緒嗎？

她說……性惡論？

「嗯？不知道嗎？我和忍野或貝木，經常會討論到這個話題。」

影縫轉頭讓脖子劈啪作響，並且觀察我的反應。

這個動作看起來不像暖身，反而像是在平定情緒。

「既然是高中生，至少知道性善論吧？這是中國哲學家孟子的思想。人性本善。仁，人心也；義，人路也——善為四端之心，分別為惻隱之心、羞惡之心、辭讓之心、是非之心，四端即為仁、義、禮、智的源頭。」

「那個……」

忽然滔滔不絕講出這種理論，我也不知如何是好。

我雖然是考生，但沒有選修道德倫理這門課。

好像有在世界史學過——我至少聽過孟子這個名字。

「那麼……性惡論呢？」

「如果性善論是理想論，性惡論就是現實論。人生而有欲，欲而不得則不能無求，這就是荀子毫不客氣的論點——所謂的人性本惡。」

「人性本——惡。」

「沒錯。」

影縫點了點頭。

「人之性惡，其善者，偽也。因此人們要行善，只能欺騙自己的本性——荀子點破了這一點。善行為偽行，為偽物——只源自於偽善。」

「偽善……」

虛偽。

詐偽。

「『偽』者——『人為』也。」

人為的，作為。

偽起而生禮義，禮義生而制法度。

進行人為的矯正，才能引導人們向善，引導社會步入正軌。

「相對於威權主義，這叫做禮治主義。善原本全是偽善，正因如此，善才得以存在——其中隱含著這樣的意圖。以上就是我聽來的道理。」

影縫以開玩笑的語氣如此作結。

「問您一個問題。」

接著她向我提出詢問。

「這是貝木以前經常問我的動腦遊戲——這裡有一個真物，以及一個與真物完全相同，無從分辨的偽物。你覺得哪一種比較有價值？」

天然鑽石與人工鑽石。

即使連原子構造都相同——也會被區別。

即使無從區別，還是會進行區別。

只因為是偽物——就被否定。

被刪除。

「真物和——偽物。」

「對於這個問題，我的答案是『真物當然比較有價值』，忍野則是說兩者價值相同。但出題的人表示我們都答錯了，貝木說，偽物擁有遠超過真物的價值。」

不等我回答——影縫就繼續說道。

「只要蘊藏著想成為真物的意志，偽物就比真物還要來得真實——哈哈，貝木明明是個無藥可救的小壞蛋，卻只會把話說得這麼冠冕堂皇。不過真要說的話，這就是我在這次的事情應得的教訓——可惜已經相隔十年了。」

影縫說完露出笑容——接著輕盈轉身背對著我。

「回去吧，我們輸了。」

她朝著傷痕累累，奄奄一息的斧乃木如此說著。

唐突地，無言地，單方面地。

她宣布戰鬥情節到此結束。

藏弓入囊，收劍回鞘。

換句話說。

換句話說……？

「咦……那、那個，影縫小姐？」

「沒興致了，我們要回去了。雖然很遺憾沒能向前刃下心小妹討教，但是心情被弄得這麼低潮，我實在沒有繼續戰鬥的氣力。」

影縫牽起斧乃木的手，拖著她大步離去——大概是覺得不好拉吧，她走到一半就改成將斧乃木背起來，繼續朝著教室門口走去。

「等……等一下！」

我不由得叫住她。

聽她解釋儒家思想的時候，我的身體當然已經復原——不過衣服消失得無影無蹤，我幾乎處於全裸狀態——即使如此，我也沒有理由在這時候叫住影縫繼續戰鬥。

但我還是不由得叫住她了。

「怎麼了？要送我禮物嗎？」

影縫以非常自然的語氣，像是回家時忽然被叫住一樣轉身詢問。

臉上掛著隨時身處戰場，平易近人的笑容。

「不、不是……請問，妳們要去哪裡？」

「下一個戰場。不死之身的怪異要多少有多少——因為是不死之身。也因此，不小心漏掉一隻，也是很可能發生的事情。『例外較多之規則』——要除去的鳥並不包含巢中鳥，就把您的妹妹當成我們正義裡的例外吧，擁有導師特質的您，請務必要好好教導她。」

可惜這樣就白白讓貝木賺一票了——影縫忿恨不平如此說著。

忿恨不平，卻似乎樂在其中。

「……何況剛才那場戰鬥，您打從一開始就沒有認真打。」

「咦……沒有認真打？」

「我感覺不到殺氣。雖然應該不是故意放水──不過老實說，這也是我失去幹勁的原因之一。」

「如果……」

聽到影縫這番話，我讓我內心浮現的想法脫口而出──老實說，直到她說出這番話之前，我幾乎只有下意識察覺到這件事。

我是認真的，絕對沒有故意放水，然而──

「如果您感覺不到我的殺氣──那是因為影縫小姐，您把我當成人類看待。」

「啊？」

「您曾經說過吧？說我們彼此都是人類與怪異的搭檔──把這個狀態的我稱為人類的人，至今就只有忍野而已。」

所以，如果要說失去幹勁──我聽到這句話就已經失去幹勁了。

害我心情變得好複雜。

令我掃興。

是的，就像是和那個夏威夷衫大叔打交道時一樣──會覺得憤怒賭氣是一件蠢事。

「……哈，我太大意了，居然不知不覺和忍野的角色個性重疊──有種把事情搞砸的感覺。哼，好丟臉，既然這樣，我在最後要以忍野絕對不會講的臺詞作總結。」

接著，影縫——影縫余弦以像是懷舊的語氣說道：

「再見。」

從她這聲流利的標準腔來看——或許她並不是土生土長的京都人。

013

接下來是後續，應該說是結尾。

隔天，我一如往常被兩個妹妹——火憐與月火叫醒。在這之前的過程如下。

影縫就這麼背著斧乃木離開廢棄大樓——踏出建築物之後，影縫當然沒有踩踏地面，而是走在圍牆、圍欄或軌道上面。即使背著斧乃木，她俐落的動作與平衡感也絲毫不受影響——我則是咬向忍的頸子將血吸回來，使得忍恢復為幼女形態，我的身體也盡可能恢復到近似人類，然後我跨上腳踏車，讓忍坐在菜籃裡一起返家。

順帶一提，斧乃木就這樣衣衫襤褸踏上歸途，但我可沒有勇氣全裸返家，所以不用說，在忍恢復為幼女之前，我當然請她使用創造物質的技能做一套衣服給我。忍的衣著品味很好但卻過度華麗，所以我花了相當多的時間和她協調。

「這麼花俏的衣服誰敢穿啊！平凡一點就行了！」

「吾之自尊不容許將服裝設計得太輕便！既然由吾負責搭配，就不准汝這位大爺穿得太窮酸！」

就像這樣，兩人搭檔離開之後的夜晚大樓裡，持續進行著這種激烈的爭辯。

所以我們很晚才返家。

這麼說來，在我體驗到地獄的春假，月火曾經傳了一則手機簡訊——她問我，基爾和美琪是在哪裡找到青鳥。

雖然我沒有回信，但我當然知道答案。

在自己的家裡。

所以對我來說，我的青鳥應該就是妳們——火炎姊妹。

我思考著如此溫馨的事情返家一看（忍已經在這時候躲回影子裡了），火憐正在玄關前面，和下班返家的雙親起爭執。

雙親。

也就是我的父親和母親。

「絕對不准任何人通過這裡！只有哥哥可以通過這裡！」

…………

這場爭執是我害的。

因為我的指令範圍過於狹隘，火憐才會和雙親——慢著，我為什麼要反省這種事？

這傢伙是貨真價實的笨蛋嗎？

簡直像是粗製濫造的遊戲程式——後來我又花費了更多的時間，向父母解釋玄關被破壞的事情。

不過別說解釋，我根本不知道該說什麼。

總之，我就像剛才向火憐解釋時一樣，努力編藉口試著解釋——雖然不像火憐那樣輕易就照單全收取信於我，然而秉持著現實主義的父母，當然不可能想像這是妖魔鬼怪幹的好事（反倒認定是火憐惡作劇造成的，拜託，這能以惡作劇來解釋嗎），所以到最後也只能採納我的說法。

而且對於雙親來說，火憐十年不變的髮型居然改了，這件事似乎更加重要——原本我擔心火憐會告狀，說她剪頭髮的起因是我，然而……

「咦？我沒剪頭髮啊？我從以前就是這樣吧？」

當事人居然一副詫異的模樣。

她似乎已經忘了馬尾時代。

我開始從各個層面，認真擔心起這個妹妹了。

不過——在某方面而言，我也是正因如此才能得救。

總而言之，趁著雙親開始向火憐認真說教的時候，我偷偷逃離現場前往二樓。

前往另一個妹妹，月火所在的地方。

阿良良木月火也不知道是怎樣，真的依照我的吩咐，躺在雙層床的上層，和我出門之前一樣熟睡著。

當成睡衣的浴衣，依然是我幫她穿反的狀況。

怎麼不改回來？我如此心想。

不死鳥。

怪異，怪鳥，杜鵑。

即使再怎麼隱瞞，但要是發生某種意外，遭受到身體有一部分被打成粉碎（是的，剛好就像是我和影縫交戰時反覆體驗到的等級）的重創，她的真面目就會成為眾所皆知的事實——然而在出現這種狀況之前，正如我向影縫所說，我將會把月火的真實身分藏在心底。

幾乎不會死的人所主張的正義，只會成為單純的以力服人，體內蘊藏著聖域怪異的月火，或許早就已經失去正義使者的資格，如同我和忍一樣——即使曾經履行過正義，也會確實成為不應存在，宛如野火燎原的正義。

會成為沒有「心」的正義。

人心不是容納物體的容器，而是用來燃燒的火焰——這句話說得真好。

托卵嗎……

或許影縫才是正確的——正義或許站在她那邊。

至少在電視節目看到杜鵑或郭公鳥的生態說明時，應該不會有人覺得痛快。
看到這種沒有效率的托卵繁殖法，應該會覺得這是一種耍小聰明的狡猾鳥類。
我肯定也會不加思索如此認為。
然而，杜鵑或是郭公鳥，和月火不一樣。
至少月火這個傢伙，未曾把我或火憐從巢裡推出去——一次都沒有。
月火一直是我和火憐的妹妹。
從她出生之後，一直都是。
無論她是真物或偽物，她依然是正義；無論她是真物或偽物，她肯定是妹妹。
即使不是正義，也是家人。
這就是火炎姊妹。
我的妹妹，我的驕傲。
所以，我現在要回答斧乃木曾經問我的問題。
即使充滿偽物——我依然認為這個世界美妙無比。
我刻意以這個答案和她作對。
模仿貝木泥舟的風格。
「……我一直繃緊全身擔心又被親嘴，看來終究沒這回事了。」
此時，月火忽然如此說著。

她不知何時已經睜開眼睛，雖然一如往常眼角下垂，呈現一副睡眼惺忪的模樣，但她似乎不是剛睡醒，只是裝睡。

話說，她居然一開口就是這麼驚爆的話題。

「原本想說要是這次又偷親，我就要伸長舌頭綁住哥哥的說。」

「妳這種想法，就像是某種妖怪一樣。」

「早安，歡迎回來。去哪裡了？」

「嗯，其實我剛才為了妳，去和像是怪物一樣的人類，以及像是人類一樣的怪物大打一場。」

「這樣啊，那就辛苦哥哥謝謝哥哥了，別太勉強自己。」

「讓我勉強一下吧，我是喜歡才這麼做的。」

「我知道我知道，哥哥很喜歡我們對吧？」

「不准擅自解釋，我非常討厭妳們。」

「所以哥哥，我要睡到什麼時候？是因為哥哥要我睡覺，我才努力一直睡到現在……」

「妳們兩姊妹，也太服從我的指令了吧……我真的擔心起妳們的將來了。」

我說完之後，從梯子跳到地面。

「給我睡到明天，然後明天一如往常來叫我起床。」

「收到～」

「暑假過完之後，我介紹我的女朋友給妳認識。」

「啊？」

月火對這句話敏感反應，就這麼猛然起身。

「這是怎樣？哥哥有女朋友？」

「嗯，其實是五月左右開始交往的。」

「金火大。」

我背對過去準備離開時，月火給我一個白眼，並且直截了當說出感想。我留下「不准到處張揚」這句話，然後來到走廊。

剛才不小心多嘴講太多了，真不像我的作風。繼續待在妹妹房間也沒什麼樂趣，總之我決定先回房換衣服。

忙完各種事情之後，夜色也更為深沉——機靈的怪異，差不多該安分退場了。

後記

不用說，世間存在著真物和偽物。不過仔細想想，這兩種概念是成對的，有真物才有偽物，這是理所當然的道理，不過如果沒有偽物陪襯，真物似乎也不能稱為真物。就像是正義英雄的劇情裡，一定會有冒牌英雄登場。如果進一步深入思考，即使冒牌打造的偽物實際存在，但是真物並不是非得實際存在不可，我覺得這一點也很重要。如果把真物解釋為「理想」，把偽物解釋為「實現這個理想的行為」，那麼甚至可以主張真物乾脆不要存在比較好。不，這麼說終究太過分了，但是至少可以將真物當成一種理想，一種幻想。雖然這麼說是理所當然，不過人們堅信是真物而崇拜的對象，原本肯定是追求某種理想而成形的存在，並不是從一開始就是真物。然而真物的價值，究竟對多少人類造成影響？如果以比較粗魯的方式定義，那就是只有真物能誕生真物。依照這種觀點，真物與偽物這兩種概念或許並非成對，解釋為一體兩面才是正確的答案。

本書和上集一樣，是我用百分之兩百的興趣寫出來的作品，但是不知道該說與上集成對或是一體兩面，並不是以前後呼應的方式寫成，這方面就是小說的可怕之處了。該怎麼說，「偽物語」的上下兩集，是做為「化物語」的後續而撰寫的小說，無論如何都是以「化物語」的存在為前提。然而即使如此，卻也不是一定要經過「化物語」

才能成立的小說，真令人不可思議。不，甚至有人主張這種作品不能歸類為小說，不過阿良良木姊妹撰寫起來是非常有趣的角色，所以我就這麼任憑文字流露而出了。包括繪製美麗封面的VOFAN老師以及各位讀者，至今總是勞煩許多人附和我的個人興趣，我隨時會對此進行反省，不過阿良良木後宮的成員們雖然各自發生很多事，卻也各自過著挺快樂的生活，所以後傳至此順利結束。以上就是「偽物語（下）最終話月火・鳳凰」。

還有，不好意思，雖然這一集號稱最終話，不過很抱歉，我剛才決定要再寫兩部了。關心八九寺真宵和羽川翼的讀者們，請繼續陪我一起走下去。好啦，會有多少人呢？

西尾維新

作者介紹

西尾維新 (NISIO ISIN)

1981 年出生，以第 23 屆梅菲斯特獎得獎作品《斬首循環》開始的「戲言」系列於 2005 年完結，近期作品有「物語」系列、「零崎人識」系列、「刀語」系列等等。

Illustration

VOFAN

1980 年出生，代表作品為詩畫集「Colorful Dreams」，在臺灣版《電玩通》擔任封面繪製，2005 年由「FAUST Vol.6」在日本出道，也在 2008 年的「FAUST Vol.7」發表新作，2006 年起為本作品「物語」系列繪製封面與插圖。

譯者

哈泥蛙

專職譯者。想買本系列的整套動畫 BD 收藏，但家裡沒有 BD 播放機，也沒有高畫質液晶電視。所以要為了收藏動畫而添購播放機和電視？請讓我考慮一下。

書盒子

偽物語（下）

（原名：偽物語（下））

作者／西尾維新　插畫／VOFAN　譯者／張鈞堯
執行長／陳君平　榮譽發行人／黃鎮隆
協理／洪琇菁　國際版權／黃令歡、梁名儀
執行編輯／呂尚燁　美術主編／李政儀
企劃宣傳／陳品萱
出版／城邦文化事業股份有限公司　尖端出版
台北市中山區民生東路二段一四一號十樓
電話：（〇二）二五〇〇七六〇〇　傳真：（〇二）二五〇〇二六八三
E-mail：7novels@mail2.spp.com.tw
發行／英屬蓋曼群島商家庭傳媒股份有限公司城邦分公司　尖端出版
台北市中山區民生東路二段一四一號十樓
電話：（〇二）二五〇〇—七六〇〇（代表號）
傳真：（〇二）二五〇〇—一九七九
中彰投以北經銷（含宜花東）／楨彥有限公司
電話：（〇二）八九一九—三三六九
傳真：（〇二）八九一四—五五二四
雲嘉經銷／智豐圖書股份有限公司　嘉義公司
電話：（〇五）二三三—三八五二
傳真：（〇五）二三三—三八六三
南部經銷／智豐圖書股份有限公司　高雄公司
電話：（〇七）三七三—〇〇七九
傳真：（〇七）三七三—〇〇八七
一代匯集／香港九龍旺角塘尾道六十四號龍駒企業大廈十樓B&D室
電話：（八五二）二七八三—八一〇二
傳真：（八五二）二七八二—一五二九
馬新經銷／城邦（馬新）出版集團　Cite(M)Sdn.Bhd.
E-mail：Cite@cite.com.my
法律顧問／王子文律師　元禾法律事務所
台北市羅斯福路三段三十七號十五樓
二〇一二年二月一版一刷
二〇二三年五月一版七刷

■中文版■

郵購注意事項：
1. 填妥劃撥單資料：帳號：50003021戶名：英屬蓋曼群島商家庭傳媒(股)公司城邦分公司。2. 通信欄內註明訂購書名與冊數。3. 劃撥金額低於500元，請加附掛號郵資50元。如劃撥日起 10～14日，仍未收到書時，請洽劃撥組。劃撥專線TEL：(03) 312-4212 ・ FAX：(03) 322-4621。E-mail：marketing@spp.com.tw

國家圖書館出版品預行編目資料

偽物語 / 西尾維新 著; 張鈞堯 譯.
—1版.—臺北市：尖端出版, 2012.1
面 ; 公分.—(書盒子)
譯自:**偽物語**
ISBN 978-957-10-4718-8(上冊：平裝)
ISBN 978-957-10-4719-5(下冊：平裝)

861.57 100022124